Chère Lectrice,

Janvier 1999. Nous voici donc arrivés dans cette période charnière qui ne devrait laisser personne indifférent. Déjà ! soupireront les nostalgiques qui pensent qu'ils n'ont peut-être pas assez profité du bon vieux temps. Enfin ! s'exclameront les amateurs de techno en tout genre qui attendent avec impatience le moment d'entrer en accéléré dans le troisième millénaire. Et puis il y a les écartelés, ceux qui se sentent autant faits de souvenirs que de désirs. Comme nos héros de ce mois-ci, qui tous, quoique à des degrés divers, se retrouvent confrontés à leur passé. Soit pour l'apprivoiser (Amours d'Aujourd'hui n° 628), soit pour trouver dans cet héritage la force et les racines qui leur manquent (n° 629), soit encore parce que ce passé enferme un mensonge qui risque d'empoisonner leur avenir (n° 630). L'année 99 sera-t-elle l'année des bilans ? Peut-être. Souhaitons, dans ce cas, qu'elle soit aussi celle de la deuxième chance... N'est-ce pas, après tout, l'occasion rêvée de mettre les pendules à l'heure et d'annuler les vieux compteurs ?

Avant d'entrer dans l'an 00.

Bonne lecture, et bonne année à toutes !

La Responsable de collection

La prison du souvenir

KATHLEEN KORBEL

La prison du souvenir

HARLEQUIN

AMOURS D'AUJOURD'HUI

Si vous achetez ce livre privé de tout ou partie de sa couverture, nous vous signalons qu'il est en vente irrégulière. Il est considéré comme « invendu » et l'éditeur comme l'auteur n'ont reçu aucun paiement pour ce livre « détérioré ».

Cet ouvrage a été publié en langue anglaise sous le titre :
A SOLDIER'S HEART

Traduction française de
FRANÇOIS DELPEUCH

HARLEQUIN®
est une marque déposée du Groupe Harlequin
et Amours d'Aujourd'hui®
est une marque déposée d'Harlequin S.A.

Originally published by SILHOUETTE BOOKS,
division of Harlequin Enterprises Ltd.
Toronto, Canada

83-85, boulevard Vincent-Auriol, 75013 Paris — Tél. : 01 42 16 63 63
ISBN 2-280-07629-2 — ISSN 1264-0409

Prologue

Les hélicos apparurent peu après que le soleil eut émergé des nuages. Le personnel du Ninety-First Evac Hospital, le 91e hôpital d'évacuation de Chu Lai, n'espérait guère les revoir. C'était la saison de la mousson, et les pluies assombrissaient le ciel en permanence. Elles s'infiltraient par les fenêtres et court-circuitaient les générateurs. Elles transformaient la terre du Viêt-nam en un fleuve de boue qui se glissait entre les sacs de sable, se coulait sous les portes et enscvelissait tout ce qui se trouvait à sa portée. Elles martelaient les arbres, détrempaient les routes, accablaient les hommes.

L'activité aurait dû s'en trouver ralentie, mais le personnel ne voyait pas les choses de cette façon, si bien que les hélicos continuaient à arriver.

Ce jour-là, ils confluèrent vers l'hôpital de campagne par essaims entiers, depuis le nord, l'ouest et le sud, leurs pales scintillant sous le soleil qui, par miracle, venait de surgir entre les nuages accumulés au-dessus de la mer de Chine.

Au sol, médecins et infirmières, serrés les uns contre les autres, rentraient la tête dans les épaules en prévision d'une nouvelle douche et de ce surcroît de blessés.

Les baraquements en tôle qui s'alignaient derrière eux sur l'avancée rocheuse des falaises étaient déjà pleins à craquer; plus une salle d'opération n'était disponible, et les patients en surnombre étaient entassés dans les unités de soins intensifs, en attendant des hélicos de transfert qui, eux, étaient en retard.

Bref, comme à chaque mousson, tout allait de travers.

Sitôt que le premier appareil eut atterri, une équipe se rua en avant, tête baissée sous les pales, vêtements et cheveux fouettés par le déplacement d'air. Les civières furent promptement descendues des appareils, et transportées à travers le labyrinthe du campement.

Certains blessés, encore conscients, avaient le visage contracté par la douleur. D'autres, le front ceint de bandages sanguinolents, demeuraient inertes et silencieux. Aucun ne cria ni ne gémit durant le transport. L'un d'entre eux, cependant, saisit le bras de l'infirmière qui l'avait pris en charge et la força à se pencher vers lui.

— Mon radio, marmonna-t-il d'une voix rauque... Soignez mon radio. Moi, je peux attendre. Il était juste à côté de moi dans l'hélico. Il... il a été salement touché. Smitty... il s'appelle Smitty.

L'infirmière se dégagea doucement de son étreinte et lui serra la main tout en se penchant sur ses blessures. C'était un marine.

— Ne vous inquiétez pas, sergent, lui répondit-elle. On va s'occuper de lui tout de suite après...

— Non! s'exclama-t-il malgré le sang qui dégouttait de ses plaies et maculait la civière. Commencez par lui!

Elle souleva la veste détrempée du soldat et ne put réprimer une grimace en apercevant sa poitrine.

— Combien de temps au juste avez-vous barboté dans cette rizière, sergent ? lui demanda-t-elle d'une voix très douce.

Le marine n'avait pu surprendre l'expression horrifiée qui avait un instant altéré les traits de la jeune femme : il avait les yeux bandés.

— Toute la matinée, répondit-il dans un souffle. On est tombé dans une embuscade. Sans Smitty, on y restait tous. Ne vous inquiétez pas pour moi. Allez l'examiner. Je vous en prie... soignez Smitty. Pour moi, c'est trop tard. Lui, il a encore une chance.

L'infirmière releva la tête pour interroger du regard l'un des aides soignants qui s'activaient de l'autre côté du terre-plein. Il lui tournait le dos et poussait un brancard sur lequel reposait l'ami du sergent, le radio qui avait lancé des SOS, et grâce auquel on avait pu récupérer les hommes en milieu d'après-midi. En voyant Smitty, elle comprit que son cas était désespéré : il était isolé du reste de ses camarades, ce qui signifiait qu'on ne pouvait plus rien faire pour lui.

— Comment va-t-il ? demanda le marine.

L'infirmière reporta son attention sur lui. Il était grand et solidement bâti. On devinait sous ses compresses un visage volontaire, et sa voix avait l'âpreté persuasive du commandement. Mais c'était aussi la voix d'un homme encore jeune — beaucoup trop jeune pour mourir.

Tout comme le radio qui disparaissait à présent dans le lazaret où étaient confinés ceux que le personnel soignant appelait pudiquement « les patients en observation ».

La jeune femme préféra mentir au sergent.

— Je ne le vois pas, prétendit-elle.

Puis elle se tourna vers son aide soignant qui avait entrepris de découper l'uniforme du marine.

— Hé, Humbug, va me chercher un drain et préviens Doc Shaeffer que le sergent aura besoin d'un pompage thoracique et d'une dose massive d'antibiotiques avant qu'on se risque à l'opérer. Et profites-en pour me rapporter une deuxième intraveineuse, O.K. ?

Le marine allait perdre une partie de ses intestins, songea-t-elle. Il allait également falloir lui ôter la rate et sans doute une partie du foie. Avec un peu de chance, il garderait ses deux poumons après qu'on en aurait vidé le sang ainsi que le pus qui s'y était accumulé à la suite de l'infection provoquée par l'immersion prolongée de ses plaies dans l'eau de la rizière. Avec un peu de chance aussi, il repartirait chez lui sur ses deux jambes qui, pour l'heure, étaient gonflées d'hématomes noircis.

Mais, pour cela, encore fallait-il qu'il fût opérable, songea-t-elle.

Elle n'avait pas eu l'occasion de jeter un coup d'œil à sa tête et à son cou, et elle ne pouvait s'y résoudre, tant elle avait peur de le découvrir défiguré à jamais.

Il portait, accrochée à la chaîne de ses plaques d'identification, une sorte de médaille religieuse. Elle espérait que sa foi l'aiderait, car elle-même craignait d'être impuissante à le secourir.

— Sergent ?

Il relâchait peu à peu son étreinte. Elle se saisit aussitôt de son stéthoscope pour vérifier sa pression sanguine.

— Bon sang, sergent, s'écria-t-elle, pas question que vous me claquiez entre les doigts !

C'était un homme robuste. Mais on pouvait le dire de tous les blessés avant qu'ils fussent rapatriés dans leurs foyers...

— Je... je ne vais pas... m'en sortir.

— Oh, si ! affirma-t-elle, alors même qu'elle constatait une hypotension alarmante. Humbug ! Alors, cette intra, elle vient ?

Tout en parlant, elle noua un garrot autour du bras du marine.

— Merci, dit-elle à son aide soignant quand ce dernier lui tendit enfin l'aiguille reliée à la pochette de sérum physiologique. Cours donc me chercher deux unités d'O négatif, et dis à Shaeffer de rappliquer en vitesse avec les drains thoraciques !

— C'est... c'est bon, lieutenant, murmura le sergent.

Sa voix était aussi faible que sa tension. Elle le frappa sèchement à la mâchoire pour l'empêcher de sombrer dans l'inconscience.

— Non, ce n'est pas bon du tout, répliqua-t-elle. Et je vous conseille de ne pas vous endormir, compris ?

— Je... je ne peux pas...

— Et moi, je vous répète que vous n'allez pas me faire ça. On me colle un gage à chaque sergent que je perds, et j'en ai déjà eu plus que mon compte, aujourd'hui.

Il grimaça un sourire.

— Désolé, lieutenant, mais je suis tellement... fatigué.

— Vous vous reposerez plus tard. Pour l'instant, respirez à fond et accrochez-vous, pigé ?

— J'ai trop mal à la...

— M'en fiche ! Tenez le coup, point à la ligne.

Elle ignorait pourquoi ce patient-là était si important à ses yeux. Elle travaillait déjà depuis quatorze heures et ne pensait guère retrouver son lit avant longtemps. Depuis l'aube, elle n'avait cessé de s'occuper de blessés plus gravement touchés les uns que les autres : des garçons à peine majeurs aux traits tordus par la souffrance, dont la majorité avait disparu derrière les portes jaunes du lazaret pour ne plus jamais en ressortir, fantômes silencieux et convulsés d'une jeunesse sacrifiée en pure perte.

Le sort du sergent n'aurait donc pas dû l'émouvoir à ce point. Mais c'était ainsi : elle n'y pouvait rien.

— Non, répéta-t-elle, alors même que le sang du blessé gouttait sans s'arrêter et que sa fièvre empirait, pas question que vous me claquiez entre les doigts !

Elle le lui répéta tandis qu'avec l'assistance de son aide soignant, elle le bourrait d'antibiotiques et lui administrait plus de trente doses de plasma. Puis elle lui tint de nouveau le même discours, un peu plus tard, lorsque, découvrant la gravité de ses blessures, il voulut arracher tous ses tubes, aiguilles et drains dans un accès de délire.

Ensuite, jour après jour, deux semaines durant, elle ne cessa de le secouer, de le pincer et de lui parler dès qu'elle le sentait sur le point de renoncer à lutter pour sa survie. Il geignait, protestait à l'occasion ; elle s'en retournait alors vaquer à ses tâches, rassurée.

Et, pendant ces deux semaines, le sergent frôla la mort à plusieurs reprises sans que jamais elle ne lui permît d'y céder. Enfin, il fut évacué vers le Japon, et l'infirmière, occupée alors par une nouvelle vague de blessés, ne sut jamais s'il lui avait obéi jusqu'au bout.

1.

— Tu es sûr que tout va bien, papa ?

Tony Riordan fit passer son téléphone cellulaire dans la main gauche et s'étira pour chasser les courbatures qu'il avait accumulées au cours des huit cents derniers kilomètres.

— Très bien, ma chérie, répondit-il. C'est justement pour te rassurer que j'appelais : je suis arrivé.

— Bon. Et tu comptes rester longtemps là-bas ?

Tony reporta son attention sur l'antique maison de brique qui se dressait en bordure de la ville.

— Aussi longtemps que nécessaire. J'en saurai plus bientôt.

Il y eut un court silence à l'autre bout de la ligne. Tony devina que sa fille de dix-sept ans contemplait la piscine par la fenêtre de leur cuisine tout en se mordillant les lèvres et en tortillant nerveusement entre ses doigts une mèche de ses cheveux bruns. Elle était inquiète, naturellement, et il ne pouvait pas l'en blâmer. Avant de partir, il s'était contenté de lui dire : « J'ignore pourquoi il faut que j'aille là-bas, mais il le faut. » Nul doute qu'il existât de meilleure explication à donner... Mais enfin, laquelle aurait vraiment pu rassurer une jeune fille ayant trop tendance à vouloir protéger son père ?

— Pas de fiesta en mon absence, hein ? lui lança-t-il pour la taquiner, sachant très bien comment elle allait réagir.

— Oh, papa...

Il sourit : en plein dans le mille...

— Je t'aime, mon bouchon. Préviens Graham de mon départ, veux-tu ? Je te rappelle demain.

— Pourquoi pas ce soir ?

Il soupira.

— O.K., ce soir.

« Inquiète et curieuse », songea-t-il. Il plaignait d'avance le pauvre garçon qui tomberait amoureux d'elle.

— Je t'aime aussi, papa. Sois prudent.

Tony faillit s'esclaffer, mais il se retint : cela pouvait être mal pris, surtout par quelqu'un comme Gina Marie Riordan.

— Ne t'en fais pas, mon cœur. A plus tard.

Il coupa la communication et se tourna une nouvelle fois vers le bâtiment qu'il avait cherché tout l'après-midi. C'était une ancienne résidence de planteur, une longue construction en brique dotée d'une véranda circulaire et coiffée d'une multitude de cheminées. Tout autour s'étendait une pelouse luxuriante plantée d'arbres immenses et séculaires. Derrière se profilaient trois pavillons plus petits, telle une nichée de maisonnettes protégées par le bâtiment principal. Tony appréciait les lignes gracieuses de cette maison, la simplicité de sa façade percée de larges fenêtres et l'atmosphère tranquille de son jardin avec son allée bordée de fleurs et la balancelle suspendue à la branche maîtresse de l'un des plus vieux chênes. Sur l'enseigne plantée près de la route, on pouvait lire : « The James River Inn. Chambres avec petits déjeuners. Salon de thé. Ouvert tout l'été. »

La radio de la voiture était toujours allumée. Un journaliste annonçait que la situation s'était encore dégradée au Moyen-Orient et qu'un contingent de casques bleus de l'ONU s'apprêtait à mettre un terme à l'invasion sanglante qui ravageait la région. Des porte-avions et des navires américains s'étaient déjà regroupés au large des côtes tandis que des transports de troupes et de matériels venaient compléter le dispositif. Les communiqués fiévreux se succédaient sans relâche sur CNN, et l'ensemble des médias répercutait le bruit des armes.

Mais ici, en cette fin de journée somnolente, le James River Inn semblait s'élever tel un monument à la douceur de vivre, et les rumeurs de guerre y paraissaient presque irréelles.

Tony consulta sa montre et vit qu'il n'était pas l'heure du dîner mais plutôt celle du goûter. Il n'espérait pas passer inaperçu au milieu de dames sirotant leur thé dans de la porcelaine Wedgwood. Mais cela importait peu. Il était allé trop loin pour reculer, et il avait déjà pris trop de risques pour attendre encore avant de refermer cette page de sa vie.

C'était à l'automne qu'il avait enfin osé se rendre au mémorial de Washington et que, revêtu de son vieil uniforme de marine, il avait posé la main sur la paroi de granit noir et tiède où était gravé le nom de Smitty. Le souvenir de son opérateur radio et de tous ses compagnons disparus avec lui au combat avait alors resurgi de sa mémoire, tels d'anciens rêves à demi effacés.

C'était à l'automne, oui... Il en avait soudain eu assez des cauchemars, des sursauts, des emportements inexpliqués. La vie lui avait tant apporté — la réussite professionnelle, un avenir sûr, une fille aimante — et, jusqu'à présent, il n'avait pas su profiter pleinement de tout cela. Aussi avait-il entrepris ce pèlerinage pour accomplir le deuil de son passé, boucler la boucle et jouir enfin des joies que pouvait lui offrir son existence présente.

C'était à l'automne et, aujourd'hui, le soleil d'été lui cuisait la nuque, les forêts de Virginie éclataient alentour d'un vert exubérant; le temps des récoltes approchait et le ciel était gonflé de nuages de pluie.

Il lui avait fallu si longtemps pour trouver cet endroit. Le terme de son périple était juste là, dans cette auberge. Et ce dernier pas, Seigneur, était terriblement difficile à franchir.

Il aurait dû sauter de sa voiture et aller frapper directement à la porte, songea-t-il. Tout lui paraissait si simple, auparavant : sonner, se présenter, dire quelques mots et le tour était joué. Mais voilà : rien que pour trouver le courage d'ouvrir sa portière, il lui fallut dix bonnes minutes.

Entre-temps, d'autres voitures s'étaient garées sur le terre-plein jouxtant le restaurant. Des femmes en descendaient, seules ou deux par deux, souriantes, enjouées, leurs jupes pastel bouffant sous la brise. L'auberge semblait décidément un lieu accueillant et gai.

Tony prit une profonde inspiration et comprit qu'il n'avait plus le choix.

Il s'extirpa laborieusement de son coupé, se dégourdit un instant les jambes et, après un dernier coup d'œil à la façade de l'établissement, entreprit d'en remonter l'allée. Il espérait que son pantalon kaki et sa chemise en jean ne détonneraient pas trop dans le salon de thé, et qu'il ne serait pas obligé de repartir en ville pour se procurer des vêtements fleuris et vaporeux...

La véranda était de bois, et le plancher grinçait agréablement sous les pieds de Tony. La porte d'entrée, derrière laquelle avaient disparu toutes ces pimpantes dames en toilette, était antique, épaisse et moulurée. Tony la poussa doucement et entra.

— Oh, euh... salut. Besoin d'un renseignement ?

Un moment, Tony crut que sa fille l'avait précédé. Puis, une fois que son regard se fut accoutumé à la pénombre relative du lieu, il s'aperçut que cette jeune fille-là était plus jeune que Gina. Avec ses cheveux roux et ses yeux pâles, elle avait l'air d'un petit lutin. Debout devant le comptoir, elle le dévisageait d'un regard perplexe et curieux. Tony remarqua avec un certain soulagement qu'elle portait une tenue nettement plus sombre et moins soignée que celles des clientes du restaurant.

Il lui adressa un large sourire et nota qu'elle se détendait visiblement.

— Votre auberge a beaucoup de charme, dit-il. Servez-vous une collation avec le thé ?

Elle laissa alors échapper un gloussement qui acheva de le décontenancer.

— Bien sûr, répondit-elle. C'est inscrit sur le panneau.

— Ah, oui, je vois.

— Pas de problème pour la collation mais... vous n'êtes pas obligé de commander du thé.

— Si, si : j'en prendrai volontiers.

Apparemment amusée par la fermeté de son ton, elle lui indiqua la direction de ce qui avait dû être, jadis, la salle de séjour. Quelques tables en occupaient les angles, tout comme dans la pièce voisine qui donnait sur le jardin arrière.

Les murs étaient hauts, blancs et décorés de vieilles photos sépia. Divers bibelots étaient disposés çà et là, comme au hasard : un éventail, un châle, une paire de gants d'enfant accrochés à un carnet de bal par un cordonnet à glands — autant d'esquisses de souvenirs tendres qui attiraient l'œil de Tony par leur raffinement discret et un peu suranné.

Les tables elles-mêmes ne semblaient pas avoir été arrangées selon un ordre particulier, mais se dressaient au petit bonheur sur le parquet recouvert d'antiques tapis orientaux. Un prélude de Debussy était diffusé en sourdine par des haut-parleurs invisibles, et les fenêtres étaient tendues de lourds rideaux de cachemire bordeaux.

Tony s'installa dans un coin, le dos au mur, comme d'habitude, et remarqua que pas un cendrier ne traînait dans le secteur. Tant pis, se dit-il. Au moins, il ne serait pas tenté de faillir à la promesse qu'il avait faite à Gina, cinq ans plus tôt.

— Désirez-vous consulter le menu ? s'enquit la jeune fille.

— Je crois que cela vaut mieux. J'ai comme l'intuition que vous ne servez pas de hamburger...

Il eut droit à un nouveau gloussement et à une carte imprimée sur vélin où étaient proposées près de quinze variétés de thé et autant de sortes de salades, de biscuits et de sucreries. Il réprima une grimace, se jurant bien de filer dans un snack de Richmond sitôt sa mission accomplie.

Il releva la tête pour passer commande : le lutin avait disparu. A l'autre bout de la pièce, des dames d'un certain âge l'observaient avec une curiosité non dissimulée. Il leur sourit et se plongea derechef dans la lecture du menu.

— Oh-oh..., s'exclama-t-on soudain du côté de l'entrée.

C'était la petite serveuse. Et il reconnaissait cette expression : elle venait d'être prise en flagrant délit. Quel délit, au juste, il l'ignorait.

Puis il entendit quelqu'un lui répondre, et il perdit aussitôt la conscience de l'heure, du lieu comme celle du but de sa visite.

— Figure-toi que les services de la protection de l'enfance m'ont appelée à l'hôpital pour me demander ce qu'une demoiselle de treize ans faisait à la réception d'un restaurant...

C'était « elle ». Tony en était certain. Il ne savait pas à quoi elle ressemblait, et il n'était même pas sûr de l'avoir déjà vue, mais il se rappelait clairement sa voix, et il se la rappellerait jusqu'à la fin de ses jours : douce, un peu rauque, infiniment compatissante, caustique aussi et, comme maintenant, teintée d'une pointe d'amertume.

Non, il ne pouvait pas se tromper : c'était bien la voix qui ne cessait de le hanter depuis plus de vingt ans.

— Ho, maman, répliqua la jeune fille. C'est bien toi qui as donné son week-end à Marissa, non ? Et puis, Bea a téléphoné ce matin pour t'avertir qu'elle était malade, mais tu étais déjà partie au travail. Est-ce ma faute si elle est enceinte ?

— Bien sûr que non, Jess. Mais, comme je suis ici, tu es libre d'aller terminer tes devoirs.

— Mais, maman...

— Exécution.

— Attends, maman, il faut que je te dise...

Tony se les imaginait toutes deux, debout devant le comptoir, la mère souriant malgré elle de cet enthousiasme juvénile à peine contrôlé. Sa voix avait ressuscité en lui un flot de souvenirs, d'odeurs et de sons qui lui donnaient le vertige. Il se raidit et se força au calme.

— Que tu me dises quoi ?

Il y eut une pause — dramatique à souhait —, puis un chuchotement théâtral qu'on aurait pu entendre depuis la route :

— Il y a un homme dans le salon ! lâcha la jeune fille.

— Un homme ? répéta sa mère sur le même ton. Oh, non ! Et moi qui avais presque fini la pancarte « Interdit aux mâles ».

— Maman...

Tony ne put s'empêcher de sourire, tout comme les autres clientes du restaurant.

— Nous pourrions peut-être lui envoyer Peaches, reprit la voix de la mère.

— Maman, ce n'est pas rigolo. Qu'est-ce qu'il veut, à ton avis ?

— Je l'ignore, Jess... Un peu de thé ?

— Il n'a pas la tête à ça.

— Eh, bien, autant le lui demander directement.

— Je, euh... j'appelle Peaches ?

Cette fois, il y eut un rire franc : ce même rire qui avait soutenu Tony dans les pires moments.

— Non, ma chérie, je doute que ce soit nécessaire. Et tu n'as pas besoin de m'accompagner non plus.

S'ensuivit un froissement d'étoffe. Puis un hoquet d'angoisse.

— Oh, non..., murmura la jeune fille. Maman, je crois qu'il a tout entendu !

— Je le crois également... Bon, et si tu me laissais aller lui demander ce qu'il désire réellement puisque, d'après toi, il ne peut s'agir d'une simple tasse de thé ?

— Oh, Seigneur...

La voix de Jess mourut dans un gémissement d'humiliation étouffé qui fit de nouveau sourire Tony. Il ne connaissait que trop cette plainte-là. Chez lui, d'ordinaire, elle était précédée d'un « Oh, papa... ».

Il se redressa pour saluer son hôtesse, les genoux un peu tremblants. Il ignorait ce qu'il allait pouvoir lui dire. Tout ce qu'il savait, c'est qu'il devait être là...

Puis, soudain, « elle » apparut, et tout fut bouleversé de nouveau.

Elle avait des yeux qui allaient avec son sourire. Des yeux bleus et souriants, au feu adouci et tempéré par les années, étoilés de ces mêmes pattes d'oie qu'il avait l'habitude de voir dans son propre miroir. Des cheveux roux. Ou plutôt d'un blond doré que le soleil de fin d'après-midi embrasait. Des boucles lourdes qui devaient frisotter sous la pluie et donner à un homme l'envie folle d'y plonger les doigts. Il la trouva d'une beauté intemporelle : un visage ovale à la peau laiteuse et parsemée de taches de rousseur, aux lèvres généreuses et au dessin racé. Un visage qui évoquait ces robes aériennes et fleuries qui étaient de rigueur à l'heure du thé. Elle en portait une, d'ailleurs, et celle-ci ondulait autour de sa silhouette en vagues pastel.

Elle apparut donc ainsi à Tony qui s'en trouva sans voix.

— Bonjour, lui dit-elle avec un sourire malicieux qui creusa une fossette dans chacune de ses joues. Ma fille vient de m'avertir que vous veniez de débarquer dans ce restaurant sans crier gare et que vous ne sembliez pas avoir réellement envie de boire du thé. En quoi puis-je vous aider?

Devant se sourire, Tony se sentit encore plus désarmé.

Il se tenait là, immobile, conscient de tout ce qu'il avait à lui dire et, en même temps, incapable d'ouvrir la bouche. Il savait que quelque chose était en train de lui arriver. Quelque chose qui n'avait rien à voir avec le but de sa visite mais qu'il était impuissant à définir.

Il demeurait tétanisé.

Du coup, elle perdit un peu son sourire.

— Jess ne pensait pas ce qu'elle racontait, enchaîna-t-elle avec un geste hésitant de la main. Elle est à l'âge où tout est prétexte à mélodrame, vous comprenez ?

Tony hocha la tête et se frotta machinalement le menton, étonné qu'une femme d'une telle force d'âme fût si menue et gracile.

— Je, euh..., commença-t-il à bredouiller.

Puis il se mit à rire pour dissimuler sa gêne. Mais son rire semblait lui-même contraint. Finalement, il secoua la tête pour s'éclaircir les idées.

— Je crains que Jess n'ait raison, dit-il enfin. Je ne suis pas venu ici pour prendre le thé.

Cette déclaration acheva d'effacer le sourire de son interlocutrice.

— Avant que vous ajoutiez quoi que ce soit, monsieur, je tiens à vous avertir que mon chef pâtissier est diplômé du pénitencier d'Etat de Raiford. Option homicide.

Tony s'esclaffa et, cette fois, son rire ne ressemblait pas à la toux d'un moteur poussif.

— Loin de moi l'idée de troubler la sérénité de cet établissement, répliqua-t-il. J'aimerais seulement vous... vous parler un peu. Si cela ne vous dérange pas.

Elle leva aussitôt les deux mains en l'air.

— Désolée, mais je n'ai besoin de rien.

— Non, non, ce n'est pas cela, affirma-t-il vivement.

Jamais, jusqu'alors, il n'avait eu de problème pour s'exprimer, et il avait du mal à comprendre ce qui lui arrivait. En plus, il avait attiré non seulement l'attention de toutes les clientes alors présentes dans la salle, mais aussi celle d'une serveuse qui, revêtue du traditionnel uniforme de lin amidonné et de la coiffe en mousseline de sa profession, l'observait depuis le seuil d'un regard alarmé.

Il n'avait, décidément, pas prévu ces difficultés... Prenant une profonde inspiration, il décida de tenter le tout pour le tout.

— Vous êtes bien Claire Henderson ? demanda-t-il, résolu à ne plus se laisser dévier de son objectif.

Elle se raidit.

— Et vous, vous êtes huissier de justice ? répliqua-t-elle.

— Non, madame, je ne suis pas huissier de justice, je vous le promets. Votre nom de jeune fille est bien Maguire ?

Elle eut un haussement de sourcils et croisa les bras.

— Ça dépend, lança-t-elle. Si je vous dis oui, je gagne quoi ?

Tony sourit, puis songea que la meilleure méthode était encore d'aller droit au but.

— Je suis venu vous remercier, dit-il simplement. Vous m'avez soigné, à Chu Lai.

L'espace d'un instant, il crut avoir commis un impair : son interlocutrice était devenue livide et muette, comme si les paroles qu'il venait de prononcer lui avaient littéralement glacé le sang dans les veines. La lueur tantôt amusée, tantôt combative, qui animait jusqu'alors son regard s'était brusquement éteinte. Puis ses yeux se remirent soudain à briller, et elle porta une main un peu tremblante au col de son chemisier.

— Claire ? dit alors une femme derrière elle.

Elle sursauta et se retourna vivement.

— Oh, Bea, tu es revenue ! s'exclama-t-elle d'une voix blanche. Pourrais-tu t'occuper des clientes à ma place ? Je dois m'entretenir avec, euh...

— Tony Riordan.

— ... avec Tony, une seconde, enchaîna-t-elle. Tu veux bien ?

— Naturellement. Ça va ?

Elle sourit d'une telle manière que Bea fut immédiatement rassurée.

— Tout à fait, répondit-elle. Tony m'a juste un peu... surprise.

Quand elle se retourna vers lui, elle s'était manifestement remise de son émotion.

— Je suis désolé, dit Tony, mais je ne savais trop comment m'assurer que vous étiez bien la personne que je cherchais.

Elle s'avança vers lui et lui prit le bras.

— Ne vous excusez pas, répliqua-t-elle. Et si nous continuions cette conversation dans un endroit moins... exposé ? Comme ça, vous pourrez déguster la bière dont vous avez vraiment envie.

Tony lui emboîta le pas.

— Vous avez une fille très éveillée, dit-il avec un sourire en coin.

Elle roula des yeux.

— Trop, parfois. Ne l'encouragez pas !

— Ne vous inquiétez pas. J'ai une fille, moi aussi.

— Dans ce cas, monsieur Riordan, je compatis...

⁂

— Je m'imaginais que vous étiez encore infirmière.

Ils s'étaient installés à l'arrière du bâtiment, dans un petit bureau qui, pour Tony, ressemblait à une valise trop remplie. Bien qu'il y régnât le même ordre et la même atmosphère distinguée que dans le restaurant, il était visible que les piles de dossiers menaçaient de s'écrouler et que les tiroirs des classeurs fermaient tout juste. Livres de cuisine, manuels d'hygiène et volumes d'histoire locale s'alignaient sur les étagères, tandis que papiers, contrats et menus occupaient le plateau du secrétaire. Sur ce dernier étaient également posés plusieurs éphémérides, des catalogues d'échantillons de tissus et des photographies de famille représentant Claire en compagnie de sa fille et d'un adolescent qui leur ressemblait vaguement. Devant le secrétaire se trouvait un fauteuil sur lequel trônait un énorme matou tigré qui, en voyant Tony approcher, alla se réfugier en haut d'une armoire.

Claire avait tenu parole pour la bière, et ce fut avec une satisfaction certaine qu'il en avala la première goulée tout en se renfonçant dans le fauteuil qui, à en juger par le regard que lui lançait le chat, devait être le siège le plus confortable de la pièce.

— Je suis toujours infirmière, expliqua Claire. Mais seulement à mi-temps. J'ai décidé de travailler un peu pour moi-même.

Tony approuva d'un hochement de tête et avala une nouvelle gorgée de bière.

— Votre établissement est charmant.

— Merci. Il sera encore plus accueillant quand nous aurons fini de l'aménager. Et quand nous y aurons installé des chambres pour nos hôtes de passage... A part ça, comment m'avez-vous retrouvée ?

Tony avait préparé une centaine de réponses différentes à cette question. Il choisit, cependant, de dire la vérité.

— J'ai mené mon enquête, avoua-t-il.

Elle affichait un air très décontracté, mais Tony la sentait encore méfiante.

— Vous étiez difficile à localiser, ajouta-t-il en haussant les épaules. Votre nom n'apparaissait dans aucun fichier de vétérans. Heureusement, j'ai un ami au FBI. Je lui ai demandé de me trouver votre adresse. Vous habitez également ici ?

Il ignorait si cet aveu servirait sa cause : le sourire poli de Claire demeurait indéchiffrable.

— Oui, répondit-elle. J'habite derrière le restaurant, avec mes deux enfants et Peaches, qui est... enfin... il a été incarcéré à Raiford, et je l'ai accueilli ici, à sa sortie de prison. Il est cuisinier et...

— J'ai compris le message. Ecoutez, Claire, je ne suis pas venu ici pour me mêler de votre vie. Je voulais juste vous parler.

— Dans ce cas, pourquoi n'avez-vous pas téléphoné ?

Il avait essayé de le faire à plusieurs reprises. Et, chaque fois, il avait raccroché avant d'entendre la première sonnerie à l'autre bout du fil. Cela étant, il aurait dû lui écrire pour lui demander la permission de venir. Mais il voulait lui parler de vive voix. C'était trop important pour lui.

— Il fallait que je vous voie, dit-il enfin.

Elle haussa les épaules, visiblement décontenancée.

— Mais pourquoi ?

— Etes-vous déjà allée au Mur ? lui demanda-t-il.

Elle hocha la tête.

— La dernière fois que je m'y suis rendu, pour le Memorial Day, poursuivit-il, j'ai rendu visite à tous les gars de mon ancienne unité, j'ai salué ceux qui n'étaient pas rentrés chez eux, et je me suis juré de vous retrouver.

— Pourquoi ?

— Eh bien, pour vous remercier, je vous l'ai déjà dit.

Il changea de position ; il se sentait embarrassé par la réserve de Claire.

— Vous ne vous souvenez sans doute pas de moi, reprit-il. Chu Lai n'était pas vraiment un endroit calme, en 69. On m'y a transporté le 15 novembre, depuis un coin plus au nord, près d'An Dien.

— Vous serviez dans la division Americal ?

— Non, dans le premier régiment de marines.

Elle hocha de nouveau la tête. Encouragé, Tony poursuivit son récit :

— Nous revenions d'une mission de reconnaissance. Quelques heures plus tôt, nous avions capturé un homme qui paraissait détenir des renseignements importants sur une opération d'envergure projetée par l'ennemi. Nous étions encore loin du point de ralliement quand nous sommes tombés au milieu d'une embuscade. Nous nous sommes retranchés derrière le talus d'une rizière, et j'ai ordonné à la moitié de mes hommes de partir avec le prisonnier tandis que le reste du détachement les couvrait. Puis le piège s'est refermé sur nous. Trois des soldats restés avec moi sont morts, j'ai reçu une méchante blessure à l'abdomen et, sans Smitty, le radio, nous y serions tous restés. Finalement, deux hélicos d'assaut sont venus nous secourir, et nous avons été évacués sur le Ninety-First. Smitty a été touché alors qu'il montait dans l'appareil...

Il baissa les yeux et s'arrêta un instant.

— C'est vous qui m'avez soigné à l'hôpital, Claire.

— J'y ai soigné beaucoup d'hommes, monsieur Riordan.

Il releva aussitôt la tête.

— Souvenez-vous de moi, je vous en prie ! Tony Riordan...

— D'accord, Tony, dit-elle en souriant.

Il baissa la tête et fronça les sourcils, cherchant les mots pour exprimer tout ce qu'elle avait représenté pour lui, à ce moment-là.

— J'ai voulu mourir, dit-il. Enfin, je m'étais fait à cette idée. J'étais responsable du décès de ces trois hommes, et je savais que Smitty ne s'en sortirait pas. Alors, je trouvais normal de rentrer, moi aussi, à la maison dans un sac en plastique.

Il releva la tête et surprit des larmes dans les yeux de Claire.

— Mais vous ne l'entendiez pas de cette oreille, oh non... Je n'ai pas vraiment gardé de souvenirs précis de l'unité d'évacuation. En fait, tout ce qui précède mon arrivée au Japon est resté pour moi dans la brume... sauf vous. Vous et votre main qui serrait la mienne, vos cris, votre crochet du droit pour me réveiller... Bref, je n'avais plus le choix : il fallait que je revienne à moi sans cesse. Vous avez tout fait pour m'empêcher de partir... pour de bon. Et ça a marché.

Tony nota que les mains de Claire tremblaient et que, pour tout bijou, elle portait une opale à la main droite. Finalement, elle détourna les yeux et parut s'absorber dans un rêve lointain. Tony attendit, ne sachant plus au juste quel était le véritable but de sa démarche, mais se rendant compte de la gêne terrible dans laquelle il avait plongé son hôtesse.

Il éprouvait lui-même comme un écartèlement entre

présent et passé, et songeait que tout cela n'aurait pas dû se produire ici et maintenant, mais plutôt devant le Mur et sous un ciel gris, froid et lourd, dans l'ombre du monument aux morts, près du souvenir de tous ces hommes qu'ils avaient l'un et l'autre laissés derrière eux, étendus dans des marais perdus au milieu de nulle part.

Et pourtant, quand Claire le regarda de nouveau, ses yeux brillaient de cette même compassion fervente qui avait été le secret de sa survie.

— Merci, dit-elle simplement. Voilà longtemps que je n'avais plus repensé à tout cela. Je suis heureuse d'avoir été utile à quelqu'un, là-bas.

— Oh, vous l'avez été, affirma-t-il, vous l'avez été.

Sur le chemin du retour, Tony eut tout le loisir de réfléchir à sa visite. Et il y songeait encore lorsque, peu avant l'aube, il se gara enfin devant chez lui.

Il se prépara du café dans la cuisine et, en attendant le réveil de sa fille, il contempla la piscine d'un air absent.

Au fond, se dit-il, Gina devait avoir raison en affirmant qu'on ne pouvait ainsi remettre les compteurs à zéro. Les événements du passé étaient plus que des souvenirs partagés entre copains, plus même que les cauchemars qui vous réveillaient parfois en sursaut dans le noir, plus que la longue liste de ceux auxquels vous aviez survécu...

Claire Maguire Henderson l'avait finalement accueilli chez elle avec chaleur. Elle s'était peu à peu remise de l'émotion qu'elle avait ressentie en écoutant cet homme évoquer devant elle son compagnon d'armes arrivé avec lui à l'hôpital et reparti plus tard dans un cercueil de métal plombé. Au bout d'un moment, elle riait comme jadis et lui présentait sa fille. Puis elle l'avait emmené dans la cuisine où officiait un géant nanti d'un immense tablier blanc et d'une boucle dorée à l'oreille gauche : le fameux Peaches. Enfin, ils avaient croisé Johnny, le fils de la maison, qui avait été déçu d'apprendre que Tony n'avait piloté aucun appareil, au Viêt-nam.

Petit à petit, Tony avait décrit à ses hôtes l'existence qu'il menait avec Gina à Atlanta, où il dirigeait une entreprise de travaux publics fondée par son père...

Après avoir raconté tout cela à Gina, qui était venue le rejoindre dans la cuisine, Tony contempla de nouveau la piscine qui miroitait sous le soleil du matin, et il sut que la paix qu'il avait si ardemment souhaité trouver en rencontrant Claire, cette paix du cœur et de l'esprit, ne brillait toujours pas en lui.

Aussi, deux jours plus tard, au lieu de sortir le barbecue du dimanche, ou encore de rester rivé devant la télévision pour suivre sur CNN les événements aussi absurdes que tragiques du golfe Persique, il reprit son coupé pour retourner en Virginie.

Il n'aurait su dire la raison qui l'y poussait. Il n'aurait pas su non plus l'expliquer à Gina ni aux gars du centre des vétérans ni à son frère Pauly qui gérait l'entreprise familiale en son absence. Il savait seulement qu'il devait revenir dans cette vieille et paisible auberge, sur les rives de la James River.

Quand il approcha enfin de l'établissement de Claire, il venait de traverser la pire tempête de sa vie. D'ordinaire, il aimait les tempêtes, mais celle-ci l'avait surpris dans sa voiture, alors qu'il ressassait ses souvenirs, et un vieil instinct l'avait amené à se demander ce qui pouvait bien se cacher derrière l'obscur et dense rideau végétal qui bordait la route et que des éclairs illuminaient parfois d'un éblouissement blafard.

Le soleil, reclus derrière les nuages, avait dû se coucher depuis longtemps lorsqu'il parvint enfin à l'auberge. Le bâtiment était sombre et silencieux. Seules quelques lueurs éclairaient les fenêtres de l'ancienne remise en brique tapie derrière les arbres, au-delà du parking. « Pourquoi diable suis-je revenu ? » se demanda Tony. Il n'avait déjà que trop importuné Claire...

Malgré tout, il coupa le moteur et ouvrit la portière. L'air sentait encore l'ozone. Grillons et oiseaux de nuit accompagnaient en sourdine le grondement lointain de la foudre. Il se coula le long de l'allée plantée d'impatiens et de pensées, puis frappa à la lourde porte de bois qui défendait l'accès de l'appartement.

Nul ne vint lui ouvrir. Embrassant les environs d'un coup d'œil circulaire, il avisa une petite voiture rouge vif garée derrière la bâtisse, à côté de ce qui semblait être un garage. Il en déduisit que, de ce côté, devait exister une issue de service, sans doute plus empruntée que l'entrée principale. Il descendit du perron et contourna la maison. Un chat miaula à quelque distance de là. Plus loin, un chien perçut le crissement de ses semelles sur le gravier et se mit à aboyer. Mais, dans les parages immédiats, on n'entendait que la stridulation des grillons et le ululement des rapaces.

L'endroit était si tranquille. Si verdoyant. Si isolé.

Tony grimpa les trois marches qui menaient, semblait-il, à la cuisine, et frappa à la moustiquaire. Par la fenêtre qui s'ouvrait sur sa droite, il vit des bouquets d'herbes aromatiques déposés sur la paillasse de l'évier ainsi que des cuivres luisants alignés le long du mur. La palpitation bleuâtre d'un écran de télévision éclairait par intermittence la pièce plongée dans la pénombre, et des détonations assourdies filtraient à travers la porte, entrecoupées de commentaires frénétiques. Il distingua également deux bouteilles sur le comptoir : l'une pleine, l'autre vide.

Ce fut la télévision qui la trahit. La lueur de l'écran la nimbait d'une aura glauque et crépitante.

Tony poussa le battant sans réfléchir et, avant même de prendre conscience qu'il pénétrait chez Claire sans y avoir été invité, il traversa vivement la cuisine carrelée pour la rejoindre.

Elle était assise par terre, prostrée devant le poste, les mains pressées sur les oreilles, le corps secoué de tremblements convulsifs, les yeux exorbités.

« Oh, Seigneur... »

Voilà ce qui n'allait pas ! songea-t-il. Voilà ce qu'il avait senti, au cours de sa première visite...

Il se rapprocha encore, mais d'un pas seulement. Le reflet blême du massacre en Technicolor donnait à la jeune femme un visage exsangue. Puis il se pencha suffisamment pour la regarder dans les yeux. Son cœur cognait dans sa poitrine sans même qu'il s'en rendît compte.

— Claire ? murmura-t-il.

Des mèches de cheveux lui barraient le visage. Elle était pieds nus, un verre vide posé à côté d'elle.

— Lieutenant Maguire ? murmura-t-il. L'alerte est passée. Tout est O.K. maintenant.

Elle le regarda enfin de ces yeux bleus et tendres auxquels il n'avait cessé de rêver, des années durant. Ce soir-là, cependant, ces yeux ouvraient sur un paysage dévasté que Tony reconnut avec une épouvantable certitude.

— Espèce de salaud, bredouilla-t-elle d'une voix chevrotante. Tout ça, c'est votre faute.

2.

Claire n'était plus sûre de rien. Et c'était bien là le pire. Que lui arrivait-il donc ?

— Par pitié, dit-elle dans un brusque accès de lucidité, dites-moi seulement où je suis !

— Tout va bien, répondit-il en lui tendant la main. Vous êtes en Virginie, chez vous, dans l'auberge où vous vivez avec Johnny, Jessie et Peaches.

Elle essaya de reprendre son souffle et se remit finalement à sangloter. Seigneur, comme elle détestait pleurer ! Cette douleur pesante qui gonflait en elle, ces sanglots qui souillaient le silence de la cuisine lui faisaient horreur.

Des mortiers. Rien qu'au bruit, elle avait su qu'il s'agissait de mortiers et de roquettes dont les projectiles zébraient le ciel et percutaient le sol avec une telle fureur que les vitres en tremblaient. Elle avait passé quinze minutes frénétiques à chercher vainement son casque, et elle prenait maintenant conscience qu'elle avait dû terroriser le chat en se plaquant au sol pour échapper aux éclats des obus et des fusées.

Elle s'était elle-même terrorisée, et elle ne parvenait plus à se raisonner.

— Claire, dit Tony, où sont les enfants ?

Elle ferma les paupières, craignant de vivre un rêve illusoire à l'intérieur même de son cauchemar. Mais, quand elle rouvrit les yeux, l'homme était toujours là.

Et ce n'était pas un jeune homme. Ce n'était pas Jimmy. Cet individu-là était plus vieux. Et nettement plus grand. Un être mûr aux épaules larges et à la mâchoire carrée, d'une virilité à faire pâlir Gregory Peck de jalousie.

Et puis, il y avait ses yeux. Claire songea qu'elle n'avait jamais croisé un regard aussi tendre de toute son existence. Un regard vert, semblait-il dans la pénombre, d'un vert qui ressemblait à celui d'un lagon des Caraïbes au petit matin.

Alors qu'il s'apprêtait à la toucher, elle se remit brusquement à sangloter.

— Allons, Claire, lâcha-t-il d'une voix douce et basse, ce n'était qu'une tempête, et elle est passée. C'est fini, maintenant.

Il continua ainsi à lui parler pour la ramener dans le présent, ne cessant de lui caresser le bras afin qu'elle prît pleinement conscience de sa présence. Et ainsi, peu à peu, elle recouvra ses esprits.

Mais la souffrance la secouait encore. Et plus durement que le tonnerre. Elle serra les bras autour de sa poitrine, comme pour contenir la douleur au fond d'elle-même, l'empêcher de sortir, de la blesser.

En désespoir de cause, elle releva la tête vers lui.

— Je... je suis désolée, mais je ne me souviens plus de vous, bafouilla-t-elle péniblement.

Elle le dévisageait avec une perplexité angoissée. Les traits de cet homme étaient marqués. Ses tempes grisonnaient, et des fils d'argent se mêlaient aux poils de sa moustache ainsi qu'aux mèches de ses cheveux d'un brun riche et profond. Il semblait également sage et solide.

Et puis, les rides du sourire étoilaient son visage, depuis le coin de ses yeux et la commissure de ses lèvres jusqu'aux fossettes qui creusaient discrètement ses joues. Claire adorait les fossettes. C'était le signe d'un caractère enjoué et fantaisiste. Et elle avait terriblement besoin de fantaisie.

— Non, reprit-elle sur un ton navré. Je ne me souviens plus du tout de vous ni à quoi vous ressembliez ni même quelles étaient vos blessures.

— Je sais, répliqua-t-il en souriant.

Il ne bougeait pas. Il se tenait simplement là, proche d'elle mais à distance, attendant patiemment que ses tremblements eussent cessé, les mains posées sur son bras pour ne pas rompre le contact.

— En vérité, ajouta-t-il, le contraire m'aurait surpris. Comme vous le disiez l'autre jour, vous avez soigné beaucoup d'hommes, là-bas.

Claire se frotta les paupières, chassant de son esprit les images qui l'avaient hantée, luttant pour retenir d'autres larmes.

— Pourquoi êtes-vous revenu ?

Il demeura silencieux. A la télévision, les nouvelles locales avaient succédé aux informations internationales. Le bruit des armes s'était tu. Dans le couloir, la pendule égrenait les secondes tandis que, dans le lointain, au-delà du fleuve, le tonnerre grondait toujours, inlassablement. Ce fracas était si familier, pensa Claire avec effarement. Comme les bruits d'un rêve qu'on ne pourrait totalement oublier.

Celui des détonations au-dessus de la jungle.

— Eh bien, répondit-il au bout d'un instant, je me suis dit que je goûterais bien à votre thé, finalement.

Claire ôta les mains de ses yeux et fut une nouvelle fois étonnée de voir toutes ces rides de bonheur qui sillonnaient le visage de Tony et le rendaient si rassurant. Elle allait le lui expliquer, mais les mots lui manquaient. Elle prit une profonde inspiration, espérant que cet afflux d'air purifierait sa mémoire, en chasserait les miasmes du passé.

— Donnez-moi juste une seconde, dit-elle.

— Tant que vous voudrez, répondit-il. Rien ne presse.

Elle voulut lui sourire, mais sentit que le résultat était piteux. Elle tremblait encore. Sa peur ne l'avait toujours pas quittée, ni son incertitude ni sa honte. Elle s'efforça pourtant de reprendre le contrôle d'elle-même, ce qui, à ses yeux, était l'essentiel.

— Quelle question m'avez-vous posée, tout à l'heure ? s'enquit-elle d'un ton qu'elle essaya de rendre le plus sensé possible, alors même qu'elle n'arrêtait pas de frissonner, recroquevillée dans son coin.

Tony n'avait pas esquissé le plus petit mouvement depuis qu'il s'était penché sur elle, comme si cette position en porte à faux avait été la plus confortable du monde. Il était si près... Claire était sûre qu'il l'aurait bercée dans ses bras si elle le lui avait demandé. Mais il n'en était évidemment pas question. Si elle cédait maintenant à la moindre faiblesse, elle tremblerait de nouveau de la tête aux pieds, et cela l'achèverait.

Les enfants, songea-t-elle soudain. Il avait demandé des nouvelles des enfants.

— Oh, mon Dieu...

Elle devait se ressaisir. John et Jess n'allaient plus tarder à rentrer, et elle ne pouvait se montrer à eux dans cet état. Comme elle ramenait ses jambes sous elle pour se relever, Tony se redressa avec la souplesse d'un athlète et lui tendit la main.

— Les enfants sont sortis, n'est-ce pas ? lança-t-il.

Elle le regarda. Regarda sa main. Une main qu'il lui suffisait de prendre pour se remettre d'aplomb. Une main qui ne l'engageait pas trop.

— Oui, mais ils doivent revenir bientôt.

Il l'aida à se relever. Elle vacilla un instant, puis parcourut la cuisine des yeux, cette pièce familière avec ses pots en cuivre, ses casseroles pendues à leur râtelier de bois verni, son comptoir de Formica blanc, ses placards aux portes vitrées, ses brassées d'herbes aromatiques, son panier plein d'œufs frais.

Elle passa ainsi en revue chaque objet qu'elle y avait apporté : autant de témoignages d'un travail effectué avec amour, espoir, persévérance. Et, l'espace d'un instant, elle ne reconnut plus rien.

Une vague de panique s'empara d'elle. Une barre brûlante lui comprima la poitrine. Debout à côté de Tony Riordan, à moins de trois pas de lui, elle cessa de le voir. Elle n'avait d'yeux que pour sa maison, pour les notes et les cartes postales scotchées sur la porte du réfrigérateur, pour les dessins d'avion exécutés par John qui ornaient le coin repas, pour le chat en terre cuite que Jess avait confectionné en classe. Puis son regard se perdit dans l'obscurité moite du paysage virginien qui s'étendait au-delà des fenêtres, et se fixa enfin sur une lueur qui brillait dans la nuit : le petit cottage de Peaches.

Alors, par une sorte de travelling arrière, elle revint dans sa maison, dans sa cuisine, dans son intérieur... et près de Tony. Elle se sentait troublée à l'idée qu'il sût si bien l'aider à se retrouver elle-même.

— Je suis navrée, lui dit-elle d'une voix encore tremblante, tout en s'essuyant les yeux. Ça ne m'est... j'ignore ce qui m'est arrivé.

Il alluma la lumière du plafonnier et murmura :

— Non, c'est à moi de m'excuser. Je n'avais pas compris...

Il haussa les épaules avec une mimique expressive. Claire y déchiffra de l'embarras, de la peine, du remords. Comme dans un miroir, pensa-t-elle avec un peu d'affolement.

Elle aurait souhaité le toucher pour se rassurer, profiter de la chaleur de sa présence, dissiper le reflet, trouver l'homme. Mais il était encore trop proche de la porte qui bloquait ses cauchemars.

La lumière de la rampe au néon suffit, cependant, à la rasséréner. Les ombres avaient reculé et, avec elles, sa propre incertitude. Son regard se stabilisait sur les angles blancs de la cuisine blanche et lui restituait le sentiment de sécurité dont était imprégnée cette maison qu'elle avait achetée, restaurée et décorée de ses propres mains. Sa maison — nette, propre, solide. L'univers avait réintégré sa place et elle-même avait réintégré sa place dans l'univers.

— Personne ne l'avait compris avant vous, admit-elle.

C'était le premier aveu qui lui eût jamais échappé à ce sujet.

— Je comprends, répéta-t-il laconiquement.

Il avait dit cela avec une telle simplicité, une telle sincérité, que Claire dut ouvrir précipitamment la porte du réfrigérateur pour se retenir de serrer cet homme dans ses bras.

— Une bière fraîche ? lui proposa-t-elle.

— Volontiers.

Elle se retournait vers lui, une canette à la main, quand la porte de la cuisine s'ouvrit brusquement. Tony sursauta. Claire bondit littéralement sur place, laissant échapper la canette qui explosa sur le carrelage et se vida instantanément de son contenu en un arc de mousse qui gifla le comptoir.

Sur le seuil se dressait une formidable réplique de Monsieur Propre, en version acajou, et son froncement de sourcils était encore plus terrifiant que le tonnerre. Claire ferma les yeux un moment et s'efforça de calmer une nouvelle fois les battements de son cœur.

— Peaches..., murmura-t-elle dans un soupir.

— Ça va? demanda-t-il d'une voix si rude qu'il semblait l'accuser des dangers contre lesquels il était venu la protéger.

— Oui, oui, ne t'inquiète pas.

— Tu as crié, répliqua-t-il sur un ton accusateur.

Claire rouvrit alors les paupières et constata que Peaches considérait Tony avec toute la férocité obtuse d'un rhinocéros s'apprêtant à charger le 4x4 d'un safari.

— Ce n'est pas sa faute, s'empressa-t-elle de préciser.

Un rire terrible lui répondit.

— Ah ouais? rétorqua le cerbère, manifestement peu convaincu.

Claire se raidit, enferma la vérité au fond de son cœur et s'efforça de reprendre les choses en main, comme d'habitude.

— Peaches, s'il te plaît... M. Riordan, euh...

— Tony, intervint l'intéressé sur un ton affable.

Claire eut un sourire qui la surprit elle-même.

— Tony, reprit-elle, m'avait prévenue, au cours de sa denière visite, qu'il repasserait nous voir. Et je l'ai, euh... oublié, voilà. Mais bon, la semaine a été rude, n'est-ce pas?

Le froncement de sourcils de Peaches s'accentua plus encore.

— T'es sûre, petite ?

Claire découvrit alors que son sourire lui était revenu. Elle savait que, quoi qu'il lui arrivât par la suite, elle pourrait compter sur cet immense miracle qui avait permis à un homme de revenir la chercher en enfer.

Elle se rapprocha de Peaches et lui tapota affectueusement le bras.

— J'en suis sûre, lui affirma-t-elle. Retourne te coucher, maintenant. Tu commences tôt, demain.

Peaches toisa une dernière fois Tony d'un air menaçant avant de hocher lentement la tête.

— Puisque tu le dis, grommela-t-il.

Puis il s'en fut.

Tony contempla la porte un moment, et finit par secouer la tête. Ce fut seulement à cet instant que Claire remarqua la cicatrice qu'il portait au visage. Une longue et ancienne balafre qui contournait son œil gauche pour se perdre dans les poils de sa moustache, et dont il ne restait plus qu'un mince bourrelet pâle, sans doute grâce à une opération de chirurgie esthétique.

— Il est toujours aussi protecteur ? demanda Tony.

— Plus encore avec les enfants.

Les mains de Claire tremblaient toujours, mais elle n'y prêtait plus attention, préférant se concentrer sur les profondes inflexions de la voix de Tony, l'odeur de la bière, le chant des criquets dans le jardin, le ululement de la chouette qui nichait dans le pin, près de la fenêtre de sa chambre et surtout, surtout le présent : sa maison, sa sécurité recouvrée.

— Et il a été condamné pour homicide ? lança Tony d'une voix détachée. Par quel hasard s'est-il retrouvé pâtissier dans un salon de thé ?

— Grâce à ma bonne étoile, répondit Claire en souriant.

— Et d'où lui vient ce nom de Peaches ?

— Il est originaire de Georgie[1].

C'était l'explication que Peaches avait fournie à Claire et, après avoir considéré le gaillard, celle-ci s'était abstenue de l'interroger plus avant.

Elle rouvrit le réfrigérateur et en sortit une deuxième canette pour l'offrir à Tony, jugeant qu'il devait en avoir plus envie que jamais. Si elle avait été à sa place, en tout cas, elle aurait voulu une bière. D'ailleurs, telle qu'elle était, elle en aurait bien avalé une, ne fût-ce que pour chasser la panique qui lui serrait encore la gorge. Mais elle se retint de caresser cette idée plus longtemps : Johnny et Jess n'allaient plus tarder à rentrer, maintenant.

Et si Tony n'était pas apparu comme par enchantement, ils l'auraient trouvée recroquevillée dans le coin de la cuisine.

Elle fut subitement saisie du désir pressant de courir jusqu'au placard pour y prendre une bouteille de scotch. Mais elle tint bon et tendit la bière à son hôte.

— Ça va mieux ? lui demanda-t-il.

Elle releva les yeux et lui vit une expression inquiète.

Elle hésita un instant. Elle avait soudain tant de choses à lui dire...

— Oui, répondit-elle platement. Merci.

Il hocha la tête, décapsula la canette et s'adossa nonchalamment au comptoir, comme s'il était un habitué des lieux et qu'il se régalait à l'avance de ce premier verre de la soirée.

Claire éprouva le besoin de bouger. Elle parcourut la

1. *Peaches* : littéralement « Pêches ». Ce fruit est une des principales productions de la Georgie. Aux Etats-Unis, on donne couramment le surnom de *Peaches* à quelqu'un de particulièrement doux et affectueux (Ndt).

cuisine des yeux, en quête d'une activité, d'un nettoyage quelconque. Nettoyer était sécurisant. Tout comme restaurer une maison.

Ou s'occuper des enfants.

Claire sentit de nouveau son cœur battre la chamade.

— Vous ne direz rien à John et à Jess, n'est-ce pas? dit-elle d'une voix presque suppliante.

Le sang lui battait aux tempes. Elle redoutait brusquement cet homme à la voix si tendre, aux mains si douces.

Il garda le silence un moment.

— Ils ne sont pas au courant?

— Au courant de quoi? répliqua-t-elle d'une voix anxieuse. Cela ne m'était encore jamais arrivé, je vous le répète. Cette fin de semaine a été particulièrement difficile, et voilà que vous débarquez comme ça, sans...

Elle s'interrompit.

— Ne leur dites rien, c'est tout.

Il plongea alors les yeux dans les siens, et elle se rendit compte qu'elle était piégée par ce regard.

— Claire, je ne suis pas revenu ici pour vous causer du tort...

Il y eut un crissement sur le gravier.

— S'il vous plaît, gémit-elle. Ça ne les concerne pas. Je ne veux pas qu'ils s'inquiètent. Vous avez vous-même une fille, Tony...

La voiture s'arrêta; son moteur se tut et des voix s'élevèrent. Des voix d'adolescents querelleurs, aux accents moqueurs : celles du frère et de la sœur.

— Etes-vous certaine que ce soit raisonnable, Claire?

Elle sentit que ses mains se remettaient à trembler, et elle les serra contre elle.

— Bon sang, Tony, ne vous mêlez pas de ça, par

pitié ! Si vous n'étiez pas venu, l'autre jour, je n'aurais pas repensé à tout cela. C'est un épisode de mon existence définitivement clos.

Son cœur. Elle avait l'impression qu'il allait tomber par terre. Ses doigts étaient gluants de sueur et sa respiration oppressée. Johnny et Jess n'étaient plus qu'à quelques pas de la porte de la cuisine, et cet homme s'apprêtait peut-être à la trahir ! Cet homme qui avait su parfaitement réagir en la voyant prostrée comme une enfant battue dans le coin de la cuisine...

Finalement, il hocha la tête.

— Peut-être vaudrait-il mieux se débarrasser de ceci avant qu'ils arrivent, lui suggéra-t-il en désignant les bouteilles de vin sur la table.

Claire se précipita dessus comme si sa vie en dépendait. Seigneur, se dit-elle, elle les avait complètement oubliées !

Par chance, les enfants se chamaillaient encore lorsqu'ils pénétrèrent dans la cuisine, si bien qu'ils n'entendirent pas le tintement des bouteilles au fond de la poubelle. Claire eut même le temps d'essuyer rapidement ses larmes avec le torchon encore imbibé de bière.

Derrière elle, il y eut un moment de silence.

— Maman ?

Elle fit volte-face et vit John et Jess figés sur place, les yeux fixés sur Tony. En retrait, un garçon râblé aux cheveux blonds se dandinait d'un pied sur l'autre.

Claire décida de s'occuper de lui plus tard. Son premier mouvement, comme toujours, fut d'embrasser ses enfants. Pour jouir du bonheur de les savoir en sécurité entre ses bras.

— Salut, leur dit-elle en serrant sa fille contre elle. Vous avez bien dansé ?

— Toute la soirée, répondit Jess en la gratifiant de ce sourire franc et ouvert que Claire chérissait par-dessus tout.

Johnny, quant à lui, se montra franchement moins jovial quand Claire l'étreignit à son tour. Toute son attention était concentrée sur Tony dont la présence n'avait pas l'air de le ravir.

— Vous vous souvenez de M. Riordan, n'est-ce pas ? reprit Claire. Il est déjà passé nous voir, cette semaine... Eh, mais c'est Pete Winston qui est là ?

— Oui, m'dame, repartit le solide blondinet en hochant la tête. B'soir.

Pete était un garçon bien élevé, quoique affligé d'une vie familiale épouvantable. Un enfant à la fois vif et renfermé, et dont le caractère farouche dissimulait un terrible manque de confiance en soi. Il venait, d'ordinaire, se réfugier chez Claire lorsque sa mère « recevait », pour reprendre le mot de Nadine, l'amie de Claire. Et elle « recevait » beaucoup, dès que le père de Pete, un lieutenant de marine, était parti en mer. Ce qui, d'après la mine de leur fils, devait être présentement le cas.

— Et si vous entriez tous ? proposa Claire.

Johnny ne bougea pas d'un pouce.

— Pourquoi il est encore là ?

Claire soupira, subitement harassée.

— Johnny, on se calme, répliqua-t-elle d'une voix lasse.

— Que nous vaut l'honneur de votre visite, monsieur Riordan ? demanda alors Jess, le regard singulièrement brillant, en s'interposant d'un bond entre son frère et Tony.

Claire se crispa, comprenant, mais un peu tard, qu'elle ne disposait d'aucun prétexte pour justifier la présence de Tony chez eux à cette heure tardive.

Mais elle n'aurait pas dû s'inquiéter pour cela : Tony arborait déjà le sourire le plus dégagé du monde.

— Votre mère ne vous en a pas informés ? répliqua-t-il. J'ai des chantiers dans la région : c'est comme ça que j'ai su qu'elle habitait ici. Je lui avais laissé des photos, la dernière fois, et je suis venu ce soir pour les récupérer.

Claire ne put s'empêcher de le considérer avec stupéfaction. Comment diable pouvait-il paraître aussi détendu alors qu'elle-même n'avait qu'une seule envie : courir se cacher loin d'ici ?

Et puis, il avait un sourire si ouvert, un maintien si imposant...

— Et ces photos, vous les avez sur vous ? demanda Johnny avec une méfiance hargneuse.

Derrière lui, Pete se contentait de suivre la scène avec une apparente indifférence.

— Oh, Johnny, lâche-nous un peu, tu veux ? intervint Jess avant même que Claire eût ouvert la bouche.

— Oui, je les ai sur moi, répondit Tony sans paraître aucunement irrité par l'acrimonie de l'adolescent. Il m'arrive de perdre ou d'oublier pas mal de choses — comme tout le monde, je crois —, mais pas ces photos-là. Sur une d'entre elles, il y a tous les camarades qui ont servi dans la même unité que moi, au Nam. Et, sur l'autre, ma fille. Après tous les efforts qu'il lui a fallu déployer pour m'obliger à la conserver dans mon portefeuille, elle me renierait sans hésiter si jamais je l'égarais.

— Pete, mon chéri, dit Claire, ferme donc cette porte, sinon les moustiques vont rentrer, et je vais me réveiller demain avec des cloques partout sur les bras.

Ces paroles semblèrent soulager tout le monde, même Johnny qui, tandis que sa sœur harcelait Tony de questions, se rapprocha de sa mère.

— Alors, fiston, tu as également passé une bonne soirée ? demanda Claire à Johnny tout en écartant de son front une boucle de cheveux rebelle.

— Mouais, répondit le gamin avec un sourire contraint. Est-ce qu'on peut encore jouer un peu au simulateur de vol avec Pete ?

— Bien sûr. Mais pas trop tard, hein ? Comment vas-tu, Pete ?

— Super, lança-t-il, ses yeux noisette brillant soudain d'un enthousiasme presque inquiétant. Papa est parti avec les autres remettre de l'ordre au Moyen-Orient. Il a embarqué hier. Vous avez pas vu son bateau sur CNN ? Tout le monde pense que ça va pas traîner. Un bon coup de balai et hop ! Bon sang, ce que j'aimerais être là-bas pour voir ça !

Il décocha une bourrade à Johnny.

— Et ça va bientôt être notre tour, hein, mec ? ajouta-t-il en s'esclaffant.

Johnny devint aussitôt raide comme un piquet. Claire repensait aux reportages qu'elle avait vus, ce soir-là, à la télévision, à tous ces jeunes garçons grimpant avec un sourire éclatant dans des cockpits de chasseurs ou de bombardiers, et elle dut se mordre la langue pour ne pas hurler.

— Va m'attendre en haut, Pete, lâcha Johnny d'une voix sèche, sachant parfaitement quelle opinion sa mère devait avoir sur cette opération militaire. Je te rejoins dans une minute.

Pete s'exécuta sans un mot. De l'autre côté de la pièce, Tony, acculé par Jess dans le coin repas, n'avait d'autre choix que de lui raconter par le menu son travail ainsi que sa vie à Atlanta avec sa fille. Claire avait conscience qu'elle aurait dû modérer l'ardeur de Jess et sauver Tony des assauts de sa curiosité.

Mais elle n'en avait pas la force. Les mots de Pete lui faisaient encore trop mal.

— Maman ?

Elle sursauta, et s'aperçut que son fils la regardait d'un air inquiet. Lui aussi voulait partir, elle le savait. Lui aussi désirait participer aux grandes manœuvres, à des milliers de kilomètres de là. Lui aussi avait une idée fixe : grimper, comme les autres pilotes, dans un de ces cercueils volants de verre et d'acier. Et cela, il n'en était pas question.

Jamais elle ne le laisserait voler. Jamais elle ne l'autoriserait à jouer ainsi avec sa vie. Elle était prête à mourir pour l'en empêcher.

— Oui, mon chéri ? répondit-elle avec le sourire.

— Il t'embête ?

Claire retint son souffle ; elle reconnaissait bien là son fils : il avait toujours le chic pour poser des questions incongrues. Est-ce que Tony l'embêtait ?... Oh, Seigneur, elle en aurait hurlé de rire ! Ou bien, elle en aurait pleuré à chaudes larmes — ce qui ne l'aurait pas plus avancée. Alors, elle se remit à sourire, comme d'habitude, et, caressant cette joue d'adolescent qui piquait déjà un peu, elle pria le ciel que Johnny n'eût pas la faculté de deviner ses pensées.

— S'il m'embêtait, mon grand, je ne l'aurais pas autorisé à franchir notre seuil, répliqua-t-elle.

Johnny, cependant, la considérait toujours avec une expression soucieuse. Il avait les mêmes yeux que son père, sombres et tristes, les mêmes cheveux bouclés, la même silhouette élancée et, s'il s'inquiétait tellement pour sa mère, c'était sans doute aussi parce qu'il était assez vieux pour se rappeler ce père auquel il ressemblait tant.

— Tu en es sûre, maman ?

— Peaches m'a posé la même question, il y a longtemps, et je te ferai la même réponse qu'à lui : tout va bien. J'ai seulement eu une semaine épuisante, et ce pauvre M. Riordan a eu la malchance de se présenter alors que j'étais au téléphone, en train de me disputer avec un imbécile.

Johnny ne put s'empêcher de sourire, et Claire espéra que l'incident était définitivement réglé.

— Le pauvre, convint Johnny. Et de quelle espèce était l'imbécile, ce coup-ci ? Administrative ou médicale ?

— Les deux.

— Oh-oh... Alors, je pense que M. Riordan a bien mérité sa bière.

Claire approuva d'un hochement de tête, prit son fils par la taille et se rappela l'époque bénie où elle pouvait encore le porter dans ses bras. Son bébé. Sa vie... Bientôt, il ne serait plus là, songea-t-elle, pas plus que Jess, et elle resterait alors seule au milieu d'une maison remplie de fantômes...

Mais ce moment n'était pas encore venu. Pour quelque temps encore, Johnny aurait besoin d'elle, de la stabilité de leur foyer, du bon sens de ses aînés et de leur soutien. Et elle-même aurait, grâce à lui et à Jess, d'excellentes raisons pour ne jamais flancher.

— Dis oui, maman ! s'écria subitement Jess. S'il te plaît, dis oui !

Claire se retourna et lut dans les yeux de sa fille une excitation qui ne présageait rien de bon. Tony était toujours adossé au comptoir, sa canette à la main. Rien qu'à le voir ainsi, si tranquille, tellement à l'aise, Claire se sentit émue.

— Que je dise oui à quoi ? demanda-t-elle d'une voix mesurée, comme chaque fois que Jess lui semblait un peu trop exubérante.

— Eh bien, hum... il est tard, non ?

— Certes, il est tard, acquiesça Claire qui redoutait déjà ce que sa fille allait lui proposer.

— Et M. Riordan n'a pas vu l'heure passer.

— Oh, crache donc le morceau ! s'écria Johnny qui n'avait pas la même patience que sa mère à l'égard de sa petite sœur.

Jess commença à se dandiner sur place.

— Ça va, ça va, j'y arrive, John... M. Riordan n'habite pas aussi près que ça, maman. Et je me disais que, peut-être, on pourrait l'installer dans une des chambres d'amis. Pour la nuit. Ça, euh... le dépannerait.

Claire ne sut comment réagir et contempla Jess d'un air stupide.

Quant à Johnny, évidemment, il fut nettement plus direct.

— Ne sois donc pas idiote ! lança-t-il à sa sœur.

— Je doute que M. Riordan se trouve parfaitement à l'aise au milieu de notre intimité.

« Mais qu'est-ce que je raconte ? » songea Claire. Elle se trouvait tout bonnement lamentable !

Elle jeta un coup d'œil en direction de l'intéressé. Il ne paraissait même pas gêné, et continuait à siroter paisiblement sa bière, tout en la regardant dans les yeux.

— Alors, insista Jess, il peut rester ?

« Rester ? » Claire s'aperçut alors qu'elle ne pouvait détacher son regard de celui de Tony, de ses yeux d'un vert profond et calme, apaisant, séduisant, serein. Terrifiant.

Elle en fut ébranlée jusqu'au cœur, jusqu'à ce sanctuaire clos au plus profond d'elle-même dont émanaient, chaque nuit, ses pires cauchemars.

Cet homme était celui qui avait ramené la douleur

chez elle. Mais aussi celui qui avait su la calmer de sa voix douce et de ce même regard tendre et patient avec lequel il la dévisageait maintenant.

Non, se dit-elle finalement, elle ne pourrait supporter seule une nouvelle crise. Elle n'arriverait pas à affronter son passé cette nuit, au milieu des ténèbres et du silence, dans cette maison où personne ne comprenait ce qui revenait ainsi la hanter dans son sommeil.

Jimmy serait bientôt là, derrière ses paupières closes, et elle ne voulait pas le revoir.

Claire considéra ses enfants, l'une enjouée, vive et insouciante, l'autre presque agressif dans sa volonté de devenir un homme, de vivre son destin, de protéger sa mère, et elle comprit alors qu'elle ne parviendrait jamais à les guider vers le bonheur.

Non, elle n'y parviendrait jamais toute seule.

— Et vous-même, monsieur Riordan, qu'en dites-vous ? demanda-t-elle. Vous plairait-il de partager notre demeure jusqu'à demain matin ?

3.

Johnny fut naturellement le plus prompt à réagir.

— Maman ! Tu as perdu la tête ou quoi ?

Jessie, quant à elle, poussa un vibrant cri de joie.

Tony se contenta de sourire.

— Merci, dit-il, j'apprécie votre offre.

Mais qu'avait-elle donc fait ? songea Claire. Voilà qu'elle invitait un étranger à pénétrer dans son existence ! Et, de surcroît, un étranger qui avait l'indéniable capacité de détruire toutes ses défenses. De forcer les portes qu'elle aurait préféré voir à tout jamais closes.

De l'obliger à regarder la vérité en face.

Mais, en même temps, elle se sentait incapable de rester seule, ce soir. Elle avait besoin de quelqu'un avec qui parler de tout et de rien, comme le font tous les adultes pour tromper leur angoisse. Et cela, bien sûr, elle ne pouvait pas le demander à ses enfants.

— Mais, maman, qu'est-ce qui te prend ? répéta Johnny en écartant les bras et en se haussant de toute sa taille, probablement pour impressionner l'autre mâle qui était en face de lui. Tu ne le connais même pas !

Claire ne dit rien. Elle contemplait Tony Riordan dont les yeux étaient marqués par l'expérience, les pleurs, les rires, la vie, et elle songeait : « Oh, si, je le connais. Je l'ai vu dans mes cauchemars des centaines de fois. Je l'ai vu alors qu'il n'était pas encore un homme. Et je l'ai revu aujourd'hui même, jeune, fou et inconscient, sur les pistes d'envol des porte-avions et des aéroports militaires. Oui, je le connais très bien. »

— M. Riordan et moi-même devons discuter de certaines choses, répliqua-t-elle à son fils. Et je ne crois pas que tu aies le droit d'insulter ainsi l'un de nos hôtes. Présente-lui tes excuses, je te prie.

L'expression de Johnny fut alors explicite. Le gamin avait l'air d'affirmer que personne ne pouvait s'introduire dans la maison sans le consentement de tout le monde. C'était ainsi depuis le moment où Sam les avait quittés. Claire comprenait parfaitement cette règle, et elle l'approuvait, en temps ordinaire. Mais, ce soir-là, il s'agissait d'une exception, et elle n'avait ni le temps ni l'envie d'en donner la raison à son fils. D'autant qu'une méchante migraine commençait à lui vriller les tempes et que son estomac la brûlait de façon alarmante.

— Ecoutez, je peux revenir demain matin, suggéra alors Tony.

La réponse de Claire fut immédiate.

— Non ! cria-t-elle.

Elle prit ensuite une profonde inspiration et se tourna vers son fils.

— Johnny, dit-elle, je ne te le répéterai pas.

— Je suis désolé, marmonna le garçon entre ses dents, sans quitter sa mère des yeux.

Claire en eut de la peine. Elle aurait tant voulu lui expliquer la situation. Lui expliquer à lui, son enfant déjà trop mûr et si sensible, pourquoi elle souhaitait tant que Tony Riordan restât chez eux pour la nuit.

Mais, hélas, comment aurait-elle pu évoquer devant ses enfants les raisons de ses angoisses et de ses terreurs muettes ?

— J'apprécie votre offre, répéta Tony, mais je ne veux pas vous causer de problèmes. Je crois me souvenir que l'auberge comporte une pièce encore en chantier qui dispose d'un matelas et d'une douche.

— Mais c'est...

— Largement suffisant pour la nuit, affirma-t-il avec un sourire sans appel. Je me suis déjà contenté de moins que cela, vous savez.

Il s'abstint de regarder Johnny. Et Claire, sentant son fils se détendre un peu, se résigna à accepter cette solution.

— Bon, et si tu filais dans ta chambre, maintenant ? lui suggéra-t-elle de sa voix la plus douce. Pete t'y attend depuis un bon moment, et il est ton invité. Quant à toi, Jess, ajouta-t-elle en se tournant vers sa fille, je te rappelle que tu as une séance d'entraînement, demain.

— Mais, maman...

Claire rassembla tout son courage et trouva la force de passer devant Tony pour aller planter un gros baiser sur le front de sa fille, avant de la diriger d'une main ferme vers la porte qui donnait sur le couloir.

— Dis bonsoir à notre hôte, ma chérie.

Jess agita la main par-dessus son épaule tandis que sa mère la poussait hors de la cuisine.

— A demain, Tony.

— Monsieur Riordan, corrigea machinalement Claire.

Jess se renfrogna.

— A demain, monsieur Riordan.

— A demain, mademoiselle Henderson, répliqua Tony en souriant. Et bonne nuit.

Johnny, quant à lui, était demeuré immobile. Claire vint se camper devant lui et lui prit le visage entre ses mains.

— Je te jure, lui promit-elle, que si jamais M. Riordan me menace avec un couteau de cuisine, je hurlerai. Maintenant, je te souhaite une bonne nuit, mon chéri.

Mais Johnny hésitait encore. Il se considérait depuis trop longtemps comme le protecteur attitré de sa mère pour renoncer aussi facilement à cet honneur. Claire lui sourit, en espérant le voir céder de lui-même. Finalement, il adressa à Tony un long regard de pure suspicion et embrassa sa mère. Claire lui rendit son baiser avec un immense soulagement.

— Bonne nuit, maman. Bonne nuit... monsieur Riordan.

— Bonne nuit, John, répondit Tony en s'adressant directement à lui pour la première fois. Et merci.

Le temps suspendit son vol une seconde, puis Johnny poussa les portes battantes de la cuisine et suivit sa sœur dans le couloir. Claire le regarda s'éloigner vers l'escalier, le cœur plus déchiré que jamais, l'esprit vacillant sous l'afflux des souvenirs et de toutes les émotions d'une existence passée à lutter pour leur procurer à tous trois un lieu sûr et confortable.

Et voilà qu'au bout du compte, cette sécurité était compromise. Mais cela, elle seule en avait conscience. Elle et l'étranger qui se trouvait dans sa cuisine.

— Vous êtes sûre que ça va? demanda Tony, la tirant brutalement de sa rêverie.

Elle s'aperçut alors qu'ils se trouvaient seuls tous les deux, à une heure avancée de la nuit, et elle ne put s'empêcher d'en ressentir une certaine gêne.

Tony était un homme si séduisant. Si imposant.

Elle rougit un peu et s'efforça de lui sourire.

— Que diriez-vous d'un café ? lui proposa-t-elle.

— Avec plaisir. Vous avez de beaux enfants.

Elle soupira.

— Nous avons pris l'habitude de veiller les uns sur les autres. Je ne sais pas si c'est vraiment bon pour eux.

— Je pense que oui. Vous les avez admirablement bien élevés, Claire.

— Merci.

— Et ils vous adorent.

L'eau s'écoula dans l'évier. Claire se concentra sur sa tâche, peu désireuse de croiser encore une fois le regard de Tony.

— Bien sûr, dit-elle.

— Mais ils ignorent que vous avez des problèmes.

Elle haussa les épaules.

— Ce sont des problèmes que je peux régler toute seule. J'aurais surmonté la crise par moi-même si vous ne m'aviez pas surprise avant.

— Et qui d'autre est au courant ?

Cette fois, Claire ne répondit rien et se contenta de verser de l'eau dans la cafetière.

— Désirez-vous en parler maintenant ? lui demanda-t-il de sa voix si terriblement douce.

Claire hésita un instant. Un instant d'angoisse absolue qui faillit avoir raison de ses ultimes résistances. Puis, avec la même résolution, ferme et pondérée, qu'elle mettait dans chacun des actes de son existence, elle dosa le café, le versa dans le filtre et mit l'appareil en route.

— Ainsi donc, reprit-elle avec un calme dont elle ne fut pas peu fière, vous travaillez dans le bâtiment ? Dans quelle branche, au juste ?

⁂

« Maniaque... » Tony parcourut une nouvelle fois du regard la petite chambre que Peaches avait naguère occupée tandis qu'on terminait la réfection de son cottage, et hocha lentement la tête. Oui, pensa-t-il, la personne qui avait restauré et commencé à décorer cette pièce l'avait fait avec une attention maniaque pour les détails. La baguette supérieure de l'alphabet brodé au point de croix qui était accroché près de la fenêtre était parfaitement alignée avec le haut du miroir doré qui le jouxtait, et les lais de papier peint rose et vert orné de tulipes qui recouvraient un mur et demi de la chambre étaient si rigoureusement parallèles les uns aux autres qu'on aurait pu s'en servir d'étalon pour régler un fil à plomb.

Dans la maison comme dans l'auberge régnait ce même souci scrupuleux d'ordre et de propreté. Partout, on sentait l'extraordinaire effort de volonté qu'avait dû coûter l'aménagement de chaque pièce.

Cette application maniaque, Tony l'avait également remarquée au cours de la conversation qu'il avait eue avec Claire, quatre heures durant, dans sa cuisine. Alors qu'il s'était efforcé d'amener son hôtesse à lui parler de ce qui la terrifiait le plus, il s'était vite rendu compte qu'elle orientait délibérément leur entretien vers des questions d'architecture et de décoration intérieure. Mais cela ne l'avait guère surpris. Plus d'une fois, il s'était lui-même trouvé engagé dans ces parties de cache-cache, tantôt sur son initiative, tantôt en tant que simple participant. Et, chaque fois, ses interlocuteurs cherchaient à refouler les ténèbres qui les menaçaient.

De la part de Claire, cependant, cette attitude de

fuite lui était intolérable. Tout comme d'autres aspects de son comportement. D'abord, il lui était pénible de constater qu'elle mettait nettement plus de courage et d'énergie à dissimuler ses problèmes aux autres qu'à y remédier. Ensuite, il avait du mal à comprendre qu'une femme d'expérience, qui avait surmonté avec succès tant d'épreuves, pût ainsi refuser de regarder la réalité en face. Enfin, et surtout, c'était une mère aimante, attentive, quelqu'un de bien qui méritait des nuits paisibles, une plus grande sérénité d'esprit, une ouverture sur le monde.

Aussi, quand le soleil pointa à l'horizon, Tony résista à la tentation de se coucher et de rattraper sa nuit blanche pour passer un coup de fil qu'il jugeait nettement plus important que son repos personnel.

— Salut, Andy. *Semper fi*[1].

— *Semper fi*, Tony, répondit Andrew Jackson Spellman. Quoi de neuf, camarade ?

Tony s'étira sur le petit matelas de sa chambre et ferma les paupières en soupirant.

— Je crois que j'ai fait une bêtise, vieux.

— Je sais : ton engagement dans les marines.

Tony sourit : c'était du Andy tout craché, ça.

— Non, reprit-il, je suis sérieux. J'ai besoin d'une femme, Andy.

— Hé, mec, ici c'est un centre de vétérans, pas le téléphone rose.

— Je voulais dire : une ancienne du Nam.

— Et pervers, en plus...

— Tu la fermes et tu écoutes ?

— Je suis tout ouïe.

Andy marqua une pause. C'était un stratagème des-

1. *Semper fidelis* : devise du Corps des *marines* américains. En français : « Toujours fidèle. »

tiné à détendre son interlocuteur, et Tony lui en sut gré : la nuit passée auprès de Claire l'avait laissé dans un état de frustration proche de la détresse pure et simple.

— Que s'est-il passé ? s'enquit enfin Andy.

— Je suis allé voir mon infirmière.

Il y eut une autre pause. Andy devait se montrer prudent : il savait ce qu'il en avait coûté à Tony de décider de revenir ainsi sur son passé.

— Et ça n'a pas été un franc succès ?

— De mon point de vue, si. C'est étonnant, non ?

— Ouais, stupéfiant.

Tony hocha machinalement la tête tout en frottant sa cicatrice : elle le tiraillait toujours dans les mauvais moments.

— Mais bon, je crois qu'elle s'est si bien cachée dans son placard qu'elle est devenue incapable de voir la lumière du jour quand on lui ouvre un peu la porte.

En guise de réponse, Andy proféra un juron dont même les officiers des marines avaient proscrit l'usage à leurs subordonnés.

— Seigneur, Tony, c'est entièrement ma faute... J'aurais dû te prévenir.

— Me prévenir ?

— Oui. J'ai reçu une pile entière de mémoires à ce sujet, au cours des derniers mois. Tout le monde nous réclame des conseillers spécialisés dans les sujets féminins. Bref, on vient de s'apercevoir que la DPT n'était pas seulement le privilège des hommes.

DPT. Dépression post-traumatique. Un nom à la mode dans les années 90. En clair, le trou noir des rescapés de l'enfer, jamais reconnu comme une pathologie à part entière avant que la médecine s'aperçoive que des enfants ayant survécu à des rapts ou à des catastrophes naturelles montraient exactement les mêmes symptômes que les vétérans du Viêt-nam. Cette maladie, car c'en était une, s'insinuait comme un serpent à la frange de votre conscience et transformait vos rêves en cauchemars, dévastant sournoisement votre esprit au point de transformer des hommes mûrs en épaves au regard vide qui devenaient des pochards ou des ermites dans le vain espoir d'échapper à leurs fantômes.

Une maladie si prégnante que, même vingt ans après les événements qui l'avaient provoquée, des hommes comme Tony, qui avaient pourtant réussi leur vie professionnelle et familiale, étaient obligés de retourner dans les marais puants et fétides s'ils ne voulaient pas perdre irrémédiablement leur santé mentale.

Des hommes...

Tony lui-même avait toujours considéré les victimes de DPT comme ses congénères. Selon un préjugé trop bien établi, il estimait, lui aussi, que les hommes étaient faits pour endurer la douleur et les femmes pour l'apaiser. Tel était, du reste, leurs rôles respectifs, au Viêt-nam, où toutes les infirmières lui étaient apparues comme un don du ciel, des anges aux yeux purs, au cœur tendre, à la peau fleurant bon le savon — la récompense du guerrier, la preuve qu'il existait encore de par le monde des êtres de vertu et de compassion.

Malheureusement, durant toutes ces années, il n'avait pas imaginé un seul instant que ces femmes eussent pu vivre la même tragédie que lui. Et qu'elles ne s'en fussent toujours pas sorties.

Enfin, se dit-il, il n'était peut-être pas trop tard pour se racheter.

Il soupira de nouveau, regrettant de n'avoir pas su être plus lucide. Beaucoup plus lucide.

— On est de sacrés imbéciles, hein? lâcha-t-il enfin.

Il revoyait encore le sourire ineffable dont Claire avait gratifié son fils avant que celui-ci ne leur souhaitât une bonne nuit. Et la terrible hébétude qui voilait son regard lorsqu'il l'avait trouvée prostrée sur le carrelage de la cuisine.

— J'ai vraiment tout foutu en l'air, vieux, reprit-il. Et maintenant...

— Tu as besoin d'une femme.

— Ouais. Je crois que c'est le seul moyen de débloquer la situation. Reste à savoir ce que je peux faire entre-temps.

— Eh bien, ce que tu as fait jusqu'à présent avec tous les gars qu'il t'est arrivé d'aider : parer aux coups de bambou jusqu'à ce que je te dégote la perle rare.

Tony songea aux responsabilités qu'il avait laissées derrière lui, à Atlanta, à sa fille qui devait se ronger les sangs de n'avoir reçu aucune nouvelle de lui, la veille au soir. Puis il repensa à la façon dont Claire Maguire Henderson, assise au milieu de sa cuisine resplendissante de propreté, serrait sa tasse de café entre ses mains : elle avait mis dans ce geste toute la concentration fiévreuse des personnes qui, jadis, n'ont eu que cela pour se réchauffer le cœur. Et lui, désespéré, impuissant, contemplait ces mains qui l'avaient guidé à travers sa propre nuit, ces yeux qui lui étaient jusqu'alors inconnus et qui étaient maintenant remplis de cette tristesse insondable, de cette inaccessible mélancolie du soldat à qui l'uniforme, pourtant abandonné depuis longtemps, colle encore à la peau.

— Tony ?

— Elle a déjà trop souffert, Andy. Et en partie à cause de moi.

— Allons bon...

— Ecoute : jusqu'ici, elle avait réussi à maintenir le

couvercle sur la cocotte. Et ça tenait. Non seulement elle a des enfants adorables, une carrière, mais elle a monté sa propre affaire. Sur ce, je me pointe comme un idiot, et voilà que tout lui pète à la figure !

— Ce serait arrivé tôt ou tard, vieux. Je dirai même qu'elle a une sacrée veine d'être tombée sur toi à ce moment-là.

— J'aimerais en être aussi sûr que toi, Andy.

— Fais-moi confiance, mec. Enfin, une DPT n'est pas un banal rhume ! Ça te ronge comme un satané termite, cette saloperie-là, et un matin, tu te réveilles avec un gros trou là où il faut pas. Tu le sais et je le sais. Et à nous deux, on peut aider cette femme. Il suffit que nous lui présentions une collègue qui a connu les mêmes problèmes qu'elle. Et qui s'en est tirée.

— D'après mes recherches, elle servait au Ninety-First Evac de Chu Lai entre 69 et 70.

— O.K., c'est déjà une bonne base de départ. Repose-toi un peu. Je m'occupe du reste.

— Bien. Merci, Andy.

— *Semper fi*.

— Ouais, *semper fi*.

Tony raccrocha et ferma les yeux. Mais il ne parvint pas à trouver le sommeil. Les souvenirs de son propre accès de DPT lui revenaient à la mémoire. Il ne se rappelait que trop bien ces brusques et aveuglantes remontées de rage et de terreur qui l'avaient pratiquement conduit au bord de la démence.

L'équilibre auquel se raccrochait frénétiquement Claire était terriblement fragile. Combien de temps encore arriverait-elle à protéger ses enfants des démons qui la hantaient sans risquer à son tour de sombrer dans la folie ? Car Andy avait tort : la DPT n'était pas un termite. C'était un monstre.

⁂

Claire refusait de se laisser démonter.

— Enfin, Nadine, s'exclama-t-elle, ce n'est tout de même pas une catastrophe !

La grande jeune femme noire qui était campée devant elle mit les mains sur ses hanches et la toisa d'un regard outré.

— Parce que tu ne veux toujours pas la virer ?

Claire détourna la tête, préférant renoncer au combat. En plus, elle avait toujours la migraine.

— Ce n'est pas à moi de prendre cette décision, répliqua-t-elle d'une voix lasse. Je me contenterai d'en informer le patron quand Barbara se présentera ici demain matin. Entre-temps, puisqu'elle a manifestement décidé de rester chez elle sans nous prévenir, je prendrai en charge ses patients.

— Tu en as déjà deux sur les bras, rétorqua sa collègue.

Claire prit un cachet d'aspirine dans l'armoire du poste de garde et l'avala avec un peu de café froid.

— Et toi, tu en as trois, Nadine, reprit-elle. Je me débrouillerai.

Nadine renifla d'un air exaspéré et empoigna son stéthoscope d'une main rageuse. Elle s'apprêtait à ressortir de la salle, mais elle se ravisa. Claire sentit son hésitation alors même qu'elle lui avait tourné le dos pour nettoyer avec une serviette en papier le comptoir pourtant impeccable.

— Claire ? demanda Nadine à voix basse pour ne pas alerter le reste du personnel qui vaquait dans le couloir de l'unité de soins intensifs. Tu vas bien ?

Claire se retint à temps de soupirer. Elle se contenta d'adresser un bref sourire à Nadine par-dessus son épaule.

— Je suis juste un peu fatiguée, répondit-elle tout en jetant la serviette dans une poubelle. J'ai dû veiller tard, hier soir, pour régler un problème à l'auberge.

Nadine la dévisagea d'un regard inquisiteur.

— Et ce soir, à quelle heure termines-tu ?

— As-tu donc tellement hâte de te débarrasser de moi ?

— J'ai hâte de ne plus te voir cette mine de déterrée.

Claire haussa les épaules.

— Que veux-tu ? Il faut bien que je justifie mon mirifique salaire...

Nadine roula les yeux.

— Seigneur, je n'ai jamais vu un mi-temps aussi chargé que le tien !

— Alors, donne-moi un coup de main, ma douce, et va t'occuper du patient de la chambre trois, s'il te plaît.

Nadine comprit le message et quitta le poste de garde. Claire en fut soulagée. Elle devait téléphoner à la directrice du personnel pour lui demander de l'aide et ne souhaitait pas que Nadine remarquât combien ses mains tremblaient quand elle décrocherait le téléphone.

— Allo, Marianne ? C'est Claire, de l'USI. Une de mes infirmières nous a fait faux bond, aujourd'hui, et le service affiche complet. Pourriez-vous m'envoyer quelqu'un de la chirurgie ?

Claire comprit qu'elle avait des problèmes lorsqu'elle entendit la directrice du personnel soupirer. Marianne soupirait toujours quand elle estimait qu'une infirmière cherchait à la mener en bateau. Claire en éprouva une vive frustration avant même que son interlocutrice eût répondu à sa requête.

— Vous connaissez pourtant la procédure à suivre en ce cas, protesta Marianne Parkinson avec ce ton languissant et funèbre qui était censé en dire long sur l'étendue de ses responsabilités. Si vous désiriez un élément supplémentaire dans votre effectif, il fallait m'en informer avant 7 heures.

Claire sentit le rouge de la colère lui monter aux joues. Elle prit une profonde inspiration et vérifia qu'elle était seule dans la pièce.

— J'ignorais, jusqu'à 7 h 30, que mon infirmière me ferait faux bond.

— Ce n'est pas mon problème, rétorqua sèchement Marianne. J'ai vingt-huit autres services à gérer, et nous irions droit au chaos si nous ne respections pas tous quelques règles élémentaires. Règles que vous connaissez aussi bien que moi, Claire.

Claire ferma les paupières et ne contint qu'à grand-peine une poussée de rage subite. Un éclat ne la mènerait à rien, elle en avait conscience. Elle ne put pourtant empêcher sa voix de trembler quand elle reprit la parole.

— Je sais qu'à la chirurgie, ils sont actuellement en sureffectif, et j'ai seulement besoin d'une infirmière, Marianne, pas d'un spécialiste du cortex cérébral.

— Claire, si vous tenez vraiment à m'apprendre mon travail, il faut d'abord que vous appreniez vous-même à pallier toute seule ce genre de difficulté.

Et, sur ces mots, la directrice du personnel raccrocha.

Claire contempla un instant le combiné d'un air ahuri. Puis elle se mit à trembler et dut s'appuyer au mur pour ne pas chanceler. Ce petit échec l'anéantissait, et un flot d'obscénités sortit bientôt de sa bouche. Elle les cracha avec une fureur absolue, les paupières convulsivement serrées, maudissant de tout son être ces administratifs sans cœur ni cervelle qui, par pure susceptibilité, osaient ainsi mettre en danger la vie de ses patients.

Même après avoir expulsé la colère qui l'étouffait, elle se sentait encore vibrer d'indignation et de dégoût, et dut mettre un poing devant sa bouche pour se retenir de hurler.

— Claire ?

C'était Nadine. Sa voix était si soucieuse que Claire parvint à reprendre le contrôle d'elle-même. Mais il lui fallut pour cela un si long moment qu'elle en fut encore plus effrayée que par son brusque emportement.

— Mon chou, qu'est-ce qui ne va pas ?

Claire rouvrit enfin les yeux, raccrocha le téléphone et s'efforça de sourire à son amie alors même que sa seule envie était de se ruer séance tenante dans le bureau de Marianne Parkinson pour étrangler cette garce de ses propres mains.

— Tu peux me rendre un service, Nadine ?

— Naturellement.

— Va demander à Thérésa de rester un peu plus longtemps, aujourd'hui. Je m'arrangerai avec elle plus tard. J'ai besoin de cinq minutes pour trouver une remplaçante en chirurgie. Il faut absolument que... il faut absolument que je...

Il fallait absolument qu'elle fichât le camp d'ici ! Si elle restait une seconde de plus dans cet hôpital, elle allait exploser.

Nadine affichait un air perplexe. Elle n'en prit pas moins Claire par les épaules pour la pousser vers la sortie.

— A mon avis, c'est l'heure de ta pause, ma douce. Je m'occupe de ce problème, d'accord ?

Claire aurait voulu la remercier. Elle aurait voulu se jeter dans ses bras pour crier sa frustration et pleurer tout son soûl. Elle se contenta de hocher la tête et, la démarche raide, sortit en silence du poste de garde, ignorant les saluts de ses collègues dans le couloir.

Une fois que l'ascenseur l'eut déposée au rez-de-chaussée de l'imposant bâtiment blanc de six étages, elle traversa comme une somnambule la jungle fleurie du hall d'entrée et s'arrêta devant la double porte vitrée.

Le soleil brillait dans le ciel et son cœur battait la chamade. Elle avait les paumes moites et le ventre si crispé que la douleur irradiait jusque dans sa poitrine.

Surtout, elle avait peur. Peur d'être à deux doigts de piquer une crise de nerfs sur son lieu de travail. Peur de devoir parler à quelqu'un. Peur de la solitude et du silence qui l'attendaient cette nuit dans sa propre maison. Peur d'être incapable de bouger de là, d'être surprise dans cet état par les parents d'un patient.

« Qu'il soit maudit ! » se dit-elle. Oui, maudit soit ce Tony Riordan avec son visage trop viril, trop souriant, ses mains trop douces, sa voix trop persuasive, ses yeux trop séduisants.

Quelle mouche l'avait donc piquée de tomber sous le charme d'un tel homme ? Quand il lui avait parlé, assis en face d'elle à la table de la cuisine, elle n'avait pas pu le quitter des yeux. Son regard était d'un vert si intense, si tendre, qu'il en paraissait presque irréel dans son visage marqué par l'expérience. Quant à ses tempes grisonnantes et à la cicatrice qui lui barrait la joue, elles ne faisaient qu'ajouter à son charme.

Mais comment en était-elle arrivée à se montrer si cruche ? Avait-il donc suffi qu'il la remerciât de lui avoir sauvé la vie pour que, touchée par sa simplicité, sa sincérité, elle baissât imprudemment sa garde et lui permît ainsi d'ouvrir toute grande la porte aux cauchemars qu'elle avait jusqu'alors réussi à refouler au plus profond d'elle-même ?

Avisant une banquette située à l'écart, derrière un immense rhododendron en pot, elle alla s'y asseoir et se cacha le visage à deux mains.

Seigneur, songea-t-elle, même maintenant, elle crevait du besoin de l'appeler, de lui parler. Mieux : de se réfugier dans ses bras, de pleurer sur son épaule.

Mais ce serait une réaction stupide et folle. Elle parviendrait bien à tenir jusqu'à ce soir sans son aide. Oui, elle pouvait y arriver. Elle souffrait simplement d'un léger surmenage. Entre ses responsabilités à l'hôpital, l'aménagement de l'auberge, le tracas que lui causaient les ambitions de Johnny, les rumeurs de guerre qui enflaient partout dans le monde, elle ne savait plus où donner de la tête.

Elle devait seulement se ressaisir jusqu'à la fin de son service, et ensuite, elle réussirait bien à passer une soirée calme, que Tony fût là ou non pour la guider jusqu'au bout de la nuit.

Ses yeux lui manqueraient, bien sûr. Mais elle s'en sortirait. Toute seule.

Elle reprit finalement son poste et accomplit son devoir. Ses mains tremblaient encore un peu, sa voix flanchait par moments, et elle perdait parfois le fil des conversations, mais elle se raidit et contint jusqu'au soir la rage qui ne cessait de bouillonner en elle.

Sur le chemin du retour, elle prit soin de se concentrer sur la route et, quand cela ne suffisait pas à apaiser sa tension, elle accompagnait en fredonnant les airs de musique classique que diffusait l'autoradio ou ponctuait de vigoureux hochements de tête les bulletins optimistes du service météorologique de la station.

Justement, le soleil avait brillé toute la journée, ce qui laissait présager un été radieux. Les arbres balançaient dans la brise des ramures lourdes de sève, et des nuages vaporeux effleuraient les champs de leur ombre légère. Le petit coupé sport rouge vif ronronnait comme un gros matou, et Claire prenait plaisir à lui faire négocier les virages.

Là-bas, dans son écrin de verdure, l'attendaient l'auberge où elle avait déjà investi tant d'espoir et d'énergie, ainsi que ses enfants qui devaient encore et toujours pouvoir compter sur elle. Tony Riordan avait remporté chez lui les fantômes qu'il avait réveillés en elle. Elle ne reverrait plus Jimmy dans ses rêves. Tout allait bien se passer.

— ... le conseil de sécurité des Nations unies se réunira d'urgence ce soir pour discuter des moyens de prévenir une escalade sanglante en Somalie. Le président, au cours de son allocution du matin devant le Congrès, a annoncé l'envoi de détachements aéroportés supplémentaires dans cette région au bord du...

Claire coupa brusquement la radio. Elle refusait d'entendre la suite. Ces tragiques nouvelles lui donnaient envie de tout abandonner, et elle avait trop à faire en ce moment pour se permettre la moindre faiblesse.

Elle ferma résolument son esprit au monde extérieur et riva son regard sur la ligne blanche. Si bien qu'en arrivant devant l'auberge, elle ne remarqua pas une série de détails singuliers : la bicyclette de Jess couchée sur le bord de l'allée, les deux roues en l'air; la porte de la maison grande ouverte; le parfum d'origan et d'ail qui embaumait les abords de la demeure; et la voiture garée sur le parking, alors que le salon de thé avait fermé ses portes depuis longtemps.

Serrant son sac à main contre sa poitrine, elle sortit du coupé et se dirigea vers la cuisine. Le poste de télévision était allumé, le ventilateur du plafonnier brassait des fumets appétissants, et Jess riait aux éclats.

Percevant un léger bouillonnement à sa droite, Claire se tourna vers la cuisinière... et s'arrêta net.

Il portait un grand tablier blanc et brandissait une énorme spatule de bois.

Jess se précipita vers sa mère, les yeux étincelants comme des diamants.

— Tu ne devineras jamais, maman ! s'exclama-t-elle en se rapprochant de Tony qui s'était remis à touiller sa préparation sur le feu. M. Riordan veut rester pour nous aider à terminer les travaux à l'auberge, et c'est un as de la gastronomie italienne ! Qu'est-ce que tu dis de ça ?

4.

Sans même se donner la peine de répondre à sa fille, Claire se rua sur le poste de télévision pour l'éteindre et ne plus voir ces scènes de carnage complaisamment retransmises par CNN. Puis elle se retourna vers Tony, le cœur au bord des lèvres.

— Qu'est-ce que vous faites encore ici ? lui demanda-t-elle hargneusement.

Le visage de Jess se décomposa, et Claire vit alors distinctement l'appréhension que dissimulait l'enthousiasme de la jeune fille.

— Maman...

Tony, quant à lui, soutenait son regard sans ciller.

— Jess et moi avons eu l'occasion de discuter un peu, lui répondit-il calmement, et elle m'a appris que vous manquiez de bras pour terminer les travaux à l'auberge. Or, il se trouve que j'ai une formation de plombier et d'électricien, et j'ai pensé que je pourrais peut-être vous aider un peu. Voilà longtemps que je n'ai pas mis la main à la pâte, et je suis plus artisan dans l'âme que gestionnaire.

— M. Riordan se propose de ne te faire payer que les matériaux, enchaîna Jess sur un ton solennel, comme s'il s'agissait là d'un argument décisif.

Claire demeura coite. Elle ne pouvait imaginer ce qui avait pu inciter ces deux-là à penser qu'elle serait ravie d'avoir Tony constamment à demeure. Pas plus qu'elle ne pouvait imaginer pourquoi elle en était effectivement ravie.

— Simple intérêt professionnel, hein ? s'enquit-elle, tout en pensant qu'aucun homme ne devrait avoir le droit de paraître aussi beau en tenue de cuisinier, même s'il portait en dessous de son tablier un T-shirt de coton crème et un pantalon de lin noir.

Tony hocha lentement la tête.

— Comme je vous l'ai dit l'autre soir, j'ai toujours voulu m'initier à la restauration des demeures anciennes. C'est une tâche pleine d'enseignements et, en plus, on apprend ainsi à préserver ce qui existe au lieu de se contenter de le remplacer par quelque chose de moins attrayant.

Mais Claire ne l'écoutait pas vraiment ; elle se souciait plus de chasser d'horribles souvenirs de son esprit que de prêter l'oreille à ses digressions sur l'art de bâtir. Elle ne se rappelait plus rien de leur conversation — hormis ses yeux, évidemment. Des yeux qui brillaient comme ceux d'un jeune homme amoureux...

— Maman ? murmura Jess. Sa sauce a l'air super bonne, tu sais.

Claire se sentit soudain terriblement lasse. Elle se demandait si elle allait pouvoir en supporter davantage pour la journée. Voire pour le reste de son existence. Elle souhaitait seulement se poser quelque part et dormir.

Elle dévisagea sa fille. Jess avait une expression chagrine. Et inquiète. Elle avait dû éprouver un tel enthousiasme à préparer avec leur hôte cette surprise à sa mère. Claire se doutait qu'elle avait passé l'après-midi dans un état de perpétuelle excitation. A voir le sourire en coin de Tony, elle savait aussi que Jess n'avait cessé de lui tourner autour. Ce qu'elle n'arrivait pas à deviner, en revanche, c'était le motif de cet acharnement.

Claire se tourna enfin vers Tony. Oui, songea-t-elle, décidément, il était très séduisant dans ce tablier qu'il arborait avec une décontraction étonnante. Il était bronzé, et cette chaînette d'or qu'il portait autour du cou et qui rehaussait son hâle semblait plus un bijou sentimental qu'un signe extérieur de vanité. Bref, c'était le genre d'homme que toute femme saine d'esprit désirerait voir en train de lui préparer des pâtes.

— Ainsi donc, vous savez cuisiner? s'enquit-elle, navrée du ton de fausset que sa voix avait pris malgré elle.

— Pas vous? répliqua-t-il du tac au tac.

Jess répondit à la place de sa mère en éclatant de rire.

Claire esquissa un pâle sourire.

— Moi, je mange, dit-elle. A ce propos, Jess, où sont donc Peaches et Johnny?

Comment diable s'était-elle retrouvée prise à ce nouveau piège? Et, bon sang de bois, c'était pourtant vrai qu'elle sentait rudement bon, sa sauce!

— Johnny devait rester à l'école pour terminer un projet, maman, et Peaches vient de partir le chercher.

Claire hocha la tête. Elle s'aperçut alors, mais un peu tard, qu'elle serrait toujours contre elle son sac à main, comme s'il se fût agi d'un bouclier, et qu'elle se fût comportée dans sa propre cuisine à la manière d'une intruse. Pourtant, elle ne pouvait se résoudre à bouger, à réduire l'espace entre elle et cet homme qui avait ébranlé ses défenses si violemment qu'elle avait failli ne plus pouvoir supporter le contact de ses patients.

— Il faut que je te parle, Jess, reprit-elle en se détournant volontairement de Tony. Dans le séjour.

Jess en demeura interdite. Claire aurait tant voulu serrer dans ses bras cette petite fille déguisée en adolescente, apaiser le souci qui fronçait ses sourcils. Au lieu de cela, elle suivit sa fille en silence, dans la quiétude relative du séjour, là où M. Riordan ne pouvait les entendre.

Claire aimait cette pièce plus encore que toutes celles qu'elle s'était efforcée de restaurer au mieux dans l'auberge ainsi que dans le reste de la maison. C'était un endroit simple et confortable, dont le parquet avait été amoureusement ciré et dont les meubles étaient tous des pièces uniques patinées par le temps. Claire les avait choisis l'un après l'autre dans des brocantes et des ventes de charité. Ils étaient de style victorien, et leur bois sombre présentait des lignes sensuelles et galbées. Devant la grande baie qui ouvrait sur le jardin était disposé un piano à queue sur lequel Jess exécutait ses gammes. Au mur étaient accrochées les aquarelles peintes par Johnny.

Claire puisait un réconfort constant dans cette pièce qui respirait l'ordre et où l'on percevait la rumeur sourde des existences défuntes dont le souvenir attendri imprégnait encore les meubles. Elle s'y sentait généralement en paix avec elle-même et son environnement.

Mais, ce soir-là, c'était différent. Ce soir-là, elle n'éprouvait qu'angoisse, peur et ressentiment ; elle désirait à la fois retourner au plus vite dans la cuisine, auprès de Tony, et fuir dans son coupé à travers les collines, jusqu'à ce qu'elle fût aveuglée par la poussière soulevée par les pneus, et que le vent de la course l'eût rendue sourde.

— Qu'avez-vous donc derrière la tête, jeune fille ? demanda-t-elle à Jess, espérant de tout son cœur que celle-ci ne prendrait pas cette question pour un reproche.

Mais l'adolescente en fut quand même blessée.

— Et toi, maman, répliqua-t-elle, qu'est-ce qui te prend ?

Elle s'était pelotonnée sur une petite causeuse rose et crème. Ses vêtements noirs lui donnaient l'allure d'une veuve en visite, tandis que sa crinière rousse reflétait les premiers rayons du soleil couchant.

Claire prit place dans un fauteuil en face de la causeuse, posa son sac par terre et ramena ses mains devant elle pour les empêcher de trembler.

— Il me prend que je ne te reconnais plus, ma chérie, murmura-t-elle en regardant sa fille droit dans les yeux.

Jess tressaillit comme si elle avait crié.

— Je n'ai rien fait de mal ! protesta-t-elle.

— Je n'en doute pas, répliqua Claire en souriant. Mais j'aimerais savoir ce qui t'a poussée à inviter ainsi cet homme deux fois de suite chez nous. Tu admettras tout de même que ce genre d'initiative a de quoi me surprendre !

Jess demeurait raide comme un balai. Claire devinait ses tourments et en souffrait autant qu'elle, sinon plus. Seigneur, songea-t-elle, comme elle aurait préféré serrer son enfant dans ses bras jusqu'à ce qu'elle eût recouvré sa gaieté, sa joie de vivre et sa confiance en soi !

— J'ai... j'ai pensé que ça te ferait plaisir, bredouilla l'adolescente d'une toute petite voix.

— Mais pourquoi, ma chérie ? Tu estimes que j'ai besoin d'un amoureux ?

Claire avait espéré au moins un fou rire. Elle n'obtint qu'une dénégation muette.

— Alors quoi ? insista-t-elle.

— Tony... tu... tu lui parles...

Claire attendit qu'elle eût fini sa phrase, mais elle n'en dit pas plus.

— Je te parle à toi aussi, mon poussin.

— Oui, mais pas comme à une grande personne, pas au sujet du travail et de tout ça. Peaches, il comprend pas vraiment ces choses-là, lui non plus, et nous, Johnny et moi, on n'est que des gamins, alors j'ai pensé que si tu avais quelqu'un près de toi, si Tony pouvait t'aider, ce serait bien. Parce qu'il est de ton âge, alors que Johnny et moi, on n'est plus très souvent à la maison...

— Holà ! Du calme, la belle. J'ai saisi le message. Et je te remercie pour ta sollicitude. Mais ton frère, toi et Peaches, vous me suffisez amplement comme interlocuteurs. Sans compter Bea, Marissa, Nadine...

— Alors, il ne pourra pas rester ici ? demanda Jess.

— Franchement, ma biche, crois-tu que nous puissions l'obliger à passer ses vacances à souder des tuyaux et à installer des prises électriques ?

Pour le coup, Jess sursauta carrément.

— Mais il répète sans arrêt qu'il adore la Virginie, maman ! Et puis, il veut me présenter sa fille. Elle s'appelle Gina, et il paraît qu'elle me ressemble beaucoup. Elle pourra dormir dans ma chambre, tu sais. Ça ne me dérangerait...

Claire leva la main pour réclamer le silence. Et se

félicita de n'avoir pas allumé les lampes en entrant dans la pièce, sinon Jess aurait remarqué qu'elle avait les paumes luisantes de sueur.

— Je lui accorde une nuit supplémentaire, déclara-t-elle sans baisser la main. Quant au reste, j'y réfléchirai. C'est tout ce que je peux te promettre.

— Eh bien, moi, j'ai déjà réfléchi, et je crois que ce serait bon pour toi.

Claire fut un instant décontenancée.

— Comment ça ?

Jess rougit jusqu'à la racine des cheveux et se mit à gigoter sur place. Néanmoins, elle regardait sa mère avec une hardiesse dont Claire dut admettre en elle-même qu'elle n'en aurait pas été capable à son âge.

— Il sait cuisiner, maman, ne l'oublie pas.

— Peaches n'est pas dépourvu de talent en ce domaine.

— Pour la pâtisserie, peut-être. Mais as-tu seulement goûté la sauce de Tony ?

— M. Riordan, je te prie.

— O.K., M. Riordan. Alors, tu as goûté la sauce de M. Riordan ?

— Jess...

— Oh, maman, s'il te plaît. Ça n'engage à rien, et puis si To... si M. Riordan m'apprend comment la préparer, je pourrai ensuite vous concocter de super spaghettis !

Claire lui lança une grimace comique et soupira.

— Bon, dit-elle, je crois que nous nous sommes tout dit.

Elle se redressa. Elle avait les jambes en coton et n'aspirait qu'au repos. Un dernier désir, un dernier besoin la travaillaient cependant.

— Viens ici, ordonna-t-elle à Jess.

La gamine obtempéra.

Alors, Claire fit ce qu'elle avait envie de faire depuis l'instant où elle était rentrée chez elle. Elle attira son enfant contre elle et la serra dans ses bras. Ses cheveux d'ambre fleuraient bon le shampooing. Claire ne se lassait pas de les humer, de caresser la peau tendre des joues de sa fille, comme jadis lorsqu'elle était bébé, en ses nuits de détresse où elle puisait dans les grands yeux bleus de Jess le courage de continuer à aller de l'avant malgré tout.

C'était en ce temps-là qu'elle avait appris une vérité fondamentale, le principe même qui régulait son existence : « Tant que mes enfants seront heureux, je le serai aussi. » Et, durant les années qui avaient suivi, merveilleusement, elle avait eu maintes et maintes fois l'occasion de le vérifier.

— Merci, chuchota-t-elle alors même qu'une angoisse sourde continuait à la hanter. Tu es une enfant comme tous les parents souhaiteraient en avoir.

— C'est ce que je me tue à te répéter, rétorqua Jess en répondant à son étreinte.

Elle n'était encore qu'un oisillon, songea Claire. Un oisillon fragile, mais dont les ailes poussaient déjà et qui, bientôt, n'hésiterait plus entre la liberté et la sécurité, entre la soif de découvrir le monde et le réconfort que lui offraient depuis toujours les bras de sa mère.

Claire ne put alors retenir un frisson, saisie par cette peur commune à toutes les mères, cette crainte terrible, mais ô combien justifiée, de voir d'ici peu un abîme se creuser au cœur de son existence quotidienne.

Pourtant, bien qu'elle sût qu'elle risquait de se retrouver un jour seule avec ses fantômes, elle était prête à endurer mille morts dans l'espoir de voir ses enfants heureux.

C'était tout ce qu'elle désirait, tout ce pour quoi elle avait lutté jusqu'à présent, tout ce qui l'empêchait de sombrer dans la folie.

— Tout ira bien, promit-elle, ne sachant trop à qui elle s'adressait au juste. Je te le jure.

Et cette promesse était aussi une prière.

Tony était indécis. S'il avait été plus fort et plus sage, il aurait réellement souhaité que Claire le prît au mot et acceptât sa proposition. S'il avait été plus sûr de lui, il l'aurait forcée d'une manière ou d'une autre à lui expliquer pourquoi elle avait ainsi les yeux cernés et les mains qui tremblaient autant. S'il avait été honnête avec lui-même, il aurait reconnu que l'élan qui le portait vers elle chaque fois qu'elle était dans la même pièce que lui ne relevait pas uniquement de la fraternité envers une ancienne compagne d'armes. Sa seule présence le rassérénait comme une douce pluie d'été, et il brûlait de l'envie d'enfouir son visage dans ses cheveux. Il avait soif d'un simple sourire de sa part, d'un vrai sourire, d'un sourire pour lui seul. Il avait besoin de l'entendre rire de ses mots d'esprit, de voir son regard purifié de cette tristesse latente qui semblait altérer jusqu'à ses gestes les plus spontanés.

Malheureusement, il doutait de pouvoir opérer ce miracle. Et, quitte à être complètement sincère avec lui-même, il devait admettre que, lorsqu'elle était rentrée du travail, il aurait été plutôt soulagé qu'elle le mît directement à la porte.

Il n'était pas préparé à affronter ce genre de situation. Quoi qu'en pensât Andy, il était pratiquement certain qu'il continuerait malgré lui à lui causer de la peine, de la souffrance. Et cela, il ne pouvait le supporter.

Enfin, conclut-il en lui-même, avait-il encore le choix ? Non.

Alors, il restait dans cette cuisine blanche et étincelante, à remuer sa sauce tout en s'efforçant d'ignorer les murmures qui lui parvenaient de temps à autre du séjour. Mieux valait qu'il se concentrât en prévision de la suite et que, pour le moment, il suivît à la lettre les recommandations qu'Andy adressait généralement aux apprentis conseillers tels que lui : d'abord respirer à fond, ensuite attendre.

— Vous, j'ai deux mots à vous dire.

Il ne sursauta pas : il avait senti son parfum dès qu'elle avait franchi le seuil du séjour. Un parfum frais. Un parfum de printemps. Un parfum tentation. Il nota, d'ailleurs, que ses pulsations cardiaques s'étaient accélérées et que ses paumes se couvraient de sueur. Un frémissement lui parcourut l'échine, tout comme le matin où il avait appris à manipuler un M-16.

Il se tourna lentement vers elle, essayant de paraître le plus détendu possible alors qu'il était parfaitement conscient que la conversation qu'ils allaient avoir serait sans doute la plus importante de sa vie.

— Je sais, répondit-il laconiquement.

Il reposa la spatule et lui sourit.

Elle se tenait à l'entrée de la cuisine, vêtue d'un pull de cachemire qui avait l'air fort doux, ainsi que d'une jupe qui semblait encore plus douce et qu'ornait un semis de fleurettes de la même couleur que ses cheveux. Son teint était blême, toutefois, et sa posture trop rigide. Tony dut lutter contre l'envie pressante de la prendre dans ses bras.

— J'ai fait quelques courses, tantôt, reprit-il. Puis-je vous offrir une bière ?

Elle laissa échapper un sourire, et Tony sentit aussitôt son cœur s'emballer.

— Oui, répondit-elle, volontiers.

Tony s'approcha du réfrigérateur et en sortit deux canettes.

— Alors, s'enquit-il en lui tendant l'une des deux bières, où en sont les négociations ?

— A la phase de la retraite stratégique... Merci.

— Voilà un terme qui ne me plaît guère, répliqua-t-il avant de décapsuler sa canette. « Regroupement » sonne mieux à mon goût.

Claire se contenta de secouer la tête.

— De qui vient cette idée ? demanda-t-elle enfin.

L'espace d'un instant, Tony fut tenté de brouiller les pistes. Mais il se ravisa promptement : Claire arriverait, de toute façon, à savoir la vérité, et il eût été stupide de sa part de dilapider ainsi son capital confiance. Il alla donc s'asseoir en face d'elle, sur l'une des banquettes du coin repas, résolu à se montrer sincère.

— C'est une idée de votre fille, avoua-t-il. Mais c'est moi qui lui ai fourni les arguments *ad hoc*.

— Vous faites une sacrée paire de conspirateurs, tous les deux.

— Jess est une fille épatante. Vous devriez plutôt être fière d'elle.

Tony sut qu'il avait commis là un impair : Claire s'était aussitôt raidie.

— Mais je suis fière d'elle. Cela dit, chaque famille a ses conventions, notamment en ce qui concerne l'opportunité d'inviter ou non des hommes pour les vacances.

— Ce n'est pas ce que je...

— Je n'ai besoin de personne pour me tenir la main ou me dicter ma conduite, répliqua-t-elle. Et encore moins d'un guérisseur.

Elle dut s'apercevoir qu'elle avait presque crié ces

derniers mots, car elle se tut brusquement et, après avoir contemplé Tony d'un œil hagard, elle but une gorgée de bière à même le goulot, geste qui offrait un contraste pour le moins incongru avec l'image raffinée que donnaient d'elle sa jupe étalée sur le banc et ses cheveux qui voletaient légèrement sous la brise créée par le ventilateur.

Tony s'efforça, cependant, de garder un visage impassible.

— Si je suis ici, c'est uniquement pour que vous ayez la possibilité d'en parler à quelqu'un, lui assura-t-il.

— Et de quoi ? répliqua-t-elle, tandis que ses joues, d'ordinaire si pâles, prenaient soudain une teinte écarlate. J'en ai déjà parlé. J'en ai parlé jusqu'à en perdre la voix. J'ai hurlé, vociféré, et même insulté des gens que je ne connaissais pas. Pour le bien que ça m'a apporté ! Si vous voulez mon avis, c'est l'acte le plus abominablement égoïste que j'aie jamais commis, et je n'ai pas l'intention de recommencer.

Pris de court, Tony resta muet un instant.

— Egoïste ? répéta-t-il enfin.

Elle le considéra comme s'il avait été un procureur sadique et elle une victime innocente. Tony pouvait voir le sang battre à ses tempes, et il n'avait pas manqué de discerner dans sa voix ce frémissement hystérique qui trahissait un trop grand contrôle de soi : elle se braquait contre elle-même, et cela la conduisait tout droit à une dislocation de la personnalité plus terrible encore que les souvenirs qu'elle s'acharnait à fuir.

— En fait, déclara-t-elle en détachant soigneusement les syllabes, je ne crois pas qu'il soit souhaitable que vous demeuriez ici plus longtemps. Je m'en voudrais de gâcher vos vacances et, de plus, les entrepreneurs compétents ne manquent pas dans la région.

Tony leva la main.

— Et moi, je crois que vous me faites un procès d'intention, rétorqua-t-il, tout en priant pour que la réponse qu'il avait préparée fût la bonne.

Il avait l'impression d'être un artificier débutant, errant au beau milieu d'un champ de mines.

— J'ai passé la majeure partie de l'après-midi à l'auberge, poursuivit-il, et j'ai donc une bonne idée du chantier qui m'attend. Je vous promets un travail impeccable... J'ai conscience que mon retour suscite un certain... trouble, mais si je peux vous aider de quelque façon que ce soit, n'hésitez pas à me solliciter.

— Je n'ai aucunement besoin...

— De discuter avec quelqu'un ? De profiter d'une présence amicale aux heures les plus sombres de la nuit ? Je comprends vos réticences. Et je comprends aussi qu'il vous soit difficile de parler de vos cauchemars à un quasi inconnu.

— Mes cauchemars ? Qui vous a dit que j'avais des cauchemars ?

— Vous ne seriez pas normale si vous n'en aviez pas.

Tony craignit un moment d'être allé trop loin. Claire avait écarquillé les yeux, et elle le regardait en silence, tout en malaxant fiévreusement sa canette, la bouche à demi ouverte.

— Respirez, lui commanda Tony.

Elle frémit.

— Hein ?

Tony lui sourit, alors qu'il ne s'en était jamais aussi peu senti l'envie.

— Vous ne respiriez plus, lui expliqua-t-il. Et il est plutôt malaisé de prendre ce genre de décision quand le cerveau ne bénéficie pas d'un apport correct en oxygène.

Elle secoua la tête.

— Ma décision est déjà prise : c'est non.

Cette fois, il leva les deux mains.

— Bon, soit, acquiesça-t-il. Cela étant, me permettrez-vous au moins de dîner avec vous avant de repartir ? J'ai travaillé sur cette sauce durant tout l'après-midi.

Il eut alors le plaisir de la voir sourire. Oh, ce n'était pas un grand sourire, mais il suffisait quand même à adoucir ses traits.

— D'accord, dit-elle. Je ne tiens pas à ce qu'on m'accuse de profiter de la générosité de mes invités. Et puis, Jess ne me le pardonnerait jamais.

Après cette discussion, Tony quitta la cuisine ventre à terre, tant il craignait d'avoir un geste déplacé envers Claire si jamais il y demeurait une minute de plus.

Bon sang, songea-t-il en réintégrant sa petite chambre, dans quel guêpier s'était-il donc fourré ? Il était simplement censé remercier celle qui l'avait sauvé, accomplir la mission qu'il s'était fixée devant le Mur, au dernier Memorial Day, et s'en retourner chez lui aussitôt après, pour retrouver sa fille, sa vie, son travail.

Mais non, il avait fallu qu'il revînt à la charge. Pire : qu'il s'incrustât. Et cela, ce n'était pas uniquement parce qu'il se sentait des obligations envers son hôtesse ni même parce qu'elle avait pris sa main en le regardant du fin fond de l'enfer.

Non : s'il restait chez elle, c'était parce qu'elle était douce. Douce et digne. Parce qu'elle avait des yeux de la couleur de la pluie. Parce que, quelque part au plus secret de son cœur d'homme mûr, d'homme endurci par l'expérience, elle avait eu sa place attitrée dès qu'elle lui avait souri pour la première fois.

— Espèce d'idiot, marmonna-t-il à l'adresse de son reflet dans le petit miroir doré.

Ledit reflet se contenta de froncer les sourcils, sachant aussi bien que lui qu'en dépit de toutes ses protestations, il n'avait toujours pas renoncé à obtenir un vrai sourire de Claire. Un sourire pour lui seul.

— Espèce d'idiot, répéta-t-il tout en décrochant le téléphone pour rassurer sa fille.

Il entendit les éclats de voix avant même d'avoir posé le pied hors de la baignoire. Et il les identifia dès l'instant où il ouvrit sa porte.

Johnny était de retour à la maison.

Tony le voyait adossé au chambranle de la porte de service, comme figé entre son foyer et le monde extérieur. Cloué sur place par la réaction de sa mère et par sa propre indignation. Le seul obstacle qui l'empêchait de s'envoler loin d'ici était une montagne de muscles fermement campée sur ses pieds, derrière lui.

Peaches. Plus silencieux et renfrogné que jamais. Et qui, comme averti par un instinct secret, tourna aussitôt les yeux vers l'importun qui s'approchait à son tour de la cuisine.

— Mais c'est une occasion en or ! protestait Johnny. Je ne peux pas la louper ! Jamais tu ne me permettras de m'inscrire à aucune académie, alors que si je deviens officier de réserve, j'aurai ensuite toutes les chances d'être pris dans l'armée de l'air, grâce à mes heures de vol.

— Non.

La réponse avait été proférée sans l'ombre d'une hésitation. Et elle avait valeur de point final. Tony s'immobilisa à une distance prudente de la mère, du fils et du cuisinier.

— Je veux voler, insista le garçon d'une voix presque suppliante.

— Mais tu voles, répliqua Claire avec la même fermeté, quoique sur un ton moins sec. Ecoute, tu as déjà passé plus de temps dans le ciel que la plupart des adultes. Et ce n'est pas moi qui t'empêcherai de continuer à pratiquer ce sport, je te l'assure. Tiens, pourquoi ne contacterions-nous pas, dès la semaine prochaine, une ou deux écoles de pilotes de ligne ? Nous pourrions...

— Je veux être pilote de chasse.

Claire consulta Peaches du regard, reporta son attention sur son fils, courba un instant les épaules, puis se redressa aussitôt et secoua lentement la tête.

— Nous reparlerons de tout ça plus tard, Johnny. Nous avons un invité pour le dîner.

— Bon sang, tu ne comprends rien ! Tu ne m'as même pas écouté !

— Suffit, John. Ce n'est plus le moment d'en discuter.

— Mais, maman...

— Plus tard, j'ai dit.

Tony reconnaissait ce ton. Sa propre mère en avait souvent usé à son égard. Et, notamment, avant son départ pour le Viêt-nam.

Naturellement, Johnny l'avait, lui aussi, reconnu. Il tourna donc les talons et s'éloigna, les yeux brillants de frustration. Tony en éprouva de la peine pour lui. Il savait ce qu'il en coûtait de chérir un rêve non partagé par les êtres que l'on aimait. Il aurait bien essayé de consoler l'adolescent, de le raisonner, mais il doutait fort d'y réussir mieux que Claire.

— Qu'est-ce que vous fichez encore ici, vous ? lui lança Johnny en l'apercevant près du seuil de la cuisine.

— Johnny ! s'exclama sa mère.

Tony sourit au garçon.

— Un peu de respect, jeune homme. Il se trouve que c'est moi qui ai préparé votre repas de ce soir.

Johnny jeta un coup d'œil accusateur à sa mère, puis toisa Tony de la tête aux pieds. Ce dernier redoutait un éclat : l'adolescent semblait sérieusement remonté. Par bonheur, Jess surgit à cet instant dans la pièce.

— La ferme, John ! lui lança-t-elle avec toute la morgue qu'une sœur est capable de montrer envers son frère. Tu gâches tout, imbécile.

Johnny la considéra, intrigué.

— Je gâche quoi ?

— Suis-moi dans ma chambre, et je te le dirai.

Et, à la grande surprise de Tony, Johnny obtempéra.

Tony pénétra enfin dans la cuisine, extrêmement gêné, mais s'efforçant de n'en rien laisser paraître.

La première chose qu'il remarqua fut que Peaches ne lui prêtait plus aucune attention. Et la seconde que Claire tremblait de tous ses membres et avait les yeux vitreux. Manifestement, elle ne voyait plus Peaches, pas plus qu'elle n'avait noté la présence de Tony. Elle livrait au fond d'elle-même un combat qui requérait toute son énergie, et Tony n'était pas sûr qu'elle allait l'emporter.

Il savait exactement ce qu'elle traversait. Et il savait également comment réagir dans ce cas-là.

Si Claire avait été l'un de ses hommes, Tony l'aurait simplement prise par les épaules et aurait marché avec elle dans le jardin, à l'abri des regards indiscrets, tout en lui prodiguant inlassablement des paroles de réconfort, jusqu'à ce qu'enfin, sa voix parvînt à se frayer un chemin à travers le cyclone qui lui dévastait l'esprit, et qu'elle prît conscience que, quoi qu'il pût arriver, il serait toujours là, lui, Tony, pour la comprendre et la soutenir. Lui-même s'était jadis tapé la tête contre les murs, lui-même avait sursauté au moindre bruit, souffert de rage et de culpabilité rentrées, de cauchemars incessants qui le réveillaient en pleine nuit.

Il avait lui-même traversé cette épreuve et enduré sa douleur.

Cependant, Claire n'était pas l'un de ses hommes. Elle ignorait le soulagement qu'elle pouvait attendre de lui, car elle n'avait pas connu la camaraderie qui unissait à jamais les vétérans du Viêt-nam. Elle ignorait que d'autres avant elle avaient affronté le monstre qui la déchirait. Et qu'ils s'en étaient sortis.

Non, elle n'était pas l'un de ses hommes, l'un de ses compagnons d'armes. Et pourtant, alors même qu'il s'estimait incapable de la consoler comme il l'avait fait pour Peter, Jack et tant d'autres, il marcha vers elle et la prit par les épaules.

— Nous revenons dans quelques minutes, Peaches, déclara-t-il au cuisinier, de cette voix douce et persuasive qu'il avait dû si souvent adopter, autrefois. Faites manger les enfants dès qu'ils redescendront, d'accord ?

Et Peaches, visiblement désemparé, tendit un de ses énormes bras vers la porte de la cuisine pour leur ouvrir la moustiquaire.

5.

— Mais qu'est-ce qu'il s'imagine ? s'exclama Claire quand ils eurent laissé derrière eux le cottage de Peaches. Il ne comprend donc rien ? Il ne voit pas ce qui se passe autour de lui ? Seigneur, je... je ne l'ai pas langé, promené, bercé, nourri pour... pour qu'il me fasse ça ensuite ! Pour qu'il...

Pendant vingt bonnes minutes, Tony se contenta de l'accompagner en silence, écoutant sans mot dire toutes les incohérences qu'elle débitait sur un ton que n'importe quelle mère eût immédiatement reconnu. Il la sentait trembler contre lui tandis qu'elle maudissait la terre entière d'avoir ainsi osé retourner son enfant contre elle. Tantôt, il s'écartait d'elle pour lui permettre de gesticuler à son aise, tantôt il renouait le contact physique, quand sa voix devenait plus basse et plus sourde. Et cela, sans qu'elle eût jamais conscience que c'était bien Tony qui marchait à côté d'elle dans le crépuscule finissant, au milieu des ombres qui s'allongeaient sur la pelouse.

Ils parvinrent bientôt à l'orée des grands bois qui se dressaient derrière les dépendances de l'auberge. Tony préféra ne pas y pénétrer avec elle. Il savait avec quelle rapidité la nuit pouvait tomber dans cette région du Sud.

Il orienta donc leur promenade le long des arbres, et continua à écouter Claire, lui murmurant parfois de brefs acquiescements pour l'encourager à vider entièrement son sac avant qu'ils fussent rentrés à la maison. Mieux valait qu'elle craquât ici plutôt que là-bas.

Tony luttait lui-même pour ne pas trop approcher Claire, car il avait terriblement envie de l'embrasser, de la serrer contre son cœur. Il la tenait toujours par les épaules, comme s'il s'était agi de l'un de ses hommes, tandis qu'elle poursuivait sa diatribe sur un ton bas et enfiévré.

Au bout de vingt minutes, enfin, Claire ralentit le pas, puis s'immobilisa tout à fait. Elle prit une profonde et frémissante inspiration et se passa les mains sur le visage comme pour en évacuer la tension.

Elle reprit ensuite sa marche, mais plus posément. Ses mains ne tremblaient plus, et son regard, parfois, se perdait dans la contemplation des premières étoiles.

— Non, il ne comprend rien à rien, conclut-elle.

Et ce n'était pas seulement un constat. C'était aussi un regret. Tony s'en rendit compte et en fut bouleversé.

— Alors, expliquez-lui, dit-il doucement.

C'était la première fois qu'il lui adressait la parole depuis qu'ils avaient quitté la maison. En l'entendant, elle se figea net. Ils étaient alors revenus au niveau du petit pavillon où logeait naguère Peaches quand il ne travaillait pas encore à plein temps pour l'auberge. Le fleuve, qui coulait à proximité, diffusait des volutes de brume qui s'enroulaient autour des arbres et voilaient le gazon d'une grisaille indigo. Le vent était calme et les environs paisibles. Tony aurait aisément pu s'imaginer que Claire était un esprit de la forêt, un de ces elfes aux cheveux d'or et à la peau diaphane. Aucun elfe, cependant, n'aurait eu ses grands yeux si tristes, et cette évidence eut tôt fait de le ramener à la réalité.

Claire ne lui répondit pas, mais se réveilla d'un coup, comme au sortir d'une transe, et reconnut soudain la personne qui se tenait à son côté et l'avait aidée à surmonter sa crise.

— Oh, mon Dieu, gémit-elle, l'air hagard et les mains serrées contre sa poitrine. Je... je suis désolée.

Tony lui sourit.

— De quoi ? lui demanda-t-il. D'avoir été humaine ?

Claire secoua la tête et détourna les yeux en direction du carré de lumière que la fenêtre de sa cuisine découpait sur la pelouse.

— Pourquoi m'avez-vous laissée me comporter comme ça ? Jamais ils... Qu'est-ce que je vais bien pouvoir dire à Johnny ?

— La vérité, peut-être ?

— Non... Non, c'est impossible. Pas cette fois.

Tony savait qu'il ne pourrait obtenir d'elle plus d'explications. Si seulement il avait été plus intuitif ! Andrew, lui, aurait été à même de soutirer à Claire ses secrets les mieux gardés. Il lui aurait suffi de lui toucher le bras au bon moment, ou de la dévisager d'une certaine façon... Mais Andrew avait été l'un des tout premiers conseillers bénévoles. Et il serait sans doute aussi l'un des derniers, maintenant que les institutions gouvernementales avaient pris le relais. Entre-temps, il aurait libéré des centaines d'hommes de leurs cauchemars et de leurs intincts les plus noirs. Oui, l'expérience d'Andy était immense. Immense et irremplaçable.

Lui n'était qu'un pauvre entrepreneur en travaux publics qui avait eu la maladresse de se mêler d'une situation qui le dépassait complètement. Un bâtisseur de seconde zone, plus habitué à aboyer des ordres à des coffreurs et des boiseurs qu'à trouver le mot juste, la parole qui guérit.

— Pourriez-vous... pourriez-vous rester jusqu'à demain ? lui demanda-t-elle d'une voix lourde de remords.

— J'en serai heureux, répondit-il simplement. Et puis, je suis sûr que, dès que vous aurez goûté ma fameuse sauce à l'origan, vous aurez envie de m'engager non seulement comme entrepreneur mais aussi comme cuisinier !

Claire demeura muette. Elle ne le regarda même pas. Elle se contenta de hocher la tête et rebroussa chemin vers la maison où les enfants et Peaches l'attendaient. Alors, Tony lui emboîta le pas.

Ils étaient parvenus à la porte de la cuisine quand Claire s'arrêta de nouveau.

— Merci, lui dit-elle.

Elle ne s'était toujours pas retournée vers lui, mais Tony n'en avait cure. Il savait ce qu'il en coûtait de se dévoiler ainsi à autrui, surtout quand le confident en question était un quasi inconnu. Il imaginait également tout le courage qu'il fallait à Claire pour se présenter de nouveau à ses enfants après une telle crise.

Il se contenta donc, tandis qu'elle se recomposait une attitude, de contempler ses cheveux qui luisaient faiblement dans la pénombre, et de murmurer :

— Vous n'avez pas à me remercier. Je suis heureux de pouvoir vous aider.

⁂

Le dîner fut tranquille. Tony nota que Johnny ne tenait pas en place et qu'il ne le regardait jamais vraiment en face. Mais le gamin s'abstint de reparler de son projet d'entrer dans le corps d'entraînement des officiers de réserve. Jess, quant à elle, ne cessait de glousser et de papoter, comme si elle avait eu l'entière responsabilité d'entretenir la conversation. Claire, de son côté, était pâle et paraissait encore tendue, mais elle souriait, malgré tout, à sa fille et, parfois même, elle riait avec elle.

Ils discutèrent ainsi des études de Jess, des travaux en cours dans l'auberge et d'autres sujets anodins. Trônant en bout de la table, Peaches les observait tous d'un œil soucieux et lâchait de temps à autre un vague grommellement. Il fit, néanmoins, honneur aux spaghettis. Après quoi il repoussa sa chaise et lança à Tony :

— Pas mal.

Il n'ajouta rien mais se dirigea vers la porte et quitta la pièce. Tony le suivit des yeux et, quand la vaisselle fut lavée et essuyée, il profita de ce que Claire et les enfants s'étaient retirés dans le séjour afin de régler quelques détails concernant leur emploi du temps pour sortir à son tour et traverser la pelouse nappée de brume en direction du cottage de Peaches.

Tony n'était pas à proprement parler un homme de taille modeste. Néanmoins, quand le cuisinier vint lui ouvrir, il eut soudain l'impression d'être un nain.

— Il faut qu'on parle, tous les deux, déclara-t-il.

Apparemment, cela suffit à Peaches, car il ouvrit sa moustiquaire et s'effaça pour le laisser entrer.

Tony fut une nouvelle fois surpris par son hôte. Il

ne savait au juste ce qu'il s'attendait à trouver dans ce petit pavillon de deux pièces occupé par un homme qui avait passé une bonne partie de sa vie en prison. Mais il n'imaginait certes pas un intérieur aussi propre et confortable. Un canapé bleu roi était disposé sous la fenêtre tendue de rideaux de cretonne, et un bouquet de fleurs des champs s'épanouissait au-dessus de la cheminée. Une bible avait été abandonnée dans un fauteuil, et une petit étagère d'angle supportait une radio. Aux murs étaient accrochés des aquarelles et quelques dessins.

Tony en remarqua un en particulier : un croquis vigoureux, exécuté au fusain d'une main sûre et avec une très grande économie de moyens. Le portrait d'un homme grand, carré et puissant : Peaches lui-même.

Tony le désigna du doigt.

— Qui a fait ça ?

— Le gamin, répondit laconiquement le cuisinier, d'une voix rauque mais vibrante de fierté.

— Johnny ? demanda Tony en se retournant vers lui.

Peaches hocha la tête.

— Pourquoi ? Ça vous dérange ?

Tony reporta son attention sur le dessin.

— Et c'est également lui, l'auteur des aquarelles qui se trouvent dans le séjour de Claire ?

— Ouais.

— Vous en avez, de la chance.

De nouveau, Peaches sembla le comprendre à demi mot.

Tony n'était guère décontenancé par son attitude. Il en avait connu plus d'un comme lui, au Viêt-nam. Des hommes durs et sans concessions. Durs et taciturnes, mais d'une loyauté infaillible. Des hommes sur lesquels on pouvait toujours compter.

— Je suis en mesure de l'aider, lâcha-t-il tout à trac, devinant que Peaches n'appréciait pas les préambules.

— Ah ouais?

Ils se tenaient l'un en face de l'autre dans le petit séjour, tels deux adversaires se jaugeant du regard.

— Elle m'a appris que vous sortiez de Raiford, reprit Tony. Vous n'êtes pas un vétéran, n'est-ce pas?

— Pourquoi cette question?

— Vous l'avez entendue hurler, la nuit. Vous l'avez vue s'enfermer dans sa chambre ou partir sans crier gare. Et vous en avez vu d'autres, comme elle, en prison, des gars que rien ne rapprochait et qui, pourtant, se serraient les coudes. Des gars qui, comme elle, se mettaient à pleurer ou à hurler sans raison. Des gars qui vous répétaient que vous ne pouviez pas les aider.

Peaches garda le silence, mais son regard en disait long.

Tony hocha la tête.

— Vous a-t-elle confié qu'elle avait également servi au Viêt-nam?

Peaches haussa les épaules.

— C'était une infirmière. C'est pas pareil. A quoi bon remuer tout ça?

Tony le regarda droit dans les yeux.

— Elle fait toujours des cauchemars.

Peaches le savait, c'était évident, mais il était trop loyal envers Claire pour l'admettre.

— Moi aussi, j'en ai fait, reprit Tony. Je sais ce qu'elle traverse et je veux l'aider.

— Pourquoi?

— Parce qu'elle m'a sauvé la vie.

Peaches accueillit cet aveu avec méfiance. Tony ne

s'en offusqua pas : il était conscient que cette expression était aujourd'hui trop galvaudée pour avoir encore une valeur réelle. Aussi, pour prouver à son interlocuteur qu'il ne l'utilisait pas à la légère, il déboutonna sa chemise et montra à Peaches son ventre et sa poitrine.

— Elle m'a sauvé la vie, répéta-t-il.

Et Peaches, qui avait dû connaître en prison plus de souffrances et de misères que la plupart des hommes, en parut visiblement impressionné.

— En tout cas, reprit Tony en rabattant sa chemise sur l'affreuse cicatrice qui lui barrait l'abdomen, j'ai l'intention d'essayer. J'ai déjà contacté certaines personnes qui sont certainement en mesure de l'aider mieux que moi. Mais, d'ici là, j'ai besoin du soutien de chacun, ici.

— Elle est d'accord ?

Tony laissa échapper un soupir.

— Peu de gens sont capables de reconnaître ouvertement ce qui les mine. Ils ont peur de passer pour des lâches, des faibles, des moins que rien. Alors, ils se taisent, serrent les dents et s'efforcent d'oublier. Mais ce n'est pas comme ça qu'on s'en tire.

Peaches eut un mince sourire, un sourire sombre et pensif.

— Ouais, convint-il.

— D'autant qu'il est pratiquement impossible de s'en sortir tout seul, ajouta Tony. Surtout quand on s'est efforcé de refouler son angoisse pendant vingt ans.

— Qu'est-ce que tu veux de moi, au juste ?

Tony sourit.

— Que tu comprennes ma démarche. Et que tu continues à être son ami. C'est tout.

Le silence retomba dans la pièce. Dehors, le vent bruissait dans les arbres, tel un voleur de fruits. Campé au milieu de son sanctuaire, Peaches demeurait immobile, le visage plus impassible que jamais.

— Ses enfants...

Tony attendit patiemment la suite, sans le brusquer.

— Elle a tout misé sur eux, poursuivit Peaches. Si tu touches à elle, tu touches à eux.

— J'ai moi-même une fille, dit Tony

Alors, Peaches hocha la tête. C'était là sa réponse à la visite de Tony. Son accord. Sa promesse.

Dix minutes plus tard, Tony ressortit dans le jardin. L'herbe était moite, et les étoiles scintillaient dans le ciel avec un éclat mouillé. De la maison s'échappaient des exclamations enjouées. Des rires qui sonnaient un peu faux. Tony prit une profonde inspiration ; il était taraudé par l'envie de fumer une cigarette. La nuit risquait d'être longue, se dit-il. Et plus longues encore les semaines à venir.

Mais il ne flancherait pas. Claire était au bord du gouffre, et il se devait de la sauver à son tour.

Fourrant les mains dans ses poches, il se dirigea vers la lumière qui filtrait des fenêtres de la cuisine.

Ils vinrent durant la nuit, comme elle le craignait. Ils étaient tous là, avec leurs traits trop tendres, leur regard trop ingénu et leur voix capables de briser le sommeil de n'importe qui et de ruiner tous ses espoirs.

Jimmy n'était pas avec eux. Mais c'était encore pire.

Elle se trouvait dans la section des affections coronariennes de l'USI où elle travaillait habituellement.

Les quatorze alcôves étaient occupées par des hommes âgés victimes d'une vie trop dure ou de choix fatals à leur santé. Elle était debout, revêtue de sa blouse blanche, à l'entrée de cette salle où la maladie et la mort étaient circonscrites, réduites à des pathologies dûment répertoriées. Elle guettait l'arrivée de nouveaux patients, son stéthoscope à la main. Autour d'elle s'activait le personnel de la section et, tout en riant aux plaisanteries d'une de ses collègues, elle s'attendait que le nombre d'admissions augmentât soudainement, comme à chaque changement de service.

Elle l'entendit, d'abord. C'était un martèlement sourd, rythmé et monotone, dont tout l'immeuble semblait vibrer. Ce bruit, incongru en ces lieux où régnaient le calme et l'ordre, la surprit. Puis elle le sentit : ça avait l'odeur âcre et cuivrée du sang, le parfum suffocant de la pourriture et de la fumée. Des relents de désastre. Et cette puanteur s'insinuait sous sa blouse blanche avec des reptations infâmes.

— Non...

Les portes du hall furent ouvertes à la volée, mais ce ne fut pas l'un des lits à roulettes du service des urgences qui apparut. Ce fut une civière. Et sur cette civière reposait un jeune homme au regard vitreux, à la bouche grande ouverte, qui crispait les mains sur son ventre.

Claire se précipita vers lui, écarta ses mains et vit le sang, la destruction. Elle réagit aussitôt et, levant la tête pour réclamer de l'aide, avisa un autre garçon au front bandé qui tendait les bras vers elle. Elle courut vers lui... et ne rencontra que le vide.

Parcourant fébrilement le hall du regard, elle chercha des yeux l'équipement qui, d'ordinaire, demeurait en permanence près de l'entrée du poste de garde. Mais il n'y avait plus de poste de garde. Devant elle se dressait une ouverture fermée par une double porte en plastique transparent et, derrière cette porte, sous un soleil aveuglant, d'autres garçons venaient vers elle. Des garçons au corps naguère robuste et vigoureux, qui se traînaient maintenant dans sa direction en laissant sur le sol poudreux des sillons sanglants. Des garçons aux yeux hagards et douloureux.

Ils ne criaient ni ne gémissaient : ils la suppliaient ; ils l'imploraient.

— Sauvez mon copain.

— Où est mon frère ?

— Aidez notre sergent.

— Infirmière, s'il vous plaît...

Ils étaient dix ; ils étaient vingt ; ils étaient cent, mille. Et cette foule venait mourir à ses pieds. Tous ces garçons agonisaient devant elle parce qu'elle était incapable de les secourir.

Baissant les yeux, elle remarqua qu'elle ne portait plus sa blouse blanche mais un uniforme kaki, des bottes de combat dont le poids la rivait au sol et ces plaques d'identification dont le tintement lui rappelait à chaque instant qui elle était et où elle se trouvait.

Du sang maculait ses chaussures, ses mains ; les jeunes soldats ne cessaient de la regarder, et elle ne pouvait plus respirer, elle ne pouvait plus bouger, elle ne pouvait plus...

— Assez !

Elle s'éveilla en sursaut, debout à côté de son lit, le souffle court, la poitrine douloureuse. En face d'elle s'ouvrait la fenêtre de sa chambre, qui laissait entrer un pâle clair de lune. Elle continuait, néanmoins, à voir les garçons, tous ces garçons qui ressemblaient trait pour trait à Jimmy. Dehors, les arbres bruissaient sous le vent et l'air embaumait les fleurs, mais elle entendait les pales des hélicoptères et sentait les remugles du sang, de l'infection et de la mort.

Sa chemise de nuit était trempée de sueur. Ses genoux tremblaient si fort qu'elle devait se soutenir au montant du lit. Son matelas était à moitié tombé par terre tandis qu'elle se démenait pour essayer de sauver les blessés de son cauchemar.

La douleur la faisait suffoquer. Elle ne parvenait pas à reprendre sa respiration ni à bouger ni à penser. Elle porta une main à son cœur, comme pour le retenir dans sa poitrine.

« Seigneur, par pitié, pria-t-elle en fermant convulsivement les paupières, faites que cela s'arrête, faites que cela cesse. Faites qu'ils partent ! »

Elle ne percevait pas ses propres sanglots, pas plus qu'elle ne remarquait que son visage était mouillé de larmes ni qu'elle s'était cassé les ongles dans son combat contre sa propre impuissance. Elle savait seulement qu'il lui fallait fuir au plus vite, quitter cet endroit terrible, étouffant.

Elle se précipita hors de la chambre en chemise de nuit, palpant les murs pour trouver son chemin dans ces ténèbres qu'aucune lumière électrique n'eût été capable de dissiper.

Elle avait essayé de noyer son angoisse dans l'alcool. Elle avait bu une demi-bouteille de vin, après le repas, et elle s'était obligée à veiller le plus tard possible tout en écoutant Tony lui parler de choses sans importance. Elle avait eu si peur de revoir

Jimmy qu'elle avait repoussé le moment de se coucher jusqu'à ce qu'elle se crût trop soûle pour rêver de lui.

Mais ce n'était pas de lui qu'elle avait rêvé : c'était de tous les autres...

Le vent de la nuit fouetta ses joues trempées de larmes, et elle s'immobilisa à une vingtaine de pas de la maison. Derrière elle, la moustiquaire se rabattit en claquant et, plus bas sur la route, un chien se mit à aboyer. Elle s'avança en trébuchant sur la pelouse, heureuse de sentir la rosée lui rafraîchir les pieds, et leva la tête vers le ciel, vers ce ciel sombre de Virginie qui ne ressemblait en rien aux impressionnantes nuits étoilées du Viêt-nam. Elle prit une longue et profonde inspiration. L'air sentait la résine, la feuille. Le tabac.

Elle s'arrêta brusquement.

— Qu'est-ce que vous faites ici? demanda-t-elle sur un ton inquisiteur, quoique empreint d'un soulagement certain.

Tony quitta l'ombre de l'auberge et se rapprocha d'elle.

— J'avais besoin d'une cigarette.

Elle aussi en aurait eu grand besoin. Elle n'avait plus fumé depuis la naissance de Johnny, et elle regrettait presque d'avoir arrêté.

Elle hésitait encore à en demander une à Tony, lorsqu'il lui tendit son paquet. Elle y piocha sans réfléchir. Elle savait que c'était un geste stupide qui ne résoudrait absolument rien. Elle n'en remercia pas moins Tony lorsque, constatant qu'elle tremblait trop pour y arriver par elle-même, il lui alluma sa cigarette.

— Ce n'est pas moi qui vous ai réveillée, au moins? s'enquit-il à voix basse.

Elle s'esclaffa, et faillit s'étouffer avec la fumée : ses poumons n'éprouvaient manifestement pas le même besoin qu'elle d'absorber une bonne dose de nicotine.

— Non, dit-elle finalement, entre deux quintes de toux. Vous ne m'avez pas réveillée.

Tony hocha la tête. Il était habillé d'un jean, d'un T-shirt blanc, et ne portait pas de chaussures, lui non plus. La lumière qui filtrait par la porte de la cuisine soulignait la courbe de ses muscles et les reliefs de son visage vigoureusement dessiné. Claire nota du coin de l'œil qu'il avait des jambes longues, déliées, robustes, et elle dut lutter contre l'envie de se blottir entre ses bras.

Elle était tellement terrorisée. Tellement lasse. Elle aurait seulement voulu que tout cela cessât, mais elle ne savait pas comment s'y prendre pour se libérer. Or, Tony lui avait assuré qu'il l'aiderait, et force lui était de constater qu'il tenait parole : même en pleine nuit, à 4 heures du matin, il était là, près d'elle.

Il contemplait maintenant le faîte des arbres qui marquaient la limite de la propriété.

— J'aimerais qu'on soit déjà en octobre, murmura-t-il. La plupart des gens préfèrent le printemps, mais moi j'ai un faible pour l'automne. Il y a de si belles couleurs, en cette saison, de si beaux nuages...

— Et pas de mousson, ajouta-t-elle spontanément.

Il rit, d'un rire bas et vibrant qui résonna profondément dans la douceur de la nuit.

— Et pas de mousson, en effet... Je pense, d'ailleurs, que c'est aussi ce qui m'attire dans la restauration des demeures anciennes : avoir un prétexte pour mener la guerre à la pourriture, au moisi.

Il marqua une pause.

— Dieu sait que je déteste l'odeur du moisi !

Claire se mit à rire à son tour.

— Moi, c'est les mouches, repartit-elle. Les enfants m'ont surnommée la Mère Fouettarde : je passe tout l'été avec une tapette à la main. J'exècre les mouches.

Sa voix tremblait encore un peu, mais elle avait été capable de rire. Déjà, elle se sentait moins oppressée et n'éprouvait plus l'envie irrépressible de fuir. Tony semblait la comprendre à demi mot. Elle n'avait pas eu besoin de lui exprimer tout le dégoût que lui inspiraient les mouches. Ni de lui en confier la raison.

La raison... Elle s'était ingéniée à l'expliquer, jadis. Mais personne n'avait réellement voulu l'écouter. On lui posait encore des questions, à ce moment-là, et elle s'efforçait d'y répondre, de faire comprendre aux autres pourquoi il lui était impossible de parler de ce qu'elle avait vécu, pourquoi elle était revenue de là-bas aussi différente, pourquoi personne n'était vraiment en mesure de s'imaginer ce qu'elle avait vécu. Oui, elle avait essayé de leur raconter tout ça. Mais ils avaient très vite cessé de lui poser des questions.

— Encore maintenant, reprit posément Tony, il m'est impossible de rentrer dans un restaurant où je risque de me retrouver devant un poisson mort. Mes hommes et moi logions chez l'habitant. Nous mangions ce que mangeaient les gens du pays. Et, aujourd'hui, je préférerais manger du rat plutôt qu'un poisson.

Claire ne sut que lui répondre. Pour sa part, elle avait été correctement nourrie.

Elle inhala une bouffée de tabac et jugea qu'une cigarette n'était finalement pas ce dont elle avait le plus besoin. Ce dont elle avait besoin, c'était ce que lui offrait Tony en cet instant même : la voix grave et rassurante d'un homme, sa présence fraternelle en ces heures glauques du petit matin.

Lui n'était pas jeune. Ni ingénu ni insouciant. Il ne semblait pas non plus vulnérable. Son visage était, au contraire, marqué par la sagesse, l'expérience. Et puis tout en lui, depuis ses cheveux peignés à la diable jusqu'à son allure nonchalante, dénotait le calme et la patience. Auprès de lui, sous ce regard étoilé par les rides du sourire, par les rides d'une souffrance ancienne, aussi, mais surmontée, Claire avait l'impression de se retrouver enfin en compagnie d'un être humain dans le plein sens du terme, d'avoir enfin réintégré son foyer. Et c'était là un bonheur qu'au fond d'elle-même, elle avait cru ne jamais plus pouvoir connaître.

— Vous voulez en parler? demanda-t-il simplement.

Elle eut un rire rauque.

— J'en ai déjà parlé, je vous le répète, et ça n'a pas marché.

— Avec d'autres vétérans?

— Avec pratiquement tout le monde, sauf mon chat... — non, à y bien réfléchir, j'ai dû lui en parler, à lui aussi. Et tout ce qu'on m'a conseillé, à ce moment-là, c'est d'adopter un régime plus riche en sels minéraux.

— Et récemment?

— Je n'en ai plus le loisir, désormais. Depuis que Jess est née, je cours après le temps. Et puis, de quoi me plaindrais-je, au fond? Nous avions presque tout, là-bas, y compris rouge à lèvres et Tampax. Nous avions droit à de la viande un jour sur deux; nous disposions d'un toit et de toilettes dont la chasse d'eau acceptait généralement de fonctionner. Je pouvais nager ou jouer au volley-ball durant mes heures de liberté... En plus, je n'ai servi qu'une seule année. Oh, j'avais bien des cauchemars, la nuit. Comme maintenant. Mais ce n'est rien, comparé à ce que d'autres ont dû subir, et subissent encore.

Tout en parlant, elle devait serrer ses mains contre son ventre pour les empêcher de trembler, et elle s'obligeait à regarder Tony droit dans les yeux afin de contenir l'envie de pleurer qui menaçait de la submerger. A quoi lui aurait-il servi de verser des larmes, de toute façon ? Ça n'aurait strictement rien arrangé. Bien au contraire.

— Ainsi donc, il vous arrivait de vous reposer ?

— Je n'étais de service que douze heures par jour.

— C'est long.

— J'avais mon dimanche.

— Ce fut une année tranquille, en somme ?

Elle hésita à mentir.

— On ne m'obligeait jamais à faire des heures sup'.

— Mais est-ce que, pour vous, ça a été une année tranquille, Claire ?

Tous ces garçons qui lui tendaient les bras... Elle ferma les yeux.

— C'était mon travail.

Tony garda le silence un instant. Elle n'entendait plus que la brise qui taquinait ses cheveux. Que le premier chant des oiseaux. Que la rumeur de ses souvenirs.

— Peut-être pensez-vous que l'expérience a été moins éprouvante pour vous qu'elle ne l'a été pour vos patients, reprit enfin Tony d'une voix mesurée. Peut-être qu'effectivement, ce n'est pas l'épreuve la plus terrible jamais vécue par un être humain. Mais je pense que c'est bien la pire que vous, vous ayez traversée jusqu'à présent. Et c'est cela seul qui compte.

Claire se raidit, effrayée par cette logique implacable.

— Ne soyez donc pas idiot, répliqua-t-elle. Je n'ai effectué là-bas que la tâche pour laquelle j'avais été formée. Tandis que ces pauvres garçons, eux, croupissaient seuls dans une jungle inconnue, isolés de tout, en but à des attaques incessantes, forcés de voir leurs camarades tomber les uns après les autres.

— Mais étiez-vous préparée à soigner des blessures de guerre ?

Sa réponse fut instinctive, et plus véhémente qu'elle ne l'eût souhaité.

— Personne n'est préparé à soigner des blessures de guerre !

Non, personne n'aurait jamais pu imaginer que des gens affligés de tels traumatismes eussent encore la capacité de gémir, de crier, d'appeler au secours... Elle détourna la tête et se força à ne plus y penser.

— Je n'y étais pas plus préparée que le reste du personnel soignant qui travaillait avec moi, ajouta-t-elle. Ce qui ne nous a pas empêchés, mes collègues, mes supérieurs et moi-même, d'accomplir notre devoir.

Tony ne semblait absolument pas convaincu.

— Aviez-vous donc également appris à opérer sous un tir de mortiers ?

— Au bout d'une semaine ou deux, je n'y prêtais plus aucune attention.

— Et pourtant, vous ne supportez plus le bruit des détonations, n'est-ce pas ? Que faites-vous, le jour de la fête nationale ?

Elle se cachait dans un coin et, comme une gamine, se bouchait les oreilles pour ne pas sursauter au moindre pétard. Pour ne pas hurler d'effroi et se mettre à chercher frénétiquement son casque.

— Je regarde les feux d'artifice.

La réponse de Tony fut brève et grossière. Mais il ne haussa pas le ton pour autant.

— Vous avez pataugé au milieu du carnage une année entière, Claire. Douze heures par jour et six jours par semaine.

Il s'interrompit un moment et la dévisagea sans mot dire.

— Vous devez prendre conscience que vous avez un réel problème, et faire enfin ce qu'il faut pour y remédier.

— J'ai une auberge à tenir, à agrandir, à aménager, Tony. J'ai deux enfants, et je dois mener ce projet à terme. Pour eux.

Quoique le jour ne fût pas encore levé, Claire perçut l'irritation de Tony. Mais elle n'y pouvait rien. Il lui était tout bonnement impossible de sacrifier ses responsabilités à son confort personnel.

Elle aurait seulement souhaité avoir un meilleur sommeil pour être plus efficace.

— Moi aussi, j'ai servi là-bas, lui rappela Tony. Je sais ce que vous endurez. J'ai souffert comme vous. Et je m'en suis sorti.

— Et aujourd'hui, vous ne faites plus de cauchemars ?

— Non.

— Vous continuez donc à vous souvenir de tout ? demanda-t-elle sur un ton qu'elle aurait voulu plus détaché.

— Parfois, oui.

Elle hocha la tête et concentra son attention sur sa cigarette, sur la cendre qui s'en détachait dans la brise du petit matin, s'efforçant de refouler le chagrin et les larmes qui continuaient à lui serrer la gorge. Elle lâcha finalement son mégot dans l'herbe humide. Son extrémité scintilla un instant dans la pénombre, puis s'éteignit avec un sifflement humide.

— Et vous? demanda alors Tony. Les souvenirs vous reviennent-ils aussi?

Elle revit aussitôt ces visages juvéniles, ces terribles visages qui la hantaient depuis vingt ans, et ne put s'empêcher de frissonner.

— Parfois, murmura-t-elle.

Elle ne sut comment c'était arrivé, mais au moment où elle fermait de nouveau les yeux pour échapper à ses fantômes, elle se retrouva dans les bras de Tony, blottie contre sa poitrine. Elle se sentit immédiatement rassurée par le battement régulier de son cœur, sa chaleur, sa force tranquille, son humour paisible, son calme courage. Et les pleurs qu'elle contenait depuis son réveil jaillirent de ses paupières sans aucune retenue; la douleur qui la taraudait remonta d'un coup du plus profond d'elle-même. Elle ouvrit grand la bouche sur un cri muet, ne sachant comment évacuer toute cette souffrance, et cela l'effraya plus encore que ses cauchemars.

— Chut, murmura Tony en lui caressant les cheveux et en la serrant contre lui. Tout va bien. C'est bon, Claire, c'est bon.

— Non, dit-elle dans un hoquet, ce n'est... ce n'est pas bon du tout. Oh, Seigneur...

— Je sais, Claire, je sais.

Oui, pensa-t-elle, il le savait effectivement. Et il pouvait lui rendre les choses plus faciles, mais elle n'était pas sûre de le vouloir.

Elle n'était pas sûre de vouloir lui livrer ainsi tous ses secrets, lui confier chaque cauchemar qui l'avait bouleversée. Mais elle était sûre, en revanche, de ne pas vouloir lui apprendre l'entière vérité, et cela était pire que tout car, soudain, elle désirait violemment être la femme qu'il n'oublierait jamais.

— Je... je suis désolée, bredouilla-t-elle sans desserrer un seul instant son étreinte.

Elle avait noué les mains derrière son dos et sentait, sous le coton de son T-shirt, l'horrible cicatrice qui lui zébrait le dos. Elle sentait également l'ancienne plaie qui lui barrait l'abdomen, cette blessure dont elle aurait dû se souvenir. Cette blessure capable de transformer un homme pour toujours. De le briser. Cette blessure qui, paradoxalement, semblait avoir donné à Tony Riordan ce surcroît de générosité dont, à son immense honte, elle se sentait elle-même dépourvue.

— Je suis désolée, répéta-t-elle.

— Ne vous excusez pas, Claire, dit-il de sa voix si posée, si compatissante. Vous n'avez aucun souci à vous faire.

Elle aurait voulu en rire, mais elle en était incapable. Elle aurait souhaité hurler, fuir, rentrer sous terre, mais entre les bras de Tony, au plus chaud de sa présence, de son soutien, elle trouvait enfin la force de rester, de tenir. De ne plus songer à rien. C'était fou, c'était indigne d'elle, mais c'était ainsi : elle avait d'un seul coup cessé de penser à Johnny, à Jess, à Peaches, à Nadine, à tous ceux qui travaillaient avec elle à l'hôpital ou à l'auberge et qui ignoraient qu'elle avait servi au Viêt-nam, à tous ceux qui l'auraient considérée avec pitié, qui l'auraient harcelée de questions et qui, au bout du compte, n'auraient strictement rien compris. A tous ceux qui réclamaient d'elle plus qu'elle ne pouvait leur donner.

Elle demeura donc ainsi, pelotonnée contre Tony, oublieuse du reste de l'univers. Elle avait découvert en lui un havre de paix et de sécurité, et elle prit tout son temps pour refouler la douleur qui la torturait. Les yeux clos, elle se laissait aller au rythme des battements du cœur de Tony et, parce qu'il savait et ne lui demandait rien, parce qu'il se contentait d'être là, à son côté, sans exiger plus, elle se sentait en sécurité. En cette nuit finissante, ici même, près de cet homme qu'elle connaissait si peu et qui, néanmoins, lui apportait tant, elle parvenait presque à croire qu'elle pourrait revoir le jour sans frémir.

— Que diriez-vous de quelques semaines de vacances laborieuses, tous frais payés ? demanda-t-elle d'une petite voix qu'elle se reprocha immédiatement, son cœur cognant à coups redoublés dans sa poitrine.

Les mains de Tony tremblèrent un peu. Cependant, il ne relâcha ni ne resserra son étreinte.

Claire devina qu'il souriait.

— J'ai toujours voulu voir la Virginie en été.

Et il n'ajouta rien de plus.

Un peu plus tard, quand Claire s'estima suffisamment rassérénée pour regagner sa chambre, elle eut du mal à croire que tout cela s'était réellement passé. Elle s'écarta lentement de lui, secoua la tête et esquissa un pâle sourire.

— Vous êtes sûr de vouloir accepter ma proposition ? Ce ne sera pas de tout repos, vous savez.

Il sourit de nouveau et, en cet instant, dans cette pénombre laiteuse qui séparait la pleine clarté du jour des horreurs de la nuit, Claire se permit d'en être éblouie. Elle permit à son pouls de s'accélérer, à sa respiration de s'atténuer, car ce sourire-là lui donnait l'impression de redevenir une jeune fille confiante et heureuse de vivre.

— J'en suis absolument sûr, répondit-il.

Il lui tendit la main. Elle la prit, et se sentit émue par la peau rude et calleuse de sa paume, par la tendre sollicitude, la ferme loyauté qu'exprimait ce simple geste. Elle se remit à sourire, mais d'un sourire plus contraint, plus anxieux.

— Ça n'a pas toujours été aussi pénible, dit-elle alors sur un ton timide.

Puis elle revint chez elle avec Tony, à la fois soulagée et inquiète pour l'avenir, car son hôte, désormais, n'était plus pour elle un étranger.

6.

— Ça n'a pas dû être toujours aussi pénible, dit Andy, le lendemain matin.

Assis sur son lit, Tony regardait par la fenêtre Claire qui plantait des impatiens et des pensées au pied d'un arbre. Elle avait l'air harassé. Ses yeux étaient cernés et ses cheveux coiffés n'importe comment. Elle portait un short en jean, un T-shirt de coton noir, et Tony ne pouvait s'empêcher de songer que, pour une femme qui avait donné naissance à deux enfants et servi jadis au Viêt-nam, elle avait encore l'air très jeune.

— ... je suis d'ailleurs surpris qu'il n'y en ait pas plus, vu ce qui se passe actuellement.

Tony eut un sursaut et se concentra de nouveau sur ce que lui disait Andy.

— Comment ça?

— Tu n'as donc pas regardé la télé, ce matin? La force d'interposition américaine vient d'enregistrer ses premières pertes au Moyen-Orient. Et, comme chaque fois que la rumeur de guerre se concrétise, j'ai aussitôt eu un afflux de cas de DPT. Mais moins que d'habitude. Pendant la guerre du Golfe, le centre ne désemplissait pas.

Tony hocha machinalement la tête.

— Elle a un gamin de dix-sept ans qui ne cesse de la harceler pour devenir pilote de chasse.

Andy gémit à l'autre bout du fil.

— Tu vois que tu n'as pas grand-chose à te reprocher, vieux, reprit-il. Elle avait déjà largement de quoi piquer une crise avant même que tu franchisses le seuil de sa maison.

— Voilà qui me réconforte... A part ça, tu as pu contacter une ancienne infirmière du Nam?

— Eh bien, en fait, le centre des vétérans de Richmond est particulièrement entreprenant, et ils ont mis sur pied des groupes de femmes. Tu veux le numéro de téléphone?

— Oui. Et l'adresse, aussi. Je ferai un saut là-bas dès que je pourrai.

Andy garda le silence un instant. Bien que son attention fût distraite par Claire, Tony n'en perçut pas moins la réticence que cette pause signifiait de la part de son ami.

— Es-tu bien certain qu'il soit souhaitable que tu t'impliques autant dans ce cas? demanda enfin Andy.

— Non, bien sûr que non, répondit Tony d'une voix irritée, tout en se massant les tempes. Si j'étais sûr de tout, je serais conseiller dans un centre pour vétérans. Contente-toi de me filer ce satané numéro, d'accord?

Andy obtempéra sans autre commentaire. Il lui communiqua également le nom du conseiller avec lequel il était déjà entré en contact, ainsi que celui de la thérapeute qui s'occupait des groupes de femmes. Tony était en train de retranscrire ces renseignements sur un bout de papier quand il entendit Claire s'esclaffer. Tournant la tête, il aperçut Johnny accroupi devant elle, un énorme bouquet de fleurs des champs à la main. Mère et fils rirent en chœur et s'embrassèrent.

Même à cette distance, Tony voyait la fierté qui brillait dans les yeux de Claire. Johnny lui caressa alors la joue, et Tony en fut presque jaloux. Il aurait tant souhaité pouvoir la toucher ainsi et recevoir en récompense le sourire tendre et chaleureux dont elle gratifiait son enfant. Si seulement elle pouvait lui témoigner cette même franchise, se dit-il.

Mais à quoi bon y songer ? Tel n'était pas le rôle ni la mission qu'il était censé assumer auprès d'elle. Bien sûr, mais ça ne l'empêchait pas d'en ressentir une peine immense.

— Tony ?

Il sursauta une nouvelle fois. Il était fatigué. Fatigué et distrait. Et cela n'était bon ni pour lui ni pour Claire.

— Ouais, je suis là. Et merci pour le tuyau, Andy. Je vais appeler le centre aujourd'hui même.

Andy poussa un petit soupir.

— Bon, tu sais où je bosse et où je crèche. Je ne quitterai pas Atlanta, pendant les vacances. Téléphone-moi quand tu veux.

— O.K. Merci encore, Andy.

Après avoir raccroché, Tony reporta son attention sur Claire, tout en songeant qu'il lui faudrait bien plus qu'un seul coup de fil pour mener à bien sa tâche. Il devait également appeler Gina et lui demander si elle acceptait de le rejoindre ici pour une semaine ou deux. Et puis, il lui faudrait encore respecter l'engagement conclu avec Claire, et se mettre au travail dans l'auberge. D'ici là, toutefois, une seule chose lui importait. Une chose dont il ne pouvait détacher les yeux et qui lui procurait autant de plaisir que de regret : le sourire radieux de Claire qui humait les fleurs rapportées par son fils.

⁂

— Comment s'appelle-t-elle ? demanda Claire.

Assis à côté d'elle sur la pelouse, Johnny se renfrogna.

— Maman...

Claire gloussa.

— Eh quoi ? Tu voudrais me faire croire que c'est uniquement pour lire que tu souhaites passer tout l'après-midi à la bibliothèque ? Allons, tu connais déjà par cœur tous les ouvrages d'aéronautique qu'ils ont là-bas !

Johnny se renfrogna plus encore. Claire nota avec un amusement non déguisé que son froncement de sourcils s'accentuait en proportion exacte de la rougeur qui lui montait aux joues. « Si seulement il savait à quel point il est craquant quand il fait cette tête-là ! » songea-t-elle. Avec ses épais cheveux noirs et ses yeux bruns aux paupières alanguies, il avait l'air si sérieux, si adulte. Si tendre. Les filles de sa classe ne cessaient de l'inviter à des fêtes... Par bonheur, il était encore trop timide pour répondre à leurs avances.

Mais, hélas, cela ne durerait pas. Et voilà que cet enfant si beau, cet enfant si brillant, si talentueux voulait déjà filer de la maison pour rejoindre quelque gamine conquise par son charme et son intelligence...

— Je ne vois pas ce qu'il y a de mal à me mettre en avance sur mes lectures de vacances, reprit-il d'un air revêche.

— L'année scolaire n'est pas encore officiellement terminée, lui rappela Claire. Et puis, ajouta-t-elle en désignant le bouquet posé à ses pieds, d'ordinaire, c'est plutôt moi qui dois t'offrir des petits cadeaux pour te pousser à travailler.

Il renifla d'un air indigné et détourna les yeux.

— Cindy, lâcha-t-il brusquement. Elle s'appelle Cindy et, pour ton information, je te signale qu'elle est inscrite au tableau d'honneur.

— Comme toi, mon chéri.

Il eut une grimace comique.

— Ouais, mais moi je n'ai pas de taches de rousseur ni les cheveux blonds.

Claire leva les deux bras au ciel.

— Seigneur ! Je crois que tu es vraiment mordu... Bon, alors vas-y. Mais ramène-moi la camionnette en un seul morceau, O.K. ?

Johnny l'embrassa sur le front.

— Ne t'inquiète pas. Pat doit venir me chercher avec sa nouvelle Beretta.

Claire éprouva immédiatement le besoin violent de serrer son fils contre elle pour le tenir à jamais éloigné des voitures de sport et de tous les jeunes conducteurs bravaches de la terre. Johnny devina sans doute ses craintes, car il ajouta aussitôt :

— Pat conduit prudemment. Et puis, une Beretta, ce n'est pas une formule 1, tu sais. Je doute qu'elle arrive à prendre les virages à plus de cent quarante...

Claire lui agita un doigt menaçant sous le nez et trouva la force de rire avec lui de cette pique d'un goût plutôt douteux, tout en se répétant la litanie qu'elle n'avait cessé de seriner à ses enfants depuis qu'ils étaient en âge de quitter le berceau : « Sois prudent. N'adresse jamais la parole à un étranger. Ne joue pas au ballon près de la route et mets ton casque avant de monter sur ton vélo. Reste près de moi, ne t'éloigne pas...

Ne t'éloigne pas... »

— Maman ?

Claire se força à revenir à la réalité présente.

— Ça va ? lui demanda Johnny. Si tu y tiens, je peux reporter...

— Non, non. Je tenais seulement à ce que tu aies bien conscience...

— Que si je me casse les deux jambes à force de faire l'imbécile, il ne faudra pas que je vienne me plaindre ensuite ! Je sais.

Johnny se releva et épousseta le bas de son pantalon.

— A propos, poursuivit-il, je crois que l'alternateur de la camionnette est fichu. Tu devrais y jeter un coup d'œil.

Claire soupira. L'alternateur... Encore une tâche urgente à noter sur une liste déjà fort longue qui comprenait l'installation de la plomberie dans les nouvelles chambres de l'auberge, le règlement de la taxe foncière et de l'emprunt qu'elle avait contracté pour équiper la cuisine du restaurant conformément aux normes du ministère de la Santé, le versement des salaires aux employés et le paiement mensuel de la pension dont elle devait s'acquitter auprès de l'administration des lycées privés où elle avait inscrit Jess et Johnny.

— Maman ?

— Oui, mon chéri ?

— Je suis désolé pour l'autre soir.

Claire releva la tête, vit le soleil qui jouait dans les cheveux bruns de son fils et lui sourit.

— Ce n'est pas grave... Mais nous en reparlerons plus tard, tu veux bien ?

Johnny parut hésiter.

— Promis ?

— Promis.

Johnny sourit à son tour, et Claire sentit qu'elle se détendait un peu.

— Oh, j'allais oublier, ajouta-t-elle, ne sachant trop comment annoncer la nouvelle à son fils sans compromettre aussitôt le fragile équilibre qu'elle venait d'obtenir. Tony a accepté de rester pour m'aider à terminer les travaux dans l'auberge.

Johnny se raidit sur-le-champ et la considéra d'un air soupçonneux. Claire essaya de faire bonne figure.

— Je ne lui paierai que les matériaux, crut-elle nécessaire de préciser. Je ne peux pas refuser une offre pareille, Johnny.

Ce dernier serrait les dents, tout comme son père lorsqu'il s'apprêtait à briser quelque chose. Mais Johnny ne brisait jamais rien, sinon son propre cœur.

— Es-tu sûre que ce soit une bonne idée ? répliqua-t-il sur un ton posé et réfléchi : un ton d'adulte.

Sa voix ainsi que ses yeux soudain limpides et fixes mettaient Claire à la torture : avait-il donc grandi si vite ?

Elle se força, néanmoins, à sourire.

— J'ai vérifié ses références ce matin même, déclara-t-elle, alors que vous étiez encore dans les bras de Morphée. Tony est un entrepreneur renommé. Et un architecte de talent. Il a déjà gagné plusieurs prix. Je suis certaine que son désir de rénover l'auberge est sincère. Et puis, ajouta-t-elle avec un haussement d'épaules qu'elle espérait nonchalant, si ce monsieur nourrit malgré tout de mauvaises intentions, Peaches ne manquera pas de le ramener à la raison.

Johnny n'était visiblement pas convaincu. Mais elle n'y pouvait rien. Elle n'était pas non plus en mesure de lui expliquer ses véritables motivations. La nuit, lui, il dormait du sommeil de l'innocence. Il ne souffrait pas de poussées de rage subites, pas plus qu'il ne se mettait à chercher fiévreusement un casque qu'il n'avait jamais eu l'occasion de porter. Il ignorait ce qu'il en coûtait de tenir bon envers et contre tout. En fait, tout le monde l'ignorait.

Sauf Tony.

A la fin, cependant, Johnny lui rendit son sourire. Un pauvre petit sourire qui la bouleversa une fois de plus, mais un sourire malgré tout.

— De toute manière, dit-il, tu as tellement hâte de terminer ces travaux que tu serais prête à engager Jack l'Eventreur en personne s'il savait manier un marteau !

Elle se redressa à son tour et lui ébouriffa les cheveux.

— Peut-être bien, mais uniquement après que Peaches lui aurait montré ses muscles !

Elle entendit alors crisser le gravier de l'allée carrossable et vit une voiture tourner à vive allure en direction de la maison. Le regard de Johnny s'éclaira dans l'instant.

— File donc, lui murmura-t-elle en lui tapotant l'épaule. Et n'oublie pas que ta sœur compte sur toi pour la véhiculer ce soir.

Johnny lui donna un dernier baiser sur la joue avant de partir.

— Je t'aime, mon bébé, lui dit-elle — comme toujours.

Il lui sourit de toutes ses dents.

— Moi aussi, m'man. A plus.

La Beretta de Pat n'était peut-être pas une formule 1, mais ses pare-chocs n'en étaient pas moins ornés d'un autocollant représentant un drapeau à damier... Claire frémit, agita la main tandis que le bolide redémarrait sur les chapeaux de roue, et se remit à s'occuper de ses fleurs avant que ne se présente la première cliente de la journée.

— C'est un véritable artiste.

Claire sursauta et, relevant la tête, constata que Tony Riordan se tenait debout devant elle, à l'endroit même où son fils s'était assis quelques minutes plus tôt.

Elle mit sa main en visière pour se protéger du soleil. Et cacher son émotion. Elle craignait fort que les sentiments qui l'agitaient ne fussent dangereusement proches du désir et, considérant les propos que son hôte et elle avaient échangés au cours de la nuit, elle considérait que cet émoi était pour le moins déplacé.

Ce qui ne l'empêcha pas de resserrer discrètement le nœud de sa queue-de-cheval avant de s'adresser à Tony.

— Bonjour, lui dit-elle, comme si elle avait l'habitude de le saluer ainsi chaque matin.

— Bonjour, Claire. J'ignorais que les dessins qui décorent l'auberge étaient de Johnny, reprit-il en s'agenouillant près d'elle. Il a un sacré talent.

Il avait remis T-shirt et jean, et semblait bien trop alerte pour un homme qui avait passé la nuit debout avec elle. Son front était déjà luisant de sueur, son cou aussi. Claire remarqua alors une nouvelle fois la chaînette dorée qu'il portait par-dessus son T-shirt. Elle scintillait sous le soleil, et Claire se demanda rêveusement à quoi elle ressemblerait, posée à même sa poitrine nue. Mais elle détourna bien vite le regard, plus troublée encore qu'elle n'osait se l'avouer.

— Oui, je suis très fière de lui, répliqua-t-elle en enfonçant vigoureusement son plantoir dans la terre meuble du jardin. A une époque, il espérait même faire carrière.

— Dans la peinture ?

Elle hocha la tête et prit un petit pot de pensées pour le ficher dans le trou qu'elle venait de ménager.

— Jusqu'au moment où il a entendu parler de Van Gogh, poursuivit-elle. Johnny n'est pas du genre à mourir de faim pour réaliser ses ambitions, aussi hautes soient-elles.

— Et maintenant, il veut voler...

Claire s'immobilisa aussitôt. Puis elle reprit son activité de jardinage en se concentrant sur ses fleurs.

— Bah, dit-elle, dans une semaine, il ne pensera plus qu'à devenir avocat. Ou acteur.

— C'est probable.

Claire perçut, cependant, le ton dubitatif de Tony. Elle devinait ce qu'il pensait.

Mais elle n'en avait cure. Elle ne voulait plus songer à tout cela. Son opinion sur le sujet était claire et se résumait à ce qu'elle avait déjà dit à Tony : elle n'avait pas autant souffert durant toutes ces années pour voir finalement son fils risquer sa vie sur un coup de tête.

Cela étant, la matinée était radieuse, et un bel homme était assis avec elle sous le soleil. Non, corrigea-t-elle aussitôt, pas seulement un bel homme : Tony Riordan, celui qui avait le chic pour la faire sourire alors même qu'elle n'en éprouvait aucune envie. Et, justement, elle avait très envie de sourire, en ce moment même. Et de le voir sourire avec elle.

— Que puis-je pour votre service en ce matin idyllique, monsieur Riordan ? s'enquit-elle d'une voix un peu trop tendue, tout en tassant la terre autour de ses fleurs avec un peu trop d'enthousiasme.

— M'accompagner à la plage.

Claire redressa la tête, surprise, et ne put retenir un vibrant éclat de rire.

— Mon Dieu, répliqua-t-elle, serait-ce une avance ?

Tony semblait ahuri par sa propre hardiesse.

— Je l'ignore, répondit-il avec des yeux brillants,

tandis que deux fossettes creusaient ses joues. Voilà longtemps que ça ne m'est pas arrivé.

Il avait l'air si penaud que Claire s'esclaffa de nouveau.

— A moi aussi, reconnut-elle. Comment une dame est-elle censée réagir aujourd'hui à une telle proposition ? En sautant de joie ou en giflant l'impudent à bras raccourcis ?

Ce trait d'esprit lui valut un gloussement complice.

— A vous de me le dire, repartit Tony. La balle est dans votre camp.

Elle hocha la tête en soupirant.

— Je n'ai malheureusement pas le temps d'aller me baigner.

— Plus tard, alors ?

Claire le dévisagea en silence, confuse et troublée. Elle ne savait, effectivement, comment réagir à l'invitation de Tony. Elle aurait voulu... quoi donc ? Repousser son offre alors qu'elle mourait d'envie de l'accepter ? Mais comment pourrait-elle résister à l'appel qu'elle lisait dans ses yeux verts, dans ce regard d'eau pure ?

Ce qu'elle voulait ? Mais c'était lever la main vers son visage, caresser sa joue, sentir le picotement ténu de sa moustache sous sa paume.

Ce qu'elle voulait, Seigneur, c'était dire oui, oui, oui !

— Je ne sais pas, répondit-elle enfin. Je, euh... j'y réfléchirai.

Tony se contenta de hocher la tête à son tour. Il semblait incapable de détacher les yeux de ses cheveux, et Claire nota qu'il avait les mains crispées, qu'il avait l'air... incertain. Elle en fut étonnée. Et touchée.

Elle dut se détourner pour dissimuler son émotion.

Tout cela devenait trop compliqué, songea-t-elle en prenant machinalement un nouveau pot dans le cageot posé à côté d'elle. Elle avait déjà passé la moitié de la nuit à osciller entre les larmes et l'angoisse. Tony la prenait en traître.

Jusqu'à ce qu'il se présentât dans son salon de thé, jamais elle ne se serait imaginée partageant de nouveau sa vie avec un homme, ne fût-ce que pour une semaine ou deux. Car c'eût été également l'obliger à partager ses nuits et ses cauchemars.

— J'ai pensé que vous aimeriez peut-être me faire visiter le chantier, reprit Tony sur un ton faussement décontracté que démentait la nervosité avec laquelle il frottait la cicatrice qui lui barrait la joue. Et en profiter pour m'expliquer vos projets dans le détail.

Claire gardait les yeux fixés sur les fleurs : elle se sentait réconfortée par le contact velouté des pensées, par le chaud soleil qui lui chauffait le dos, par l'odeur riche de l'humus et la senteur piquante des jeunes feuilles. Son jardin était pour elle un paradis où régnaient l'ordre, la beauté, le calme. Une oasis au milieu d'un univers impitoyable. Un repère stable dans une existence secouée par la peur, le remords, l'innommable.

Or, Tony Riordan représentait tout cela. Claire l'avait compris dès qu'il s'était présenté à elle.

Pourtant, en cette éblouissante matinée d'été, alors que le soleil exaltait les fragrances des fleurs, elle ne parvenait plus vraiment à le croire.

Ou plutôt, elle ne voulait plus le croire.

De l'homme assis à côté d'elle émanaient des odeurs de savon, de sueur, de musc. Des odeurs viriles, séduisantes. Des odeurs capables d'éveiller son désir, alors que sa vie n'avait été, jusqu'à présent, qu'une longue suite de tourments où la seule note de gaieté était le rire de ses enfants.

Tout en continuant à manier le plantoir, elle l'observait du coin de l'œil, admirait ses muscles souples, bronzés, sa carrure imposante, rassurante. Son visage aux mille rides. Ses yeux marqués par les chagrins anciens et par des espoirs toujours renouvelés. Les yeux d'un homme qui, qualité rare, avait su rester un enfant.

Elle se souvenait encore de son contact, de sa chaleur, qui avaient su dissiper les frayeurs de sa nuit, et elle éprouva soudain le besoin affolant de se blottir de nouveau contre lui, de jouir de sa force, de sa tranquillité. Le besoin d'être charmée, enivrée par lui. Le besoin de connaître avec lui ce qu'elle n'avait plus connu avec aucun homme depuis Sam.

Mais c'eût été une erreur. Une terrible erreur...

— Claire ?

— Un dernier pot et je suis à vous.

— Prenez votre temps.

Il demeurait immobile et ne semblait pas vraiment embarrassé. Il l'observait simplement en train de creuser la terre. Et cela avait l'air de lui suffire.

— Où est Jessie ? s'enquit-il au bout d'un moment. Je voulais la prévenir que Gina allait finalement nous rejoindre.

Claire aurait voulu relever la tête pour lui répondre. C'eût été plus poli — mais aussi très dangereux.

— Jessie avait ses examens, répondit-elle d'une voix un peu crispée. Elle ne rentrera que pour le déjeuner.

Il hocha la tête.

— Je crois que Gina lui plaira. Je les entends déjà en train de se lamenter en chœur sur la difficulté de tenir ses parents à l'œil.

Pour le coup, Claire redressa la nuque.

— Parce que votre fille est comme ça avec vous, elle aussi ?

Tony eut un soupir comique.

— Depuis l'instant où j'ai reçu copie de l'ordonnance de divorce.

— Cela fait longtemps que vous êtes divorcé ?

— Six ans. Et vous ?

Claire soupira à son tour.

— Je ne sais toujours pas si je dois me considérer comme une divorcée ou une veuve. Sam, mon mari, est mort une semaine avant le jugement, il y onze ans de cela.

— Je suis désolé.

Elle se retourna franchement vers lui, saisie par l'envie soudaine de tout lui raconter. Par l'envie d'en parler enfin à quelqu'un qui fût susceptible de la comprendre. Car, jusque-là, personne n'en avait été capable. Personne n'avait été à même de concevoir les raisons qui avaient poussé Sam à jeter sa voiture contre la pile d'un pont. Personne sauf elle.

— Oui, moi aussi, répliqua-t-elle laconiquement.

— C'était aussi un vétéran ?

Claire s'obligea à conserver son calme et s'efforça de refouler les vieilles rancœurs que cette seule question avait réveillées en elle.

— Oui, acquiesça-t-elle, c'était un vétéran.

Comme Tony restait coi, elle se remit à tasser la terre devant elle pour cacher le tremblement de ses mains.

Et voilà, songea-t-elle misérablement, il avait suffi d'un simple mot pour la rejeter dans ses tourments. Une fois de plus, Tony l'avait prise en traître. Elle s'attendait qu'il lui demandât des explications, qu'il l'interrogeât plus avant de sa voix douce et insinuante. Elle s'y était même préparée.

Mais non : il s'était tu et levait maintenant la tête vers le ciel avec un air satisfait.

— Ça va être une journée magnifique, dit-il.

— Magnifique, répéta-t-elle machinalement.

Il baissa alors les yeux vers elle, ses yeux d'un vert si tendre, et lui sourit. Claire en éprouva comme une secousse : ces yeux-là ne pouvaient mentir, comprit-elle aussitôt; ces yeux-là ne pouvaient tricher.

Brusquement, elle aurait voulu le remercier. Mieux : lui prendre la main pour lui signifier qu'elle lui était reconnaissante, qu'elle appréciait à sa juste mesure le don de sa présence et, plus encore, celui de son silence. Une joie inespérée la galvanisait, un espoir fou, vain peut-être, mais qui la réjouissait jusqu'au plus profond de l'âme. Quelques heures à peine s'étaient écoulées depuis son excursion nocturne et cauchemardesque dans les méandres torturés de ses souvenirs, et voilà qu'auprès de cet homme, elle frémissait de bonheur, d'excitation même. Après de longues années de solitude, de souffrance, elle se sentait redevenir femme.

C'était bête, oui, bête et dangereux. Elle avait déjà connu des moments de délivrance, d'insouciance, avec ses enfants, ses amis, et ces moments ne duraient jamais car, toujours, la vérité l'attendait chez elle, dans sa chambre, au plus noir de la nuit.

Mais la nuit était passée. Le soleil brillait de tous ses feux. Et un homme lui souriait. Un homme capable d'illuminer son existence jusque dans ses recoins les plus ténébreux. Un homme qui la connaissait si bien qu'il savait exactement quand se taire avec elle. Un homme qui, par sa seule présence, lui permettait, pour la première fois depuis longtemps, de se raccrocher avec ferveur à la vie et d'ignorer ses peines.

⁂

— Comme vous pouvez le constater, déclara Claire tout en ouvrant une seconde porte, nous avons été obligés d'arracher le parquet de certaines pièces.

Tony avait du mal à la suivre. Ses cheveux le fascinaient, l'hypnotisaient. Ils luisaient dans la pénombre poussiéreuse du chantier, tel un feu de joie au milieu du brouillard. Et leur couleur... Une teinte ambrée, subtile, changeante, chatoyante comme une gemme, attirante comme une cascade d'or pur.

— Et, euh, combien de salles de bains désirez-vous installer? lui demanda-t-il d'une voix un peu trop rauque à son goût.

Claire fourra ses mains dans les poches arrière de son jean et contempla l'entrelacs de poutres qui constituait le plancher de la majeure partie du second étage du James River Inn.

— Je ne sais pas trop, répondit-elle. Quatre ou cinq. Cela vous semble réalisable?

— Tout est réalisable, lui assura-t-il, regrettant de ne pas avoir avec lui le décamètre à ruban que Gina devait lui rapporter de la maison.

C'était peut-être une promesse téméraire de sa part, mais Claire avait, jusqu'à présent, montré un tel enthousiasme en lui faisant visiter le chantier qu'il était prêt à lui promettre l'impossible rien que pour continuer à lire dans ses yeux la joie de celui qui voit ses projets les plus chers se concrétiser.

— J'inspecterai en détail l'état du soubassement après la fermeture du salon de thé, poursuivit-il. Vous avez toujours les plans datant de l'époque où vous avez réaménagé le rez-de-chaussée, n'est-ce pas?

Elle hocha la tête tout en promenant un regard rêveur sur les poutres du plancher et les fenêtres masquées par des bâches en plastique.

— J'en ai moi-même dessiné certains, lui dit-elle.
— Savez-vous ce qu'est un mur porteur ?
Elle se retourna alors vers lui, et la lueur amusée qui dansait dans ses yeux acheva de le décontenancer. Et de le ravir.
— Naturellement, monsieur l'architecte.
Il lui sourit.
— Dans ce cas, je serai heureux d'examiner vos plans.
Elle renifla d'un air comique et referma la porte.
— Vous êtes toujours aussi paternaliste, dans le travail ?
— Seulement quand je tiens à prouver mes compétences.
Seigneur, comme il avait envie de l'embrasser ! Ce désir le tenaillait depuis qu'elle avait relevé la tête vers lui, dans le jardin. Ou plutôt non : depuis l'instant où elle avait souri à son fils.
— Vous ne voudriez tout de même pas d'un entrepreneur négligent ? lui demanda-t-il.
Claire le précéda dans l'escalier.
— Johnny prétend que je serais prête à embaucher toute personne disposée à manier gratuitement une truelle.
— D'après ce que j'ai vu jusqu'à présent, vous avez déjà accompli toute seule un travail impeccable.
Elle tourna la tête vers lui et lui sourit.
— Merci.
Tony lut dans son regard une immense fierté, comme s'il lui avait adressé un compliment sur l'éducation de ses enfants. Mais il y discerna aussi cette tristesse lancinante qui ne cessait de la hanter, la tristesse mélancolique de celui qui s'est blindé contre toute adversité, et il en conçut une terrible peine pour elle.

« Je te ferai chanter, Claire, je te ferai rire aux éclats », aurait-il voulu lui promettre.

— Je ferai de votre auberge la meilleure de l'Etat, Claire, lui jura-t-il alors qu'il parvenait au bas de l'escalier.

« Et je te prouverai que je peux partager cette tristesse avec toi et t'en délivrer. »

— Arrangez-vous au moins pour que ce soit une affaire rentable, répliqua-t-elle en souriant une nouvelle fois. J'ai une tonne de factures à régler.

Tony lui rendit son sourire, les doigts brûlant du désir de lui caresser la joue.

— Alors, marché conclu ? demanda-t-il.

— Marché conclu, maître.

Elle marqua une pause avant d'ajouter :

— Merci d'être resté, Tony.

Il allait lui répondre en lui assurant que cela ne lui coûtait rien, que le fait de diriger ce chantier lui apprendrait beaucoup et servirait ses propres intérêts, qu'il saurait se montrer discret et repartirait aussitôt le travail terminé, quand il se surprit à tendre la main vers elle, et à caresser la peau si douce de sa joue, ainsi qu'il en mourait d'envie depuis le début de la visite.

Le souffle court, soudain, il croisa son regard et y lut un vif étonnement. Ses yeux étaient d'un bleu aussi tendre que celui d'un lac de montagne en hiver, aussi pur que le bleu d'un ciel marin lavé par les pluies d'automne, un bleu sidéral qu'un peintre aurait passé des années à reproduire sur sa toile. Un bleu immense, intense, si expressif qu'aucun homme, aussi corrompu fût-il, n'aurait su y résister. Un bleu purifié de toute mélancolie, de tout regret, et qui étincelait soudain d'une profondeur ineffable.

Claire s'arrêta brusquement et se tint aussi immobile

qu'un oisillon pris au piège. Tony s'arrêta, lui aussi, la main toujours posée sur sa joue, le cœur battant la chamade, se disant que cela n'aurait pas dû arriver, qu'il aurait cent fois mieux fait de retenir son geste à temps.

Des grains de poussière dansaient dans la lumière qui entrait à flots par la porte-fenêtre de l'entrée. Un carillon tinta dans le lointain. Le sourd vrombissement d'un moteur de voiture lui répondit. L'atmosphère embaumait le pain cuit et, à l'étage du dessus, une vieille planche laissa échapper un faible grincement.

Dans l'entrée, en revanche, le silence était complet. Ils ne bougeaient ni l'un ni l'autre, et respiraient à peine. Tony pensait à tout ce qu'il pouvait lui dire, à tout ce qu'il devait lui dire, mais il demeurait muet. Les yeux de Claire s'agrandirent, et, sans le quitter des yeux, elle s'humecta les lèvres. Mais elle ne dit rien, elle non plus.

Tony se sentait également la bouche sèche. Quelque chose venait d'arriver dans sa vie qu'il n'avait jamais connu auparavant. Quelque chose de vital et de primitif. Quelque chose de magique, tel un éclair de compréhension totale entre deux êtres. Et il ne savait comment réagir à un tel miracle.

— Vous allez rester longtemps comme ça, ou il faudra que je passe le reste de la journée à travailler tout seul ?

Tony faillit trébucher sur place. Il laissa retomber sa main, et s'aperçut alors qu'il avait les doigts si moites et si raides qu'il n'en sentait presque plus le bout. Il nota aussi qu'il respirait avec difficulté et que ses genoux tremblaient.

Peaches n'en parut pas impressionné le moins du monde et, fermement campé sur ses jambes à l'entrée de la cuisine, son tablier autour de la taille, son torchon sur l'épaule et les avant-bras couverts de farine, il braqua sur Tony un regard à ébranler l'auberge de la cave au grenier.

Il fallut quelques secondes à Claire pour recouvrer l'usage de la parole et, lorsqu'elle ouvrit la bouche, elle réussit par bonheur à s'exprimer d'une voix calme, ferme et mesurée.

— Qu'y a-t-il, Peaches ? demanda-t-elle tout en resserrant sa queue-de-cheval d'une main tremblante.

— Il y a que Bea a rendez-vous chez le médecin, répliqua le cuisinier sans cesser de froncer les sourcils. Tu la remplaces ?

Tony préféra détourner les yeux de Claire qui essayait de reprendre une contenance. Du reste, il avait fort à faire lui-même en ce domaine. Il y avait si longtemps qu'il n'avait éprouvé une émotion de ce genre, qu'il avait presque oublié comment on pouvait s'en remettre.

— C'est aujourd'hui que Bea a rendez-vous chez le médecin ? répéta bêtement Claire.

— Tout juste. Je peux le dire encore une fois si vous n'avez toujours pas compris, déclara l'intraitable pâtissier.

Claire regarda autour d'elle comme pour trouver une preuve tangible à l'affirmation de Peaches.

— Et il lui faut un chauffeur, ajouta ce dernier, les yeux toujours rivés sur Tony. Elle a encore plié sa voiture, hier soir.

— Tony...

Claire fut interrompue par le fracas de la porte d'entrée qui fut ouverte à la volée.

— Ah, te voilà !

Tony se retourna d'un bond et avisa une immense jeune femme noire en blouse blanche qui le toisait de la tête aux pieds.

— Nadine ? murmura Claire d'un air ahuri.

— Contente de te voir, moi aussi, déclara l'infirmière avant de refermer la porte.

Entre-temps, Peaches avait cessé de froncer les sourcils et semblait brusquement pressé de retourner dans sa cuisine.

— Holà, monsieur Muscle, on se fixe ! s'exclama Nadine de sa voix de stentor, tout en pointant l'index sur le cuisinier.

Celui-ci s'arrêta net et, alors même qu'il leur tournait le dos, Tony aurait été prêt à jurer que l'ancien locataire de Raiford rougissait comme une jeune fille.

— Bon, tout le monde prend un numéro, lança Claire à la cantonade, tout en agrippant Nadine par le bras — sans nul doute pour l'empêcher de s'approcher de Peaches, estima Tony.

Sa réaction, en tout cas, le laissait pantois. Elle ne paraissait même pas essoufflée, alors qu'il avait encore lui-même du mal à respirer. Avait-il donc tout imaginé ? Cette rencontre, cette fusion entre eux n'avaient-elles donc été qu'une illusion ? Que le simple reflet de son propre désir ?

— Et vous, quel numéro avez-vous ? lui demanda alors Nadine avec un sourire rusé.

— Un numéro qui vient de passer, répliqua-t-il. Je m'apprêtais à sortir. Il faut que j'aille chercher ma fille à l'aéroport.

— Oh, Nadine, enchaîna aussitôt Claire, laisse-moi te présenter Tony Riordan. Tony est... c'est l'entrepreneur que j'ai engagé pour diriger le chantier.

Tony remarqua le coup d'œil angoissé que Claire lui jeta subrepticement : Nadine ignorait tout, et Claire ne voulait pas qu'elle sût la vérité. Ayant lui-même eu l'occasion d'adresser une supplique similaire à Andy, il n'eut aucune peine à tenir sa langue.

— Nadine travaille avec moi à l'hôpital, lui expliqua Claire sur un ton circonspect.

Nadine n'en perçut pas moins la tension qui régnait entre eux deux.

— L'entrepreneur, hein? répéta-t-elle sur un ton ironique. Ma chère Claire, je dois une nouvelle fois reconnaître que tu as un goût très sûr.

Tony gratifia l'infirmière d'une grimace comique.

— Ravi également de faire votre connaissance, Nadine.

— Tony, cela vous dérangerait-il de déposer Bea chez le médecin? demanda alors Claire tout en relâchant Nadine le temps de prendre une liste des mains de Peaches, lequel paraissait fermement résolu à ignorer la nouvelle arrivante. Son cabinet est sur le chemin de l'aéroport.

Tony parcourut à son tour la pièce du regard.

— Bea? répéta-t-il.

Claire lui sourit.

— C'est ma serveuse. Elle est enceinte.

Tony demeura un moment interdit, puis hocha lentement la tête.

— Oh..., fit-il.

Claire avait maintenant la situation bien en main. Elle s'entretint rapidement avec Peaches au sujet de la liste des courses, puis se tourna vers Nadine, qui était apparemment venue lui parler d'un problème survenu à l'hôpital.

— Tu ne le croiras pas! s'exclama-t-elle, les poings sur les hanches. On va me sucrer trois jours de paie simplement parce que j'appelle un chat un chat, et un imbécile un imbécile! Tu ne trouves pas que c'est un monde, ça?

Claire haussa les épaules tout en enfilant un tablier de serveuse.

— Que veux-tu que j'y fasse, Nadine ? Je te rappelle que je ne suis ta chef qu'à mi-temps.

Profitant de cet échange, Peaches parvint enfin à s'éclipser, ce qui eut l'air de mettre Nadine au comble de la fureur.

— Mais où croit-il pouvoir s'enfuir comme ça, celui-là ? s'écria-t-elle.

— Dans un endroit plus sûr, répondit Claire. Allez, suis-moi. Tu me raconteras tes malheurs pendant que je me changerai. Tony ?

— Oui ?

— Vous trouverez Bea dans la cuisine.

— Message reçu, répliqua Tony, d'autant plus heureux de s'éloigner un peu qu'il avait toujours du mal à comprendre ce qui s'était passé, quelques minutes plus tôt, entre Claire et lui. Je serai de retour avec Gina pour l'heure du thé.

Et, sur ce, il se dirigea vers la sortie, tandis que Claire entraînait Nadine à l'arrière du restaurant. Cependant, avant même qu'ils eussent l'un et l'autre quitté la pièce, la porte d'entrée s'ouvrit de nouveau, et Jess déboula dans l'auberge en pleurant.

— Maman ! Je crois que j'ai tout raté !

Tony n'en entendit pas plus : déjà fortement ébranlé par les événements de la matinée, il préféra prendre la fuite et se faufila à l'extérieur pour récupérer sa voiture.

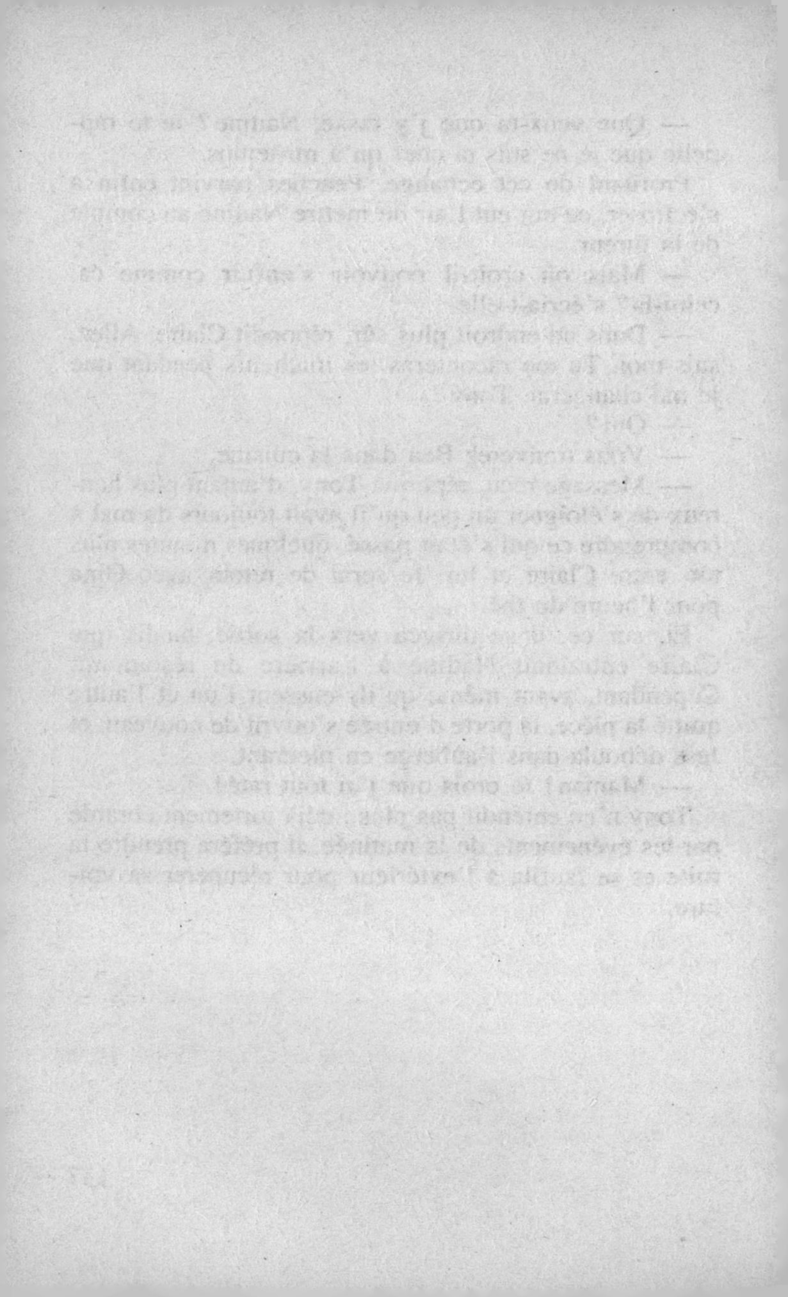

7.

— Je ne pourrai rester que deux semaines avec toi, papa.

Tony s'immobilisa au milieu du perron.

— Mais j'aurais voulu que nous visitions la Virginie ensemble, Gina, rétorqua-t-il, s'efforçant malgré tout de ne pas paraître trop déçu.

Sa fille lui décocha alors ce genre de sourire qui lui donnait des cheveux blancs à une vitesse alarmante.

— J'ai dégoté un job au centre commercial. Tu devrais être content, toi qui n'arrêtes pas de me seriner que je devrais trouver les moyens de gagner par moi-même de quoi m'offrir une garde-robe à ma convenance ! De toute manière, c'était ça ou sortir avec un snobinard roulant en Mercedes. Et je sais quelle opinion tu peux avoir de ces gens-là, surtout depuis que maman s'est remariée elle-même avec un snobinard roulant en Mercedes. Bref, j'ai dit au directeur du centre commercial que je ne pourrais commencer que dans quinze jours, à cause d'une urgence familiale — et c'est bien le cas, n'est-ce pas ?

Tony s'abstint de relever cette dernière pique. Il se contenta d'ouvrir la porte du James River Inn et de s'effacer devant sa fille.

A l'intérieur du restaurant, c'était le coup de feu de l'heure du thé. L'air vibrait de rires féminins et embaumait la cannelle.

— Attends de rencontrer le chef pâtissier, murmura Tony à sa fille sur un ton prometteur.

Mais Gina lui prêtait à peine attention, tant elle était occupée à regarder partout. Elle s'était choisi pour le voyage une tenue courte et vaporeuse, histoire de démontrer à son père qu'elle était désormais une adulte — ce qui ne l'avait pas empêchée de se jeter dans ses bras, à l'aéroport, en hurlant un vibrant « Papa ! ». Mais cela n'avait guère rassuré Tony qui s'était alors aperçu que ces quelques jours d'éloignement avaient presque suffi à transformer sa fille en une femme à laquelle ses épais cheveux noirs et ses yeux noisette donnaient une allure de beauté exotique.

— Pas mal, décréta Gina en hochant posément la tête. Et tu t'occupes de quoi, ici ?

— Des étages. Et maintenant que tu m'as apporté mes outils, je vais pouvoir me mettre sérieusement au travail.

Gina eut une moue dégoûtée.

— Ah ça, tu peux me remercier d'avoir trimballé ton barda jusqu'ici ! Ce pauvre grand-papa a failli attraper une hernie en m'aidant à le transporter jusqu'à l'enregistrement des bagages.

— Ce dont je vous suis reconnaissant. Maintenant, je vais te présenter notre hôtesse.

Tony releva la tête pour présenter Gina à Claire... et retint à temps un éclat de rire. Revêtue d'un uniforme de serge grise et d'un tablier de dentelle, elle avait le chignon en désordre, une longue traînée de farine sur la joue gauche, et déambulait dans le salon de thé en fredonnant, les bras chargés de plateaux sur lesquels étaient disposées des piles de canapés et des pyramides de fruits frais.

— C'est elle ? demanda Gina à voix basse.

— Oui, et tu n'as pas besoin de chuchoter comme ça, répliqua vertement Tony. C'est parfaitement incorrect.

Gina gloussa.

— En tout cas, elle ne ressemble vraiment pas à tes autres copains du Viêt-nam.

Oh, non, songea Tony avec un ravissement renouvelé, elle ne leur ressemblait vraiment pas.

Dès l'instant où Claire nota leur présence, son attention se focalisa sur Gina, et son sourire devint plus radieux encore.

— Il avait raison, déclara-t-elle à cette dernière en revenant du salon de thé avec des assiettes vides. Vous êtes aussi belle qu'il le prétendait. Salut, Gina. Je suis Claire.

— Bah, c'est mon père, répliqua Gina. Il n'est pas censé dire le contraire.

Puis elle afficha à son tour un grand sourire, et ses mains se mirent à dessiner des moulinets expressifs dans les airs.

— Votre restau est super chouette ! C'est vous qui l'avez décoré ?

Claire se mit à rire.

— Eh oui ! Mais attendez-moi ici : je reviens dans un instant.

Elle alla en cuisine déposer la vaisselle sale, puis revint ensuite les guider jusqu'à une table nappée de lin, située à côté de la grande baie vitrée qui donnait sur le jardin en façade, et sur laquelle était posé un panonceau de réservation. Tony présenta une chaise à Gina avant de s'asseoir lui-même, se félicitant d'avoir pris le temps de se changer, en rentrant de l'aéroport, et d'avoir revêtu une chemise propre et un pantalon de flanelle : à cette heure-là, jean et T-shirt ne semblaient guère la tenue de rigueur dans le salon de thé...

— Ouais, ajouta Gina, c'est vachement chic, ici. Pour un peu, on s'y habituerait.

— Dommage que le travail t'appelle à Atlanta, rétorqua Tony.

Gina le gratifia d'une grimace maussade.

— A ce propos, reprit-elle, toi, c'est des pépins qui t'attendent à la maison.

— Ta mère ?

— Perdu : tes frères. Mais qu'est-ce que tu es allé raconter à oncle Mike ? Il est en train de devenir cinglé !

— Je lui ai simplement dit que Pauly et lui étaient parfaitement capables de s'occuper de l'entreprise en mon absence, et qu'après cinq années de labeur acharné, j'avais bien le droit de m'octroyer des vacances.

Gina hocha la tête, le regard plein de malice.

— Là-dessus, poursuivit-elle, voilà que grand-maman appelle pour savoir si c'était vrai, ce que tu avais raconté à oncle Dave : à savoir que tu ne viendrais pas pour la fête nationale... Dis, tu as vraiment l'intention de louper le 4 juillet ?

Claire revint à ce moment-là auprès de leur table.

— Le 4 juillet est une occasion spéciale de se réunir dans votre famille ? leur demanda-t-elle en toute innocence.

Tony se renfrogna.

— Toutes les occasions sont bonnes pour se réunir, dans notre famille. L'année dernière, j'ai manqué les fêtes de Pâques à cause d'un malentendu à l'aéroport. Eh bien, j'en entends encore parler !

Gina approuva avec un ravissement sans bornes.

— Grand-papa répète, depuis, que c'est ce qui arrive à tous les types qui ont la grosse tête ; oncle Dave prétend que tu avais d'autres chats à fouetter ; oncle Frank dit que...

— C'est bon, l'interrompit Tony. Je crois que Claire a compris.

— Mais combien d'oncles as-tu, Gina ? demanda leur hôtesse en s'affalant dans un des fauteuils libres.

— Six, répondit la jeune fille. Et deux tantes... enfin, des tantes qui ne sont pas mariées à des oncles. J'arrête pas de dire à papa que je perds beaucoup en étant fille unique. Je suis toute seule, vous savez.

Claire se tourna vers Tony sans chercher à dissimuler son sourire.

— Vous aviez raison : vous êtes effectivement plus à plaindre que moi.

— Vous n'avez pas idée...

— Vous voyez, reprit Gina sur le ton le plus sérieux du monde, dans la famille, on se retrouve pour toutes les vacances, et comme ça, les oncles et les tantes peuvent se raconter leurs boulettes, tandis qu'avec les autres enfants on se chamaille pour décider qui s'assoira à la table des grands. Et après, on se lance des tartes.

Claire cligna poliment des yeux.

— Vous vous lancez des tartes ?

Tony hocha la tête.

— Mais uniquement après le repas, précisa-t-il. C'est une vieille tradition, chez nous.

— Vous voulez dire que, dans votre famille, on ne se lance pas de tartes ? demanda Gina avec un étonnement qui semblait sincère.

Le sourire de Claire vacilla, et elle recula d'un pas, comme si on avait empiété sur son territoire.

— Non, répondit-elle en se redressant ; je crains de n'avoir jamais eu ce privilège. Vous prendrez bien un peu de thé et quelques friandises confectionnées par Peaches ?

Sans savoir pourquoi, Tony éprouva alors une nouvelle fois le besoin instinctif de la toucher, de la rassurer.

— Peaches ? répéta Gina.

Claire et Tony se remirent à sourire en chœur.

— Crois-moi, dit Tony à sa fille : ici, tu n'as pas fini de t'amuser.

C'était effectivement amusant, songea Claire, un peu plus tard dans la soirée, en entendant les enfants mettre sa cuisine sens dessus dessous. Elle avait toujours rêvé d'une maison animée, d'un foyer en état d'ébullition perpétuelle où tout le monde se crierait bonne nuit d'une chambre à l'autre, le soir, et jouerait joyeusement des coudes à la table du dîner.

Eh bien, maintenant, elle était servie. Gina avait débarqué chez elle en coup de vent et, depuis, Jess, fascinée, la suivait comme un petit chien. Quant à Johnny, un seul coup d'œil à la nouvelle arrivante lui avait suffi pour oublier jusqu'au moindre grief qu'il pouvait encore nourrir contre Tony. Mais c'était chez Pete que la transformation était la plus radicale : n'avait-on pas vu, durant le repas, ce sombre et taciturne garçon se mettre à faire le pitre et commettre des calembours à la chaîne pour attirer l'attention de Gina ?

Tous les quatre s'activaient maintenant à nettoyer plats et assiettes. Du moins, c'est ce qu'ils prétendaient, car de furieux éclats de rire et des cris d'effroi retentissaient régulièrement jusque dans la salle à manger, si bien que Claire se résignait déjà à repasser derrière la bande pour redonner un semblant de propreté à sa cuisine.

— Il faut sans doute un peu de temps pour s'y habituer, dit-elle à Tony, tout en déposant devant lui, sur la table en merisier où ils venaient de prendre leur repas tous ensemble, les plans qu'elle avait esquissés pour l'aménagement des nouvelles chambres de l'auberge.

Voyant que Tony la considérait avec perplexité, elle en déduisit qu'il n'avait même pas noté le chahut dans la cuisine.

Puis il parut soudain comprendre, et lui adressa un grand sourire.

— Attendez seulement qu'ils soient vraiment excités.

Claire avait du mal à se l'imaginer. La maison de ses parents était si paisible. Si ordonnée.

— Vous n'êtes pas née dans une famille nombreuse, n'est-ce pas? lui demanda-t-il, vaguement amusé.

— Non, répondit-elle, un peu jalouse, soudain. Je n'ai qu'un seul frère, et il est beaucoup plus âgé que moi.

Tony hocha la tête, le regard pensif. Claire se dit que ses yeux étaient vraiment magnifiques. Et séduisants.

— Il n'y a vraiment rien de plus drôle que de se lancer des tartes, vous savez.

— Je m'en doute.

Tony sembla un instant distrait par les cris perçants qui résonnaient sous le haut plafond de la cuisine, mais ce fut bien là sa seule réaction.

— Ils ont beau être parfois fatigants, reprit-il, je me demande souvent ce qu'on ferait sans eux.

S'il avait attendu une réponse, Claire aurait dit : « rien du tout. »

— Jess est aux anges, admit-elle. Trois grands de dix-sept ans pour elle toute seule... J'ai hâte de savoir comment elle va raconter ça à ses copines.

Tony but une gorgée de café et laissa échapper un gloussement.

— Je crains qu'elle déchante un peu lorsqu'ils prendront la voiture pour aller s'amuser en ville... Dites-moi, elle plaisantait, tantôt, quand elle affirmait avoir loupé ses examens ?

Claire soupira et but à son tour un peu de café.

— Hélas, non, murmura-t-elle. Jess est l'athlète de la famille, mais elle a beaucoup de difficultés en classe. Elle souffre de dyslexie.

Tony se rembrunit aussitôt.

— Oh, j'ignorais. Si je peux vous aider en quoi que ce soit...

— Elle est déjà dans une institution spécialisée, dit Claire avec un pâle sourire, et elle y est bien entourée. Elle a juste besoin, comme tout le monde, d'être sûre que personne n'a envie de la plaindre.

Tony eut alors un sourire compréhensif plus explicite que n'importe quel commentaire.

— Hé ! s'exclama soudain Pete. C'est le *Yorktown* ! Hé, vous autres, visez un peu ça ! C'est le porte-avions de mon père ! Avec lui, ça va pas traîner au Moyen-Orient ! Pas vrai, John ?

Claire frémit.

— Hé, m'dame Henderson ! Venez voir un peu ça ! lança encore Pete d'une voix de plus en plus excitée.

— Oh, bon Dieu, lâcha John d'une voix haletante tandis que la cuisine se remplissait du vrombissement caractéristique des moteurs à réaction. Regardez un peu à quelle vitesse grimpe ce Tomcat !

Claire ferma convulsivement les paupières. Pete

avait, lui aussi, besoin d'acquérir une plus grande estime de lui-même, songea-t-elle. Malheureusement, la seule personne qui fût en mesure de le rendre plus confiant était trop souvent partie en mission. Et, dans sa tête d'adolescent, se mélangeaient sans distinction l'image de ce père absent et celles des carnages retransmis par la télévision, tant et si bien que ce pauvre petit idiot en venait à aimer la guerre...

Elle se leva et rassembla son courage pour aller éteindre la télévision, quand elle sentit une main sur son épaule. La main de Tony. Elle rouvrit les yeux pour s'apercevoir qu'il n'avait pas bougé d'un pouce ni changé d'expression. Il avait simplement posé la main sur son épaule pour lui faire comprendre que ce n'était pas grave.

Et elle, qui avait envie de hurler d'angoisse, se mit à lui sourire.

— Dépêche-toi, maman ! s'écria Jess. Tu vas tout louper ! Hé, c'est pas ton père, là, Pete ?

Rassérénée par le geste de Tony, Claire se rendit dans la cuisine et trouva les quatre adolescents scotchés devant le petit récepteur noir et blanc qu'elle avait jadis posé sur le comptoir, à une époque où les informations n'étaient pas encore pleines des rumeurs de la guerre.

— Allez-y, les mecs, mettez-leur la pâtée ! hurla Johnny tandis qu'un petit appareil de chasse décollait du porte-avions et fonçait vers le ciel.

Claire regarda l'avion disparaître de l'écran avec ce même hurlement suraigu qui l'avait si souvent réveillée en sursaut, à Chu Lai, et elle dut lutter contre le besoin de fuir au plus vite sa propre maison.

« Savez-vous au moins à quoi ils ressemblent quand on les ramasse dans la carcasse de leur jet ? » avait-elle envie de crier à ces enfants. « Avez-vous déjà entendu des pilotes gémir de souffrance sur des lits d'hôpital ? Avez-vous conscience que la patrie cesse de penser à eux dès que la guerre est terminée et qu'ils reviennent au pays ravagés à jamais par leurs blessures et leurs souvenirs ?... Moi, je le sais ! Je sais combien ils sont fragiles, combien ils sont jeunes ! »

— Oh, les gars, s'exclama Pete d'une voix théâtrale, les yeux grands comme des soucoupes. Si j'avais un an de plus, je peux vous dire que j'hésiterais pas à partir. Mais, avec la chance que j'ai, sûr que quand je m'engagerai, on ne se battra plus nulle part.

— On a toujours besoin de pilotes, déclara Johnny sur le ton d'une prière longtemps récitée.

Claire se sentait sur le point de vomir.

— C'est un bateau terrible, Pete, dit-elle néanmoins. Ton père doit être fier de servir sur ce navire.

— Je veux, approuva Pete sans quitter l'écran des yeux.

La visite du *Yorktown* s'acheva enfin, et le présentateur du journal réapparut à l'image, salué par les huées des adolescents qui se remirent bientôt à leur vaisselle. Claire quitta la pièce avant que Johnny eût le temps de lui parler une nouvelle fois de son désir d'engagement.

— Je suis toujours aussi étonné de constater que personne ne semble jamais retenir aucune leçon de l'histoire, déclara Tony tandis que Claire se rasseyait à côté de lui.

— Il y aura toujours des guerres, repartit Claire d'une voix blanche. Et il y aura toujours de jeunes idiots pour partir sur les champs de bataille, la fleur au fusil.

— Eh bien, moi, je vais vous dire une bonne chose,

affirmait Pete dans la cuisine où le choc des assiettes et des verres avait remplacé le rugissement des réacteurs. Ce coup-ci, on n'aura pas besoin de s'inquiéter des bêlements des pacifistes pour arriver à faire le boulot correctement. Mon père répète constamment que si la presse n'avait pas fourré son nez au Nam, on aurait balayé les cocos du pays en moins de deux semaines.

Claire et Tony échangèrent un sourire las. Et, pour la première fois de sa vie, celle-ci comprit qu'elle pouvait, si elle le voulait, cesser d'être seule à porter son fardeau.

Elle se demandait seulement si cela devait ou non la réconforter.

Pour Claire, les jours suivants se ressemblèrent tous. A l'hôpital, elle se battait pour ses patients et ses subordonnées contre les spectres jumaux de la mort et de la bureaucratie. A la maison, elle luttait aussi, mais pour aider Jess à préparer les deux examens qu'elle avait effectivement ratés et qu'elle devait repasser en septembre. Elle réussit, par ailleurs, à rassembler le pécule nécessaire pour payer la réparation de la camionnette et permettre ainsi à Johnny de se rendre tous les matins à son nouveau job. Elle travaillait aussi l'après-midi sur les plans de l'auberge avec Tony et l'architecte qu'ils avaient choisi, tout en s'efforçant de composer avec la santé déficiente de Bea et le caractère lunatique de Peaches afin que le salon de thé continuât à être une affaire suffisamment rentable pour financer les travaux qui se poursuivaient à l'étage du dessus. La nuit venue, enfin, elle s'installait avec Tony dans la cuisine pour déguster une bière et parler des enfants, de l'avancement du chantier, de la pluie, du beau temps, de tout et de rien.

Et elle survécut à tout cela, comme d'habitude, avec une petite différence, cependant : pour la première fois depuis vingt ans, elle n'était plus seule à affronter les ténèbres.

Ce qui aurait dû la rendre plus heureuse, plus confiante.

Mais il n'en était rien.

Dans un autre monde, un monde meilleur, elle aurait pu goûter pleinement au plaisir de parler ainsi avec Tony, de rire avec lui et de se promener à bicyclette en sa compagnie, comme avec un vieil ami. Elle s'était aperçue, du reste, qu'elle s'habillait chaque matin pour lui, qu'elle savait, sans avoir besoin de se retourner, quand il était près d'elle, et qu'un sourire fleurissait alors spontanément sur ses lèvres. Qu'il lui manquait quand il n'était plus à ses côtés. Qu'elle avait envie de lui.

Oui, elle avait envie de lui. Cela faisait si longtemps qu'elle n'avait pas noué une relation sentimentale, qu'elle n'avait pas eu l'occasion de constater qu'elle était assez jolie pour plaire à un homme.

Cela lui était déjà arrivé, au Nam, du moins au cours des premiers mois. Elle avait un certain nombre de soupirants, à la base, et elle attirait les regards des soldats qui croisaient son chemin. De sorte qu'il lui avait fallu un certain temps pour comprendre que ceux qui la courtisaient ainsi voulaient d'elle bien plus que ce qu'elle était en mesure de leur donner.

Et il lui avait fallu bien plus longtemps encore pour se rendre compte qu'il en allait de même avec Sam... Oh, elle avait aimé Sam, pourtant. Elle l'avait aimé malgré ses sautes d'humeur et ses colères effrayantes. Elle l'avait aimé et avait voulu l'aider.

Mais elle ne l'avait finalement aidé en rien.

Et depuis, elle s'était soigneusement tenue à l'écart des hommes...

Oui, dans un autre monde, dans un monde meilleur, un monde idéal, tout cela n'aurait plus eu aucune importance. Elle aurait pu rejouer au jeu de la séduction et se persuader que les ombres qui voilaient aussi parfois le regard de Tony n'étaient que des nuages passagers, insignifiants. Elle aurait pu vivre sa vie sans jamais avoir à revenir en arrière...

Tony rencontra Mary Louise Bethany dans une cafétéria de la banlieue de Richmond. C'était une femme trapue, coiffée en brosse et chaussée de grosses baskets confortables. Elle dirigeait l'un des groupes de femmes du centre des vétérans de Richmond et avait accepté de s'entretenir avec lui au sujet de Claire.

— Conseillez-lui de venir nous voir, dit-elle après qu'il lui eut rapidement résumé la situation.

Tony secoua la tête.

— Elle ne viendra pas. Elle refuse de parler de ce qu'elle a vécu là-bas.

Mary Louise tira pensivement sur sa cigarette.

— J'ai jeté un œil à nos dossiers avant de venir. Je crois qu'une de ses anciennes compagnes d'armes vit encore dans le secteur. Mais encore faudrait-il qu'elle accepte elle-même de parler de son expérience. Beaucoup d'anciennes du Nam n'y sont toujours pas prêtes.

Tony se frotta la tempe avec irritation.

— Et vous ? demanda-t-il. Où serviez-vous ?

— Twelfth Evac de Cu Chi, répondit-elle. Classe 68.

Elle marqua une pause et ajouta :

— Je suis bien placée pour savoir ce qu'elle est en

train de traverser, monsieur Riordan. J'ai tenté par quatre fois de me suicider avant que quelqu'un ait le cran de m'aider à m'en sortir.

Elle eut un sourire amer.

— Nous autres, femmes, avons beaucoup plus de mal que les hommes à reconnaître que nous sommes atteintes de DPT, poursuivit-elle sur un ton pensif. Nous partageons le même monde que le vôtre et, pour la plupart d'entre nous, nous y poursuivons désormais les mêmes enjeux. Mais le rôle qui nous y est dévolu et, surtout, notre nature profonde n'ont pas changé. C'est bien là le hic.

Tony fronça les sourcils.

— Je ne vous suis pas, avoua-t-il avec perplexité.

Mary Louise le considéra un moment à travers la fumée de sa cigarette.

— Me permettez-vous d'être franche avec vous ?

— Naturellement.

— Bien...

Elle parut se concentrer un instant, puis enchaîna :

— Nous vivons dans une société patriarcale et hiérarchisée, monsieur Riordan, une société d'hommes en compétition les uns avec les autres, dans laquelle le pouvoir n'isole pas le mâle conquérant mais lui attire plutôt le respect de ses concitoyens. Et c'est devenu aujourd'hui le seul modèle de réussite pour tous, femmes comprises.

— Je ne vois pas le rapport...

— Laissez-moi terminer.

Tony leva les deux mains en signe d'acquiescement.

— Donc, dominer son prochain est également devenu notre seul but dans l'existence, reprit-elle, si bien que, quand nous nous sentons mal dans notre peau, notre réaction se résume, comme la vôtre, à assumer de plus en plus de responsabilités et à essayer de retrouver l'estime de nous-mêmes en forçant celle des autres. Mais cette estime nous est toujours refusée, monsieur Riordan. Et, au fond, nous n'en voulons pas, car nous savons qu'elle est stupide, qu'elle ne résoudra rien, qu'elle est, au contraire, à l'origine de notre mal-être. Résultat : nous finissons par retomber dans les mêmes pathologies que ceux d'entre vous qui ont eu le malheur de naître avec un caractère moins agressif que leurs congénères, ou une plus grande lucidité : dépression, abus de médicaments, alcoolisme, toxicomanie... Mieux vaut accepter sa faiblesse et s'en ouvrir à ses proches, être moins fort, plus sensible, plus féminin — plus nous-mêmes, en un mot — même si notre image en pâtit. Un homme s'en remettra : il restera, de toute manière, un homme et, s'il en doute, il lui suffira de se battre pour prendre de nouveau conscience de sa virilité. Une femme, malheureusement, croit qu'elle n'a rien à gagner à pleurer sur son sort, à moins de vouloir continuer à passer pour un sous-homme... Et puis, honnêtement, quelle virilité aurait-elle à prouver ?

Tony demeura coi devant la justesse de ce raisonnement.

— Bref, reprit Mary Louise, pour en revenir à notre cas, le problème de votre amie tient, selon moi, à ce qu'elle estime ne pas avoir le droit de se plaindre puisque à ses yeux, c'était vous, les soldats, les hommes, les puissants, qui étiez chargés de souffrir à sa place.

— Pourtant, protesta Tony, à voir le comportement qu'elle a avec son fils, j'ai l'impression qu'elle est surtout sensible à la jeunesse des combattants, à leur fragilité.

— Et cela contredit le modèle que son éducation lui

a imposé, monsieur Riordan. D'après ce que vous m'avez rapporté, je pense que le nœud du problème est là. Et qu'elle est en passe de le surmonter... ou d'y succomber.

Tony baissa les yeux sur son café tout en hochant la tête. Mary Louise avait, hélas, raison, se dit-il. Claire n'avait pas eu que la malchance de se retrouver piégée en enfer en croyant servir sa patrie. Elle avait également eu la malchance d'être la sœur unique d'un frère trop âgé pour qu'elle pût vraiment le distinguer de son père. Il lui aurait fallu une famille plus nombreuse, une famille comportant des mâles moins mâles : des mâles plus jeunes, plus vulnérables...

Il soupira, soudain écrasé par l'ampleur de sa tâche.

Mary Louise le contemplait toujours de ses grands yeux bruns compatissants et soucieux. Il ne put s'empêcher de lui sourire.

— Vous savez quoi? dit-il. J'aimerais bien que vous m'aidiez.

Mary Louise lui rendit son sourire.

— Vous savez quoi, monsieur Riordan? répliqua-t-elle. J'ai comme le sentiment que votre amie est tombée sur l'un des rares hommes de cette planète capable de l'écouter. Mais ne vous inquiétez pas, ajouta-t-elle en écrasant sa cigarette, je vais tout faire pour persuader son ancienne collègue de lui parler.

Elle se leva. Tony se redressa à son tour.

— Merci, lui dit-il.

Elle lui sourit de nouveau, sembla hésiter un moment, et le gratifia finalement d'une vigoureuse poignée de main.

— *Semper fi*, mon gars.

⁂

Ce soir-là, Tony n'acheva son travail à l'auberge que bien après l'heure du dîner et, quand il revint enfin dans la cuisine, les enfants n'étaient plus là et la camionnette non plus — ce qui l'incita un bref instant à se demander pourquoi diable il lui avait naguère paru si important que Gina le rejoignît.

Mais ses pensées prirent bientôt un autre cours : encore revêtue de sa blouse blanche, Claire était assise à la table du coin repas, immobile, les yeux fixés sur la télévision. Des hélicoptères d'assaut traversaient l'écran, et des larmes coulaient sur ses joues.

— C'est comme lorsqu'un cyclone vous fonce dessus, lâcha-t-elle sans tourner la tête vers lui. C'est horrible, ça fait peur, mais il faut que vous restiez là à regarder quand même...

Tony vit, sur l'écran, des panaches de fumée noire s'élever au-dessus de bâtiments en ruine.

— Où en sont-ils ?

Elle haussa les épaules.

— Nos troupes viennent de bombarder des sites stratégiques avec la bénédiction de l'ONU... Des fois, je me dis que l'Amérique est un véritable danger planétaire. A quoi bon nous mêler sans cesse des affaires d'autrui ?

— Certaines guerres sont nécessaires, repartit Tony tout en se dirigeant vers le réfrigérateur où il stockait ses propres bières.

Il était épuisé, assoiffé et affamé. Mais il se sentait surtout nerveux.

Il déposa une canette sur la table, devant Claire.

— Le plus choquant, reprit-elle en s'essuyant le visage avec une serviette de table, c'est l'enthousiasme des journalistes, des militaires... La guerre n'est pas un match de foot.

Elle semblait si calme, songea Tony, elle avait un ton si mesuré — à croire qu'elle trouvait normal de pleurer ainsi chaque soir devant la télévision à l'heure du journal.

Il avait lui-même traversé cette phase. Durant la guerre du Golfe, il passait pratiquement toutes ses soirées à suivre les informations sur CNN. A se gorger de tueries, à endurer sciemment ces scènes de carnage d'une familiarité si pénible. A vitupérer contre la mémoire courte de ses concitoyens, contre ce massacre absurde. Il lui semblait même reconnaître l'un ou l'autre de ses compagnons d'armes dans chacun des cadavres qu'il voyait sur l'écran.

Aujourd'hui, cependant, ce spectacle ne lui inspirait plus que de la lassitude et du dégoût. Il s'était débarrassé de cette fascination morbide pour toutes les souffrances similaires aux siennes, de cette illusion d'un retour dans le passé dont il usait, en fait, pour éviter d'affronter directement ses souvenirs les plus douloureux. Il avait appris à composer avec ses remords, à mieux se comprendre lui-même, à mieux s'accepter...

Sans réfléchir, il tendit la main vers Claire — elle avait l'air si perdu, si vulnérable... — et lui caressa la joue, juste pour qu'elle sût qu'il était là, à son côté.

Elle sursauta et détourna les yeux de la télévision.

— C'était un si beau pays, dit-elle en le dévisageant d'un air hagard.

Tony retint sa respiration et chercha fébrilement ses mots, craignant de mal lui répondre, de la blesser encore une fois.

— Je sais, répondit-il enfin. Mais il m'arrive parfois de l'oublier.

Il eut alors la surprise de l'entendre rire, d'un rire bas et presque détendu, comme s'ils parlaient ensemble de la Virginie et non du Viêt-nam.

— A moi aussi, admit-elle. Durant tout le trajet en hélicoptère jusqu'à Chu Lai, je suis restée pendue à la porte latérale de l'appareil. Le pilote et le copilote croyaient que j'étais cinglée. Leur mitrailleur avait été abattu l'avant-veille par un franc-tireur à l'endroit exact où je me tenais. Mais la jungle m'hypnotisait. C'était si verdoyant, si exotique. Si luxuriant. Bien différent, en tout cas, de Kansas City. Plus tard, je profitais souvent de mes heures de pause pour aller survoler les environs avec les équipes de reconnaissance.

— Et les levers de soleil..., renchérit Tony en avalant une gorgée de bière. Jamais je n'avais vu des couleurs pareilles de toute ma vie.

Elle acquiesça de la tête avec un triste sourire.

— Il y avait les couchers de soleil, aussi, lui rappela-t-elle. Nous avions l'habitude de leur porter un toast, à la base. On s'appelait entre nous les sœurs du Saint-Crépuscule. On se réunissait tous les soirs derrière le bloc opératoire pour chanter des hymnes à l'astre du jour. La grand-mère du coin qui nous vendait notre gnôle ne comprenait pas les raisons de notre enthousiasme.

— Sans doute parce qu'elle-même pataugeait à longueur de temps dans ces rizières que vous trouviez si belles, du haut du ciel.

— Oh, oui, la pauvre. Et elle y lavait aussi nos draps. Ce que les lits puaient, après !

— Autant que le moisi ?

— Autant que le napalm.

Son sourire s'éteignit aussitôt, et Tony comprit qu'elle s'était risquée un peu trop loin dans ses souvenirs

— Non, reprit-elle au bout d'un moment, pas autant que le napalm. Aucune odeur ne peut égaler celle du napalm.

Tony aurait voulu revenir en arrière, avoir une chance de localiser les mines enfouies dans sa mémoire avant de prendre le risque de l'y entraîner de nouveau.

Lui aussi connaissait l'odeur du napalm. Et plus particulièrement celle de la chair humaine brûlée au napalm. Dans ses rêves, parfois, il la sentait encore. Et il devinait qu'il en allait de même pour elle.

— Où sont les enfants ? demanda-t-il pour changer de sujet.

— Au cinéma, murmura-t-elle, tout en essayant visiblement de reprendre le contrôle d'elle-même. Jess est montée bouder dans sa chambre.

— La dure loi de la sélection par l'âge, hein ? Et si nous l'emmenions quelque part pour la consoler ?

Claire se retourna vers lui, le regard soudain plus vif.

— Mais où ? répliqua-t-elle. Si nous nous pointons au cinéma, mon fils refusera de m'adresser la parole jusqu'à la fin de ma vie !

Tony haussa les épaules.

— Vous avez mangé ?

Elle secoua la tête, ses cheveux nimbant son visage d'une brume mordorée.

— Peaches est parti préparer le poulet du dîner hebdomadaire de sa paroisse.

— Eh bien, allons le rejoindre, repartit Tony en lui tapotant l'épaule. Je meurs de faim ! Et puis, je suis sûr que Peaches sera ravi de nous présenter à ses coreligionnaires.

— J'en doute ! répliqua Claire en riant. Mais je préfère encore courir le risque d'irriter Peaches que constater de visu les intentions de mon fils à l'égard de votre fille.

Tony feignit une vive indignation.

— Comment ? s'exclama-t-il. Pete n'est donc pas censé leur servir de chaperon ?

— Pas si Johnny l'a soudoyé. Et il vient de toucher sa première paie des vacances.

— Alors, filons nous sustenter sans plus tarder, conclut Tony en obligeant Claire à se lever. Quitte à boxer cet impudent, mieux vaut que j'aie récupéré un peu d'énergie avant.

Claire s'esclaffa, et Tony en fut immédiatement rasséréné. Il avait tant prié pour l'entendre rire ainsi. Ce premier succès lui mettait du baume au cœur.

Il s'arrêta net et obligea Claire à se retourner.

— Refaites-moi ça, lui demanda-t-il.

Elle le contempla d'un air perplexe, et Tony remarqua avec quelque surprise qu'elle lui tenait toujours la main.

— Quoi donc ? demanda-t-elle.

— Riez... C'est tellement bon.

Elle rougit.

— Il m'est difficile de rire sur commande, avoua-t-elle en le dévisageant de ses grands yeux bleus. Il me faut quand même une raison pour ça.

Il prit une profonde inspiration et, sans trop réfléchir, il déclara :

— Qu'à cela ne tienne : j'ai envie de faire l'amour avec vous.

Mais Claire ne rit pas. Elle n'essaya même pas de sourire. Elle avait l'impression d'avoir épuisé sa réserve d'émotions en quelques minutes : la colère, l'angoisse, la rage, la peur ; puis la mélancolie et, pour la première fois depuis longtemps, le désir. Enfin, l'étonnement et...

Et quoi ?

L'attente. Pire : l'excitation. Et elle ne savait comment réagir à ce dernier sentiment.

— Avant ou après le repas ? demanda-t-elle.

Sa question la stupéfia elle-même, et un curieux silence retomba sur la pièce. Un silence calme. Sensuel. Complice.

Ce fut Tony qui le rompit le premier.

— N'ai-je pas à corriger votre fils après le dîner ? lui lança-t-il avec une grimace comique.

— Si. Mais avant le dîner, vous devez également m'aider à persuader ma fille qu'elle n'est pas un vilain petit canard. Ni, surtout, un bébé.

Tony écarquilla les yeux.

— Johnny l'a traitée de bébé ?

— Oui. Et Gina s'est empressée de renchérir.

— Alors, il faudra que je corrige aussi ma fille pour lui apprendre à défendre ses sœurs dans l'adversité. Mais rien ne presse... Si nous revenions plutôt à nos moutons ?

Seigneur, songea-t-elle, il n'avait même pas l'air gêné ! Sa respiration semblait égale, sa posture était plus nonchalante que jamais. Et il lui serrait toujours la main. Pour sa part, elle avait l'impression que son cœur allait bondir hors de sa poitrine s'il continuait à lui sourire comme ça !

C'était insensé. Insensé et beaucoup trop rapide. Jamais elle n'avait vécu un moment si éprouvant, même quand les obus pleuvaient autour d'elle, à Chu Lai...

— C'est une folie, déclara-t-elle d'une voix ferme.

— Tiens, pourquoi ?

Elle eut un soupir irrité.

— Ecoutez, Tony, nous ne nous connaissons pratiquement pas...

Il l'interrompit en l'attirant contre lui.

Elle se laissa faire.

Il la dominait maintenant de toute sa taille. Il émanait de lui des fragrances de sciure fraîche et de sueur. Elle percevait les battements de son cœur, et constatait avec surprise qu'il était aussi ému qu'elle. Elle n'avait plus la force de bouger, de lui échapper. Et sa peau, soudain, parut revivre au contact de la sienne, ses genoux tremblèrent, le souffle lui manqua, et elle lui rendit enfin son sourire, en oubliant tout.

— Ce n'est pas une folie, Claire, murmura-t-il tout en levant sa main pour l'embrasser au creux de la paume. Ce n'est pas une folie du tout...

Elle lui tendit son bras malgré elle, frémissant sous ses baisers. Puis Tony redressa la tête et la regarda de ses yeux d'un vert si intense. Alors, elle comprit que ses dernières défenses venaient de s'écrouler et n'opposa plus aucune résistance lorsque, se penchant vers elle, il goûta à ses lèvres.

Ce fut bref. Ce fut inouï. La bête immonde tapie au fond d'elle était toujours là, elle le savait, mais dans les bras de Tony, elle n'éprouvait plus l'envie de fuir.

Cette évidence la sidérait plus que tout.

Non, se dit-elle, elle n'avait plus envie de fuir, mais de rester près de cet homme qui lui offrait sa protection et son affection avec une discrétion, une pudeur, une générosité exemplaires.

Alors, elle se mit à rire, d'un rire d'adolescente énamourée qui n'ose avouer que le noir l'effraie encore un peu, mais qui commence à comprendre que les ténèbres sont toujours moins sombres à deux.

8.

— Alors, tu vas enfin me dire ce qui se passe ?

Tony estima aussitôt que Peaches avait perdu son temps en montant jusque dans les étages pour le prévenir de cet appel : tout bien réfléchi, il aurait préféré ne pas savoir qui le réclamait ainsi au téléphone.

— Salut, Vince, lança-t-il à son frère cadet en réprimant à grand-peine un soupir. Qui t'a demandé de m'appeler ?

Tony sentit Vince se raidir à l'autre bout du fil.

— Personne ne me l'a demandé.

Tony leva les yeux au ciel : son frère était décidément un garçon bien trop comme il faut pour apprendre un jour à mentir.

— Qui est-ce, Vince ? répéta-t-il d'une voix lasse, tout en posant une demi-fesse sur le bureau encombré de Claire. Maman ? Non, je lui ai téléphoné. Victoria ? Je l'ai appelée aussi. Alors, qui reste-t-il, hein, frangin ? Papa ? C'est ça ? J'ai trouvé ? J'ai le droit de revenir en deuxième semaine ?

— Il est normal que nous nous inquiétions pour toi, voyons !

« Jugé par contumace... », songea Tony.

Il aurait pu en rire, mais il était fatigué que

l'ensemble du clan Riordan s'acharnât à suivre ses rejetons à la trace. Il avait besoin de se sentir libre. Ce qu'il vivait ici, dans cette auberge, était déjà assez compliqué sans que sa famille vînt s'en mêler.

— Eh bien, rassurez-vous, répliqua-t-il à son frère. Je suis entré dans les ordres, et tous les moines cisterciens de ma confrérie m'apprennent à fabriquer des liqueurs. Tu es satisfait ?

— Tu confonds avec les bénédictins, repartit Vince en se retenant de rire. Et puis, Gina m'a rapporté que ton, euh... compagnon de cellule était « canon ». Texto.

— Ah oui ? C'est vrai : je le reconnais.

Vince toussota d'un air irrité. Mais Tony n'en avait cure. Il venait de remarquer, posé sur le bureau de Claire, le dessin d'un jet exécuté avec une précision presque maniaque et signé « John Michael Henderson, 4e B. » Pour une lubie censée être passagère, se dit-il, celle-ci durait depuis un moment. Cependant, il n'en était guère étonné : les gamins au caractère capricieux ne montraient généralement pas la persévérance nécessaire pour décrocher leur brevet de pilote à seize ans et consacrer ensuite tous leurs week-ends à voler. Claire aurait du mal à éviter l'inévitable simplement parce qu'elle s'y refusait. Tony en frémissait pour elle. Pour elle et pour son fils, qui ne rêvait que d'approches en rase-mottes et d'attaques en piqué. Le pire, c'était qu'il ignorait si sa présence auprès d'eux arrangeait ou non la situation.

En tout cas, conclut-il, ce n'était pas en perdant son temps au téléphone qu'il pourrait les aider.

— Claire possède une demeure ancienne qui a besoin d'être rénovée, expliqua-t-il à Vince d'une voix égale. Et tu sais bien que j'ai, depuis longtemps, envie de faire ça.

— Faire ça ? Faire ça ? Mais faire quoi, au juste, Tony ?

Celui-ci se força au calme.

— Tu commences à parler comme papa, Vince... J'installe des salles de bains.

— Tony... c'est insensé. Enfin, quand Gina nous a raconté que tu restais chez cette femme, on était loin de penser qu'elle t'avait embobiné à ce point-là !

Vince était trop jeune de quinze ans pour se souvenir du Viêt-nam, voilà tout, se dit Tony. Un jour, leur mère l'avait traîné jusqu'à l'hôpital militaire où son grand frère était en convalescence, avant de décider, dès le premier coup d'œil qu'elle avait jeté dans la salle, que ce n'était pas un endroit pour un gamin de cinq ans.

Jusqu'alors, cela n'avait posé aucun problème. Tony aurait seulement souhaité que les membres de sa famille lui témoignassent leur affection d'une manière un peu plus discrète.

— Qu'est-ce que je vais bien pouvoir dire à papa ? geignit Vince.

— Dis-lui de m'envoyer tous les livres qu'il trouvera sur les anciennes maisons de planteur, répondit Tony d'une voix imperturbable.

— Et si on descendait tous te voir ?

— Si vous faites ça, je vous mure dans les fondations de l'auberge. Une autre question ?

— Pourquoi t'impliques-tu autant dans cette histoire ?

— Parce que c'est une corde qui manquait à mon arc, je te le répète

— Non, je voulais dire : auprès de cette femme.

Pour le coup, Tony garda le silence. Il ignorait lui-même la réponse à cette question.

Il était venu à Richmond dans un but bien précis : remercier celle qui lui avait sauvé la vie. Et s'il y était resté, c'était pour une autre raison : la sauver à son tour. Mais maintenant, alors qu'il se trouvait seul dans ce petit bureau dont l'encombrement frôlait désormais le chaos pur et simple, il devait admettre qu'une troisième raison le poussait à demeurer auprès de Claire : il était tout bonnement en train de tomber amoureux d'elle.

Cela aurait dû le surprendre, l'effrayer même, car ce n'était pas ainsi qu'il pouvait l'aider. Claire avait besoin de la compassion, du soutien d'autrui. Elle avait besoin d'un ami. Pas d'un amant.

Les yeux fixés sur les photographies posées sur le secrétaire, il revoyait Claire telle qu'elle était la veille : ouverte à lui, encore un peu tremblante, tel un bourgeon sur le point d'éclore. Et, l'espace d'un instant, il regretta de ne pas avoir eu la cruauté de la forcer à s'ouvrir encore plus, de l'avoir laissée reprendre ses distances vis-à-vis de lui.

— Alors, Tony, qu'est-ce que je vais bien pouvoir raconter à Papa ?

Tony soupira de nouveau.

— Dis-lui que vous aurez droit à une conférence de presse le 4 juillet.

« Et, à ce moment-là, pensa Tony, ils auront tout le loisir de m'apprendre en quoi j'ai commis une boulette, pour reprendre l'expression de Gina. »

Mais il le savait déjà.

— Qu'y a-t-il ? demanda Claire, un quart d'heure plus tard, lorsqu'en pénétrant dans son bureau elle le vit en train de contempler le téléphone d'un air renfrogné.

Décidément, songea-t-elle, tout le monde semblait de mauvaise humeur, aujourd'hui. Déjà, alors qu'elle traversait la cuisine, Peaches l'avait fusillée du regard tout en grommelant qu'à l'avenir, il se passerait bien des surprises que lui réservaient ses prétendus amis. Mais Claire l'avait ignoré.

Il était vrai, toutefois, que Peaches avait failli avoir une attaque en la voyant, la veille, débouler avec Jess et Tony dans le local de sa paroisse.

Quand il les avait aperçus sur le seuil de la petite pièce aux murs lépreux et au mobilier branlant, il avait aussitôt froncé les sourcils et s'était mis à gigoter sur sa chaise. Claire ignorait si c'était parce qu'il se méfiait encore de Tony, parce qu'il craignait que le pasteur n'en profitât pour exalter devant toute la communauté l'exemplarité de sa réinsertion, parce qu'il avait honte que son amie découvrît ainsi l'état pitoyable du lieu dans lequel il se réunissait avec ses sœurs et frères de couleur ou, plus simplement, parce que les nouveaux arrivants étaient les seuls Blancs alors présents dans la salle.

Tony avait eu, cependant, la bonne idée de laisser Jess les précéder dans le local, et la gamine avait très vite gagné l'affection de toute l'assistance. Le pasteur l'avait même priée de prendre place au piano, ce dont Peaches, malgré toute sa gêne, n'avait pas paru peu fier.

— Tony, quelque chose ne va pas ? demanda Claire, tout en se rappelant avec quel entrain il avait alors entonné l'hymne joué par sa fille, sans se soucier du ton ni de la mesure, ce qui, dans cette communauté-là, détonnait presque plus que la couleur de sa peau, et lui avait attiré plus d'un froncement de sourcils.

Il releva la tête vers elle.

— J'ai des comptes à rendre, Claire.

— Des comptes à rendre ? répéta-t-elle sur un ton alarmé. Mais à qui, Tony ?

Il ne put se retenir de sourire.

— A des gens qui me tiennent à l'œil depuis mon enfance.

— La... la mafia ?

— Presque : ma famille. Ils s'inquiètent pour moi.

Claire n'en fut pas pour autant soulagée : le sourire de Tony était un peu trop crispé à son goût.

— Pourquoi s'inquiètent-ils ?

Il eut un geste évasif de la main.

— Rien d'important. Ils sont trop curieux, c'est tout. Vous connaissez les parents...

Claire détourna les yeux.

— Pas vraiment.

Ce fut au tour de Tony d'être alarmé. Claire le regarda de nouveau, s'efforçant de contenir la douleur qui venait de l'étreindre.

— Les miens estimaient qu'une indifférence polie était encore la meilleure forme d'éducation.

— Oh..., fit-il. Je suis désolé. J'ignorais qu'ils n'étaient plus là.

— Ils n'ont jamais été vraiment là, répliqua-t-elle avec une acrimonie qui la surprit elle-même et lui fit encore plus mal. Mais ils sont encore, euh, vivants, ajouta-t-elle. Et ils habitent toujours Kansas City.

Tony parut hésiter un bref instant, comme pour se garder de tout propos déplacé. Claire lui en fut infiniment reconnaissante.

— Je vous envie d'être à l'abri de cette forme de terrorisme affectif, déclara-t-il en soupirant.

Claire avait bien conscience que cette repartie était

censée alléger l'atmosphère. Mais elle se rappelait encore son retour chez elle, après le Viêt-nam, ce jour où, bouillonnante d'excitation, de soulagement et d'angoisse, elle avait essayé d'expliquer à ses parents en quoi sa vie ne pourrait plus jamais être la même. Elle se rappelait cette longue confession, frémissante et passionnée, dans laquelle elle s'était lancée au milieu du séjour au parquet luisant de propreté, aux rideaux bien tirés, aux meubles soigneusement astiqués. Elle se rappelait son besoin désespéré de pouvoir disposer de bras secourables, d'une oreille compatissante. Elle se rappelait le reflet glacé qu'avaient jeté les lunettes de son père tandis qu'à la fin de sa diatribe, il reprenait posément la lecture de son journal et que sa mère s'esquivait dans la cuisine.

Oui, elle se rappelait tout cela. Aussi se contenta-t-elle de dire la vérité à Tony.

— Et moi, je vous envie tout court.

Tony ne hocha la tête ni ne détourna les yeux. Il resta un instant immobile, pensif, puis se remit à lui sourire, d'un sourire si tendre et si franc qu'elle ne put s'empêcher de le lui rendre.

— J'ai une idée ! lança-t-il.

— Quoi donc ? demanda-t-elle, déjà réchauffée par son enthousiasme.

— Vous êtes de service à l'hôpital, aujourd'hui ?

— Si c'était le cas, je ne serais pas ici. Mais il me reste quand même un restaurant à gérer, une fille à aider, un fils...

Tony leva une main pour l'interrompre.

— Certes, certes. Cela dit, j'aimerais m'initier un peu mieux à l'architecture du cru, histoire de ne pas commettre trop de bévues au cours de la restauration de l'auberge.

— Je peux vous donner une carte de la région.

— Et si vous m'y offriez plutôt une promenade ? Emmenons les enfants avec nous. Nous pourrons pique-niquer tous ensemble.

— Tony...

— Nous pourrons manger le poulet de Peaches, poursuivit-il sans se démonter. Je parie qu'il en reste assez pour nourrir une colonie... Alors ?

Elle prit une profonde inspiration. Depuis Sam, elle ne s'était plus accordé le moindre loisir. L'auberge et son travail à l'hôpital lui prenaient tout son temps. Et pourtant, tout cela lui semblait d'un coup insignifiant. Elle avait subitement envie de redevenir égoïste, de jouer avec ses enfants. De se promener avec cet homme qui semblait tellement plus doué qu'elle pour la vie...

— Pas aujourd'hui, répondit-elle néanmoins, en espérant qu'il ne protesterait pas.

Il ne protesta pas. Il se contenta d'insister.

— Demain, alors ?

— J'ai mon service à l'USI.

— Et il ne vous arrive jamais de vous absenter pour raison de santé ?

— Uniquement si ma santé l'exige.

— Eh bien, justement, votre santé l'exige, répliqua-t-il sur un ton sans appel.

Elle leva les yeux au ciel.

— Vous ne renoncez jamais, hein ?

Il eut une grimace comique.

— Pas en présence d'une femme.

Elle se sentait près d'éclater de rire. Ou de fondre en larmes. Tony était tellement sûr de lui, tellement effrayant. Et elle désirait tant lui dire oui.

— Après-demain, déclara-t-elle résolument avant de franchir de nouveau le seuil du bureau.

— Claire ?

Elle s'arrêta net dans le couloir. Devant la porte du salon de thé, un saule pleureur frémissait doucement sous la brise. Le jardin qui s'étendait à ses pieds respirait l'ordre, la beauté, tout ce pour quoi elle se battait depuis si longtemps.

Alors, pourquoi cela ne lui suffisait-il plus ?

— Ce n'est qu'un pique-nique, murmura-t-il.

Elle sourit. Mais ce sourire n'exprimait pas son contentement : il signifiait plus que cela.

A la fois heureuse et troublée, elle s'éloigna sans mot dire.

Tony comprit bientôt que Claire avait dû rapporter aux enfants que les autres membres du clan Riordan s'inquiétaient tous pour lui, car ils vinrent l'un après l'autre le questionner sur le chantier. Gina se présenta la première, une bière à la main. Tony en conclut qu'elle devait éprouver quelques remords...

— Tu ne m'avais pas demandé de me taire, protesta-t-elle d'une voix presque gémissante.

Tony consulta sa montre et s'aperçut avec effarement qu'il était déjà 15 heures. Voilà longtemps qu'il ne s'était pas investi autant dans un projet, songea-t-il. Et plus longtemps encore qu'il n'avait eu à manipuler lui-même le marteau et le fil à plomb.

Voyant que sa fille baissait piteusement la tête, il lui prit doucement le menton.

— J'ai quarante-trois ans, ma puce, lui rappela-t-il. Tu ne crois pas que j'ai le droit de prendre des vacances en paix ?

Gina rougit.

— Drôles de vacances, répliqua-t-elle à voix basse.

— Allons, tu connais mes camarades, et tu es déjà venue au Mur avec moi. Tu sais bien que je ne suis pas ici uniquement pour diriger un chantier.

Elle le regarda droit dans les yeux.

— Oui, papa, je le sais.

Tony la considéra un instant, étonné une fois de plus par sa vivacité d'esprit, sa maturité, et il se mit à soupirer.

— Je suis encore incapable de me l'expliquer moi-même, lui avoua-t-il, mais je peux te promettre une chose : cela n'affecte en rien l'amour que j'ai pour toi.

— C'est vrai ? demanda-t-elle d'une toute petite voix qui le bouleversa jusqu'au plus profond de lui-même.

Il l'embrassa sur le front et la serra contre lui.

— Je te le jure, Gina.

Jess se montra nettement plus enthousiaste lorsqu'elle surgit à son tour sur le chantier, une demi-heure plus tard.

— C'est génial, affirma-t-elle en lui tendant une tasse de thé. J'adore les pique-niques !

Tony reposa un instant sa masse de démolisseur pour avaler une gorgée.

— Tu connais bien la région ? lui demanda-t-il.

— Comme ma poche ! Z'avez jamais été dans le coin du Chesapeake Bay Bridge ?

— Euh, non.

— Génial ! Z'allez pas en revenir...

L'opposition se présenta au moment où Tony s'apprêtait à ranger ses outils. Il était tard, et toute la chaleur de l'après-midi s'était accumulée à l'étage, si bien qu'il avait retiré son T-shirt et s'en épongeait le front.

— Bon Dieu...

Tony se raidit d'un coup et se retourna prudemment.

Johnny se tenait à l'entrée de la pièce, les yeux écarquillés. Il n'avait apporté aucun rafraîchissement, et sa posture exprimait une agressivité ouverte. Son visage, en revanche, était décomposé et livide.

Tony n'eut pas besoin de lui en demander la raison.

— On ne t'a jamais appris à frapper avant d'entrer chez quelqu'un, fiston ? s'enquit-il sur un ton posé, tout en renfilant son T-shirt.

— Je suis ici chez moi, repartit le garçon d'une voix encore mal assurée. C'est... ça vient du Nam ?

— Ouais.

— Et... ça fait mal ?

— Ouais, répéta laconiquement Tony.

Il cala la bretelle de sa caisse à outils sur son épaule et regarda fixement l'adolescent.

— J'ai toujours des éclats qui se baladent au niveau du foie, reprit-il sans se départir de son calme. Et je peux te prédire qu'il va pleuvoir des hallebardes dans quarante-huit heures... grâce à mes os.

Johnny hocha lentement la tête.

— Mon père avait été blessé là-bas, lui aussi, déclara-t-il à voix basse. Un obus de mortier. Tombé droit sur le mess. On lui avait donné la Purple Heart pour ça, ajouta-t-il avec une certaine fierté.

— Rien que pour avoir servi au Viêt-nam, il méritait une médaille, rétorqua Tony.

— Maman aussi a la Purple Heart, poursuivit Johnny sur un ton plus hésitant. Je... je l'ai trouvée un jour dans une vieille malle du grenier.

— Elle ne t'en avait jamais parlé ?

Le garçon redressa la nuque, avant de détourner aussitôt les yeux.

— Elle, euh... elle ne parle pas beaucoup de tout ça, en fait.

— Et je suppose qu'elle ne regardait jamais *MASH* à la télé ?

Johnny le gratifia d'un pauvre sourire.

— Non, admit-il. Elle disait qu'elle n'en avait pas besoin parce qu'elle était dans le casting original.

Tony hocha la tête. Lui-même, à son retour du Viêt-nam, était constamment terrifié par le simple bruit des hélicoptères de la police. Mais, par bonheur, il avait toujours eu quelqu'un auprès de lui : son père, sa mère ou ses jeunes frères. Y compris aux heures les plus sombres de la nuit.

Surtout en ces heures-là.

Aucun d'entre eux ne lui avait jamais posé de question, mais tous l'avaient écouté. Silencieusement. Religieusement.

Il porta machinalement la main à la médaille miraculeuse de la Sainte Vierge que sa mère lui avait donnée avant son départ pour le Viêt-nam, songeant que Claire n'avait, hélas, sans doute pas eu la même chance que lui.

— Ta mère s'inquiète pour toi, tu sais, dit-il à Johnny.

Le gamin perdit sur-le-champ toute contenance, et son visage se crispa brusquement.

— Elle croit toujours que je suis un bébé ! Tout ce que je veux, c'est voler, et elle ne comprend rien !

— Si, elle le comprend très bien, répliqua Tony. Et c'est justement ce qui lui flanque la trouille. Surtout avec ce qui se passe en ce moment en Afrique.

— Ce n'est quand même pas pareil qu'au Nam, protesta l'adolescent sur un ton buté, en fourrant les mains dans ses poches.

— Si, affirma Tony, c'est pareil. Du moins pour elle.

— Elle est en train de me faire manquer une occasion en or, rétorqua Johnny d'une voix frémissante où vibrait tout le désespoir d'un enfant qui voit ses plus beaux rêves lui échapper.

— Il y en aura d'autres.

— Et elle m'empêchera encore de les saisir.

Tony devait en convenir et, comme il ne voulait pas mentir à Johnny, il estima que le mieux était de le prendre comme allié.

— Alors, il va falloir que tu m'aides, dit-il.

— Vous aider ? Mais à quoi ? Je ne suis pas charpentier ni maçon.

Tony sourit.

— Tu aimes ta mère ?

— Evidemment, répondit Johnny avec un reniflement dédaigneux.

— Désires-tu qu'elle dorme mieux la nuit et qu'elle soit heureuse que tu deviennes pilote ?

— Oui, répondit le garçon, sans la moindre affectation, cette fois.

— Eh bien, c'est justement pour ça que je suis là. Sans elle, précisa-t-il avec un geste vague en direction de son ventre, j'y serais resté, Johnny. Je lui dois beaucoup. Et cette dette, j'aimerais la lui rembourser. Tu veux bien me donner un coup de main pour ça ?

Johnny haussa les épaules.

— Ouais, pourquoi pas ?

Il ne semblait guère convaincu, mais Tony n'en avait cure : il souhaitait seulement son accord.

— Tu es au courant pour le pique-nique ? lui demanda-t-il.

— J'aurais du mal à ne pas l'être : maman n'arrête

pas d'en parler, comme si c'était une promenade à Disneyland.

— Et tu as prévu de nous accompagner ?

Johnny resta coi.

— Je suppose que ta mère a hâte d'être à après-demain, n'est-ce pas ?

— Elle en crève d'envie, reconnut Johnny avec amertume.

— Bon. Dans ce cas, il faut qu'on cause, tous les deux. J'ai deux ou trois petites choses à t'apprendre...

Claire ne tenait plus en place. Elle avait besoin de bouger, de filer à toute vitesse.

Elle enclencha la quatrième et poussa sa voiture à cent vingt dans la montée d'une petite colline qui grimpait tout droit vers le ciel, comme un tremplin de ski.

De part et d'autre de son bolide écarlate défilaient les reliefs doux et bas de la côte de Virginie. Si seulement elle avait vécu à la montagne, elle aurait foncé à toute allure le long de ravins à pic, elle se serait fait peur, et ç'aurait été vraiment excitant.

Le pique-nique était une idée dérisoire, pensa-t-elle. Dérisoire et dangereuse.

Seigneur, comme elle aurait aimé être loin d'ici ! Sur une plage déserte, isolée de tout. Ou à l'hôpital, durant la frénésie du changement de service.

Alors, elle appuya plus encore sur la pédale d'accélérateur, même si elle savait qu'elle n'arriverait jamais à distancer suffisamment Tony ni à laisser derrière elle ses fantômes.

Et c'était cette impuissance qui la terrifiait plus que tout.

9.

— Tu vas avertir sa femme ? demanda Nadine, les larmes aux yeux, alors qu'elles quittaient ensemble la section des affections coronariennes.

— Mieux vaut que ce soit moi plutôt que le Dr McKenzie, répondit Claire avec un soupir las.

Elle s'étira avec une grimace et se frotta les tempes, tout en se demandant si elle allait parvenir au bout de cette journée. Le pique-nique lui semblait encore si loin... Quand elle rouvrit les yeux, elle s'aperçut que Nadine la regardait fixement.

— Qu'y a-t-il ?

Sa collègue secoua imperceptiblement la tête.

— Tu es complètement blindée, maintenant, hein ?

— Bien sûr que non, répliqua-t-elle.

Elle venait simplement de perdre un nouveau patient. Le troisième en une semaine. Et elle se sentait terriblement lasse, voilà tout.

Nadine soupira à son tour.

— Et si on dînait entre filles, ce soir, hein, ma douce ? suggéra-t-elle. Il y a bien longtemps qu'on ne s'est pas raconté nos petites misères... Tiens, ajouta-t-elle avec un sourire complice, j'ai encore une meilleure idée : on va demander à ton super cuistot de nous préparer une orgie de glucides !

Claire saisit la balle au bond avec soulagement.

— Oh, par pitié, Nadine, laisse donc ce pauvre Peaches tranquille ! Ta dernière visite surprise l'a déjà mis dans tous ses états. Il a l'air encore plus effrayé par toi que par la perspective de risquer de retourner un jour à Raiford !

Nadine leva les bras au ciel.

— Cet homme est décidément aveugle ! s'exclama-t-elle. Il a devant lui une bonne chrétienne prête à le guider dans le droit chemin, et il la fuit comme si c'était le diable ! Pourquoi refuse-t-il d'admettre qu'il a besoin de moi ? Doux Jésus...

— Oh, il en est persuadé, repartit Claire sans pouvoir s'empêcher de sourire, mais si tu pouvais t'annoncer au lieu de débarquer à l'auberge sans crier gare, ça lui éviterait de brûler ensuite tous ses gâteaux.

— Bon, rétorqua Nadine en rajustant son uniforme sur son imposante poitrine, dans ce cas, invite-moi à l'anniversaire de ton fils. Comme ça, au moins, il sera prévenu !

Claire en demeura un moment interdite.

— L'anniversaire de...

Elle se sentit alors vaciller et dut se retenir au bureau.

— Holà ! s'écria Nadine. Ça ne va pas, ma grande ?

Dans deux semaines, songeait Claire. L'anniversaire de son propre enfant était dans deux semaines et...

— Oh, Seigneur...

Elle s'affala sur la chaise du bureau, la tête dans les mains, la gorge serrée.

— J'avais oublié. J'avais... j'avais oublié.

Et elle éclata en sanglots.

Elle entendit vaguement Nadine refermer la porte du bureau, puis sentit sa main sur son épaule.

— Tu sais quoi ? murmura sa collègue. C'est moi qui vais appeler Mme Milner. Repose-toi cinq minutes.

Claire n'eut même pas la force de hocher la tête. Elle était totalement effondrée, perdue.

— Oh, Johnny, lâcha-t-elle d'une voix hoquetante, j'avais... j'avais oublié.

Elle rêva de nouveau à Jimmy, cette nuit-là, et se réveilla en pleurant. Mais elle se retint de fuir dans le jardin, par crainte d'y retrouver Tony. Elle avait seulement besoin d'être seule.

Elle se leva et ouvrit la fenêtre de sa chambre, réconfortée par la vision de son jardin au clair de lune, par le parfum des fleurs et les fragrances acidulées qui s'échappaient du sous-bois.

Elle se demandait sincèrement si elle allait être capable de partir en pique-nique avec toute la bande. Trop d'émotions contraires la déchiraient. Trop de peurs. Trop d'espoirs aussi.

Elle eut soudain envie de se soûler dans la cuisine. Ou de filer avec sa voiture. Ou de se jeter avec elle contre un arbre.

Cette dernière pensée ne la surprit même pas. Elle avait déjà été tentée par le suicide. Et plus d'une fois. Elle était tellement fatiguée d'avoir mal. Tellement fatiguée de devoir tenir bon malgré tout.

« Oh, Sam, se dit-elle, comme j'aimerais pouvoir prétendre que je ne t'ai pas compris... »

Dehors, quelqu'un alluma une cigarette dans la nuit. Tony était là, avec sa force tranquille, son sourire paisible et sage, son regard rassurant, enivrant...

Comme elle aurait souhaité dévaler l'escalier pour le rejoindre, pour profiter une nouvelle fois de sa présence, de sa chaleur, de sa compréhension, de ses bras, de ses lèvres !

Mais elle ne pouvait s'y résoudre. Tony était aussi la clé de cette même porte que Sam n'avait su refermer en lui-même. Cette porte qu'au nom de ses enfants, elle avait su, pour sa part, tenir à jamais close au fond de son cœur.

Ou, du moins, l'avait-elle cru jusqu'à maintenant. Jusqu'à ce que Tony s'invitât chez elle et la poussât finalement à oublier l'anniversaire de son propre fils.

Oui, se dit-elle, elle pouvait descendre l'escalier, traverser le jardin, s'approcher de cet homme... et lui ordonner de disparaître de sa vie.

Mais elle n'en fit rien non plus. Elle quitta sa chambre pour aller embrasser ses enfants endormis, les contempla un instant et revint ensuite se poster près de la fenêtre où elle attendit le lever du jour.

Ce ne fut qu'au moment où les premiers oiseaux chantèrent que Tony s'assit sur la pelouse, le dos calé contre l'aile de la camionnette, et parut s'assoupir.

— Vous êtes sûr que vous êtes en état de conduire ? lui demanda-t-elle, quelques heures plus tard, alors qu'elle s'asseyait à côté de lui dans le grand break qu'il avait loué pour la journée.

— Affirmatif, mon lieutenant, répondit-il tout en bouclant sa ceinture. J'ai dormi comme un loir, cette nuit.

— Dans l'herbe humide ?

Il haussa les sourcils et la considéra avec un sourire interrogateur.

— Tiens donc ! On me surveille, maintenant ?

— Je tiens à ce que nous arrivions tous au Chesapeake Bay Bridge en un seul morceau.

— Certes, mais je me permets de vous faire respectueusement remarquer que si vous avez veillé sur mon sommeil, vous n'êtes pas plus en état de prendre le volant que moi.

Claire allait protester quand elle aperçut Jess sur le seuil de la cuisine, en grande conversation avec son frère. Pour l'occasion, sa fille avait abandonné son habituelle tenue de jeune veuve pour revêtir un jean et une brassière d'un vert pomme acidulé presque douloureux pour le regard.

Elle battait des bras avec enthousiasme devant un Johnny plus renfrogné que jamais. A leurs pieds, près de la moustiquaire, reposait le grand panier en osier que Peaches leur avait confié, après le petit déjeuner, avec moult recommandations.

— Elle a l'air vraiment excité, remarqua Tony.

— A son âge, on a de l'énergie à revendre, répliqua Claire avec lassitude.

Tony se tourna vers elle.

— Vous n'avez plus envie de partir en pique-nique ?

— Tout ce dont j'ai envie, c'est de me reposer, répondit-elle en se renfonçant pesamment dans son siège.

— Eh bien, nous n'aurons qu'à nous accorder une petite sieste après le repas, proposa-t-il sur un ton amusé.

Claire se voyait d'ici allongée près de lui sous le soleil, leurs doigts entrelacés, tel un jeune couple en vacances... Elle ferma les yeux et repoussa farouchement cette image.

— Allons, Claire, murmura-t-il, souriez un peu. Regardez ce temps ! Le ciel lui-même nous fait la fête !

— Justement, rétorqua-t-elle d'une voix boudeuse, tout en fermant les yeux, j'aimerais un peu moins de fêtes et un peu plus de calme. De l'ombre, du silence... Du sommeil.

Tony se mit à rire.

— Rassurez-vous : étant donné la forme que Jess semble tenir, nous n'aurons pas besoin qu'on nous berce, ce soir !

Claire comprit l'allusion. Elle saisit aussi l'invite implicite qui, volontairement ou non, sous-tendait son propos. Et elle constata avec étonnement qu'elle en était heureuse. Heureuse et flattée.

— Je l'espère, repartit-elle sur un ton presque rêveur qui l'étonna encore plus et la désespéra en même temps — car c'était là le ton d'une femme sur le point de commettre un péché qui la ravissait d'avance. Elle se força à rouvrir les paupières. Tony souriait toujours.

Puis il tendit la main vers elle et lui caressa la joue.

— Croyez-le ou non, murmura-t-il en la fixant de ses grands yeux verts, mais j'ai toujours aimé dormir dehors, à la belle étoile. J'avais, malheureusement, perdu cette habitude depuis longtemps. Depuis plus de vingt ans, en fait. Et j'ai fini par la retrouver... grâce à certains amis.

Son regard se perdit un instant dans le vague. Claire se mordit la lèvre.

— Et cela a été difficile ? osa-t-elle enfin demander.

Il hésita un moment, puis soupira.

— Très, répondit-il. Mais c'était ça ou continuer, comme vous, à prendre l'alcool pour un somnifère.

Claire allait de nouveau protester quand il se remit à

lui sourire. Elle comprit alors le courage qu'il lui avait fallu pour lui parler ainsi.

Elle détourna la tête.

— Avant d'aller au Mur, Claire, lui avoua-t-il, j'en étais à trois packs de bières par jour. Dix-huit canettes. Et...

Il fut interrompu par Gina qui éclatait de rire, à quelques mètres d'eux.

— Si vous continuez à vous disputer comme ça, lança-t-elle à Jess et Johnny en les rejoignant sur le seuil de la cuisine, qu'est-ce que ça va être quand il va falloir décider qui de nous trois va porter le panier jusqu'à la voiture ! Alors, on met les bouts ou quoi ?

Claire se redressa immédiatement, tétanisée à l'idée que ses enfants eussent pu surprendre cette conversation.

Tony la rassura en lui tapotant l'épaule.

— Je crois qu'on ferait mieux d'aller prendre le panier nous-mêmes, dit-il.

Claire resta immobile, brusquement saisie par le besoin de pleurer. Tony Riordan lui semblait un miracle et une menace à la fois, et elle ne savait plus comment réagir à sa gentillesse, à sa sollicitude, à la confiance même qu'impliquait son aveu.

Elle n'avait toujours pas desserré les lèvres quand les enfants montèrent dans la voiture en portant ensemble le panier.

— Jess, je ne..., commença Johnny d'une voix irritée, tout en s'installant à côté de sa sœur.

— La ferme, John, répliqua-t-elle sèchement.

— Hé ! La ferme toi-même !

— La ferme tout le monde ! s'écrièrent en chœur Claire et Tony avant d'éclater de rire avec les enfants.

L'habitacle de la Sedan embaumait le poulet grillé et

les gâteaux à la cannelle. Claire ferma de nouveau les yeux, émue par ces odeurs familières. Le parfum de la normalité. Au bout de quelques secondes, elle parvint à recouvrer le contrôle d'elle-même, et découvrit avec surprise que, par-delà le tourbillon d'émotions contradictoires qui la déchiraient, brillait encore et toujours au fond de son cœur la lueur ténue de l'espoir. De l'anticipation. Du désir.

— Qui a la carte? lança Tony tout en démarrant.

— Moi! s'exclama Jess avec un regain d'enthousiasme. Maman, c'est toi qui tiens le rôle de copilote?

— Euh, non. Je te cède ma place. Maintenant, écoutez, tous les deux, je...

— Ceinture! s'écrièrent ensemble le frère et la sœur.

Claire sourit et obtempéra.

— Au fait, reprit-elle tandis que Tony descendait l'allée carrossable tout en entonnant un cantique d'une voix de stentor, que vous a dit Peaches, ce matin?

Jess gloussa. Johnny devint écarlate.

— Rien du tout, répondit-il.

— Il a dit, enchaîna sa sœur, que Johnny devait veiller sur toi et...

— Jess...

— ... se comporter en gentleman avec notre invitée, acheva-t-elle en désignant Gina du doigt.

Un nouvel éclat de rire salua les conseils du cuisinier, et tout le monde se mit à chanter, même Tony, bien qu'il fût rarement dans le ton. Claire ébouriffa les cheveux de son fils qui rougissait encore — mais moins que Gina elle-même.

⁂

Le trajet se déroula dans un joyeux chaos. Plusieurs fois, ils durent rebrousser chemin pour retrouver leur route. Tout le monde riait, hurlait, chantait, et l'atlas finit par être abandonné sur la plage arrière.

Tony leur raconta le chantier qu'il avait, un jour, supervisé pour un client qui désirait avoir exactement la même maison qu'Elvis, et Gina leur confia les démêlés de son père avec le chef de la chorale de leur paroisse. Ils étaient si occupés à s'esclaffer en chœur que Claire ne remarqua pas le regard brillant avec lequel Johnny contempla les navires de guerre en cale sèche dans la rade de Norfolk lorsqu'ils traversèrent le Hampton Yards Bridge.

Finalement, ils arrivèrent à destination, et Claire ne put s'empêcher de crier elle-même des vivats en voyant avec extase le paysage s'ouvrir devant elle sur l'horizon marin où, loin, très loin, le tablier du Chesapeake Bay Bridge semblait se perdre à l'infini.

Ce fut un après-midi chaud, doux et paresseux. Ils s'étaient installés dans les dunes, à un demi-mile du rivage scintillant de la baie. De l'autre côté s'étendait la petite ville de Cape Charles qui paraissait tout droit sortie de l'époque de la reine Victoria. Les parfums mêlés du lilas et du chèvrefeuille embaumaient l'atmosphère, poussés par un vent de terre qui peignait le ciel pommelé. Quelques nuées orageuses s'accumulaient en direction du sud, mais Claire n'y prêtait pas attention et préférait suivre des yeux les enfants qui taquinaient les crabes dans les trous d'eau.

— Aaah ! hurla Jess en écartant les bras. Elle m'a touchée ! Je déteste les méduses !

— Elles sont nombreuses, pour la saison, nota Claire à l'adresse de Tony qui était étendu, comme elle, sur l'un des transats qu'ils avaient emportés avec eux dans le coffre du break.

Tony hocha placidement la tête, les yeux clos et les mains croisées sur son ventre.

— Voilà un problème que nous n'avons pas à Atlanta, dit-il.

Claire avala une gorgée de soda.

— Pour ma part, j'aurais du mal à vivre loin de l'eau, lui avoua-t-elle sur un ton pensif.

— Je sais, répliqua-t-il d'une voix ensommeillée. Vous vous baigniez tous les jours, à Chu Lai...

Quelques heures plus tôt, cette remarque l'aurait anéantie. Mais en cet instant, curieusement, elle éveilla en elle une singulière nostalgie.

— J'y surfais, aussi, précisa-t-elle.

Elle marqua une pause.

— Et vous, lui demanda-t-elle avec une certaine hésitation, que faisiez-vous au retour de vos missions ?

— Nous jouions au poker, lui répondit-il avec nonchalance. On a bien essayé le fer à cheval, mais il n'y avait pas de cheval, là-bas. Et retirer ses fers à un buffle d'eau, ce n'est vraiment pas facile.

Elle éclata de rire et laissa le soleil lui chauffer la peau, le vent jouer avec ses cheveux, le bruit des vagues la bercer, les cris excités des enfants l'amuser et la camaraderie de Tony l'apaiser.

— Et vous surfez bien ? lui demanda-t-il.

— Couci-couça... Disons : aussi bien que vous chantez.

Il rouvrit aussitôt les paupières et tourna la tête vers elle.

— Je vous demande pardon ?

— Pour tout vous avouer, poursuivit-elle, le vent m'a soulevée un jour en fin de course, et j'ai sauté la falaise, comme ça : hop ! Je m'en suis tirée avec une belle bosse... et les félicitations admiratives d'une camarade d'origine hawaïenne !

— Et c'est de là que vous est venu votre goût pour la plage ?

Elle s'esclaffa.

— Eh, oui ! Je suis incapable de vivre trop loin de la mer.

— Et, d'après vous, Atlanta est trop loin de la mer ?

Elle se tourna vers lui. Il avait toujours les yeux fermés et semblait parfaitement détendu dans son vieux T-shirt des Rolling Stones. Comme si sa question n'avait pas eu vraiment d'importance.

— Je ne sais pas, répondit-elle.

Elle souhaitait qu'il la regardât, et le craignait en même temps. Elle prit alors conscience de la générosité dont il avait fait preuve en demeurant ainsi auprès d'elle, loin de sa ville et loin des siens.

Elle avait du mal à s'imaginer sa vie, et les liens étroits qu'il entretenait avec sa famille. Elle-même n'avait pas fêté un seul anniversaire avec ses propres parents depuis son retour du Viêt-nam.

Elle détourna les yeux vers la plage. Johnny s'y promenait main dans la main avec Gina. Claire ne savait qu'en penser ; elle espérait, en tout cas, que la ravissante fille de Tony distrairait son fils de ses autres projets. Même si cela signifiait un surcroît de soucis pour elle.

— Et vous, s'entendit-elle alors demander à Tony sur un ton détaché, comme s'ils se livraient tous deux à un jeu sans conséquence, seriez-vous prêt à vous éloigner d'Atlanta ?

Tony croisa les mains sous sa nuque sans rouvrir les yeux. Les muscles de ses avant-bras se tendirent, bronzés et luisants de sueur.

— Je l'ignore, répondit-il. Ça dépend... Ça vous dirait de passer le 4 juillet à Atlanta ?

Claire sentit les battements de son cœur s'accélérer.

— Je ne sais pas, murmura-t-elle.

Il avait gardé lui-même un ton désinvolte pour lui poser cette question, et ne semblait pas y attacher plus d'importance qu'à la première.

Sur la plage, Jess avait entrepris d'asperger ses aînés en sautant dans les flaques. Gina poussa un cri d'effroi, auquel se joignirent les protestations outragées de Johnny — qui en profita pour passer un bras autour de la taille de Gina.

Tony entrouvrit les paupières.

— Il va vraiment falloir que je corrige votre fils, grommela-t-il.

Claire hocha la tête en souriant, tandis que Jess poussait le couple à l'eau.

— Je m'occuperai de votre fille après, répliqua-t-elle en voyant Gina s'accrocher au cou de Johnny avec des piaillements aigues. Ses intentions sont-elles honorables, au moins ?

— Autant que celles de votre fils, j'imagine.

— Alors je crois que nous avons un problème.

— Il me semble que c'est exactement ce que je viens de vous dire.

Ils observèrent un instant les deux adolescents qui s'aspergeaient mutuellement avec de grands éclats de rire. Puis Claire s'aperçut que Jess s'était finalement retirée à l'écart de leurs ébats, et décida que l'heure était venue d'aller à son tour piquer une tête.

Tony, manifestement, avait eu la même idée : quand elle reporta son attention sur lui, il était déjà debout et s'étirait.

— Bien, fit-il, j'ai l'impression que ces deux-là ont besoin d'un arbitre. Vous m'accompagnez ?

— Et comment ! acquiesça-t-elle en se redressant à son tour. Il faut bien que j'aille protéger la vertu de mon fils, non ?

Il lui adressa une grimace comique et entreprit de s'assouplir les genoux avec des mouvements précautionneux. Claire comprit alors que sa nonchalance n'était pas seulement chez lui le reflet de son caractère.

— Ça va ? lui demanda-t-elle, ne sachant trop comment lui témoigner sa sympathie.

— Ouais, répondit-il tout en se massant le bas du dos, mais il va tomber des cordes dans pas longtemps...

Il s'interrompit soudain et lui tendit fiévreusement la main.

— Dépêchons-nous ! Je viens d'apercevoir Gina qui plongeait sous l'eau à la suite de votre fils !

Claire s'esclaffa.

— Vous n'ôtez pas votre T-shirt avant ?

Il redevint sérieux et se tourna vers elle.

— Excusez-moi, Tony...

— Non, ce n'est pas grave. Simplement, je n'ai pas envie de choquer Jess.

— Oui, je viens de le comprendre... Merci.

Il lui pressa la main et se remit à lui sourire tout en l'entraînant sur la plage.

— Vous savez, Claire, j'ai été tellement habitué à être torse nu durant ma convalescence qu'un soir, j'ai débarqué ainsi dans la chambre de ma sœur Victoria, et elle a failli avoir une attaque. Après ce coup-là, j'ai appris à être plus prudent. Surtout que ma mère s'est ensuite crue obligée d'assister à la messe un mois durant !

Claire ne put s'empêcher d'éclater de rire une nouvelle fois. Seigneur, pensa-t-elle, comment pouvait-elle rire alors qu'il était justement en train de lui dire tout ce que ses blessures de guerre lui avaient coûté ?

Non seulement il avait perdu son innocence au Viêtnam, mais également sa jeunesse dans les hôpitaux militaires. Et voilà qu'il avait la suprême délicatesse de lui permettre de ne pas trop en souffrir pour lui...

— Hé, Jess ! s'écria-t-il en pataugeant dans la direction de Gina et Johnny qui émergeaient en soufflant comme des phoques. Viens, nous allons apprendre à ces deux-là à respirer sous l'eau !

Claire le suivit. La mer tiède léchait ses hanches, et elle s'aperçut alors combien son contact était délicieux, purifiant, combien elle jouissait du soleil sur son dos. Combien les rires de Johnny la ravissaient.

Elle prit une profonde inspiration, poussa un vibrant cri de joie et courut asperger son fils.

— Vous aviez raison, reconnut plus tard Johnny tandis qu'ils revenaient vers la voiture sous un ciel soudain plombé d'une frange de nuages lourds et noirs comme de la poix.

— A quel propos ? demanda Tony.

— Il va pleuvoir.

Tony hocha la tête.

— Ça fera du bien aux cultures.

Claire nota que son fils marchait à côté de leur hôte. Ce dernier se comportait avec lui en grand frère plutôt qu'en adulte, et Johnny y était sans doute aussi sensible qu'au fait que Tony fût le père de Gina.

Claire en était heureuse. Heureuse que la journée eût été si merveilleuse. Heureuse de se sentir ivre de grand air. Heureuse de ce moment de détente familiale.

Sur le chemin du retour, Claire finit par s'assoupir avec sa fille dans les bras, bercée par le ronronnement du moteur, le chuintement des pneus sur l'asphalte et la rumeur des propos qu'échangeaient Tony, Johnny et Gina d'une voix paisible et détendue.

Peut-être pourrait-elle sans trop de risques autoriser Tony à partager une plus grande part de son passé, songea-t-elle avant de sombrer dans le sommeil. Profiter encore un peu de ses yeux, de son sourire. Tomber un petit peu amoureuse de lui. Juste un petit peu...

Elle ne s'éveilla que lorsque Tony lui ôta des bras une Jess profondément endormie. Elle s'étira alors en bâillant et prit la main de son fils qui l'aida à descendre de voiture. La forêt bruissait de toutes ses feuilles alentour, et le vent, qui soufflait sur l'auberge, charriait une fine bruine. Claire offrit son visage à la pluie.

— Maman ?

— Une minute, John.

Elle se dirigea vers le saule et contempla la route en contrebas. Derrière elle, des portes claquèrent dans la maison, des exclamations étouffées retentirent dans la cuisine, et quelqu'un alluma la télévision. Au loin, la foudre éclairait par intermittences le ventre des nuages.

Dès que Tony s'approcha d'elle, Claire le sentit et se mit à lui sourire avant même qu'il lui eût adressé la parole.

— Ça va ?

Elle se retourna lentement vers lui.

— J'ai passé une journée merveilleuse, Tony.

— Tant mieux, dit-il en souriant.

La brise agitait ses cheveux, et les éclairs rendaient son regard presque phosphorescent. Claire ne pouvait en détacher les yeux. Elle repensa alors aux cicatrices qui le gênaient encore, au cauchemar qu'il avait dû lui-même traverser pour être capable de lui offrir ainsi sa présence, son attention pleine et entière.

Oui, pensa-t-elle, c'était un homme fort, un homme persévérant et juste. Un homme qui lui apprenait que le courage était une vertu paisible.

Elle leva une main et lui caressa la joue.

— Merci, dit-elle.

Puis elle se haussa sur la pointe des pieds et l'embrassa. Il la prit aussitôt dans ses bras et l'enveloppa si étroitement dans sa chaleur que leurs battements de cœur se confondirent.

Il avait la saveur de l'eau fraîche et des crépuscules de printemps, l'odeur du grand large. Et Claire comprit que, ce soir-là, elle serait sienne.

— Tu trembles ? lui demanda-t-il.

— J'ai peur, avoua-t-elle.

— N'aie pas peur de moi, Claire, lui murmura-t-il tout en resserrant son étreinte. N'aie jamais peur de moi.

— C'est de moi que j'ai peur. Et c'est ta faute.

— Ma faute ? répéta-t-il sans cesser de lui caresser les cheveux. Pourquoi est-ce ma faute ?

Elle se recula un peu et, partagée entre l'angoisse et le désir, elle le regarda franchement pour lui répondre :

— Parce que, maintenant, moi aussi j'ai envie de faire l'amour avec toi.

10.

Ils s'aimèrent au plus profond de la nuit.

Alors que tout le monde était endormi, Tony se glissa dans sa chambre remplie d'ombres dont les rideaux étaient gonflés par une brise humide, et guida Claire hors de la maison.

Il savait qu'il commettait une erreur, que cela ne lui apporterait pas la sérénité dont elle avait tant besoin. Mais c'était plus fort que lui.

Bien que sa main tremblât dans la sienne, elle ne marqua aucune hésitation et le suivit en chemise de nuit à travers la pelouse perlée de pluie, ses cheveux brillant d'un éclat ambré dans les ténèbres. Elle s'allongea à côté de lui sur le mince matelas de sa chambrette, comme s'il s'était agi d'une luxueuse suite nuptiale, illuminant la pièce encore inachevée d'une grâce, d'une dignité et d'une beauté dont Tony n'aurait jamais osé rêver.

— Et nous qui nous inquiétons des frasques des gamins..., chuchota-t-il en souriant, le cœur battant la chamade.

La bougie qu'il avait déposée dans un bol, sur l'appui de la fenêtre, auréolait la peau de sa compagne d'un voile pâle, soulignait le contour de sa silhouette et de sa poitrine sous sa chemise de nuit. Tony ne pouvait détacher les yeux des siens.

— Je n'ai jamais...

Elle n'acheva pas sa phrase, et haussa les épaules avec une maladresse touchante et juvénile.

— Fait une chose pareille ? Je sais, Claire. Moi non plus.

Il prit ses mains et l'embrassa au creux des paumes sans cesser de la regarder.

— Il n'est jamais trop tard pour s'y mettre, dit-il.

Il vit ses yeux s'agrandir, entendit sa respiration s'accélérer. Elle sentait la pluie fraîche, le savon, l'ombre douce... Seigneur, qu'il la désirait ! Des nuits durant, il avait secrètement nourri l'espoir de l'accueillir ainsi dans sa chambre, offerte et presque nue. Et maintenant, elle était là, devant lui, consentante, prête à s'ouvrir à lui.

— Je suis un peu... rouillée, murmura-t-elle.

Elle laissa échapper un gloussement nerveux.

— Mon Dieu, on dirait que je réapprends à faire du vélo !

— Le principe est le même, lui assura-t-il tout en caressant doucement ses bras. Il paraît que, généralement, tout vous revient d'un coup.

— Ah ?

Sa voix le charmait comme le murmure ténu d'une source. Son corps l'hypnotisait. Sa splendeur lui coupait le souffle.

— Oui, reprit-il.

Et il ne trouva rien à ajouter. Alors, il se pencha vers elle et l'embrassa.

Elle répondit à son baiser avec une spontanéité fervente qui lui fit tout oublier : la pluie qui tambourinait doucement contre la vitre, la chandelle qui se consumait sur l'appui de la fenêtre, l'étroitesse de leur couche. Il ne distinguait plus qu'elle, ne sentait plus qu'elle, ne percevait plus que ses soupirs tandis qu'avec des doigts tremblants, il s'octroyait l'ineffable privilège de découvrir ce que cachait encore le tissu pastel de sa chemise de nuit.

Ses mains trouvèrent naturellement ses courbes, son corps épousa ses creux. Elle s'arc-bouta sous lui, lui offrant sa peau, ses rondeurs, ses désirs, la tête renversée en arrière, ses cheveux déployés en une corolle flamboyante sur la blancheur de l'oreiller.

Elle gémit bientôt sous ses caresses.

— Tu es si belle, Claire...

Elle ne répondit rien et entreprit de lui ôter sa chemise. Tony retint sa respiration.

— Mon Dieu, soupira-t-elle.

Il eut soudain envie de fuir, de pleurer. De se cacher loin, très loin d'elle. Comment avait-il pu imaginer un seul instant...

— Tu as un corps magnifique, chuchota-t-elle d'une voix tendre, tout en promenant la main sur ses pectoraux et son ventre couturé.

Il poussa un profond soupir de soulagement.

— Le tien est carrément fantastique, répliqua-t-il dans un murmure.

Elle éclata de rire avant de plaquer une main sur sa bouche. Tony songea que jamais il n'avait éprouvé une telle sensation de plénitude.

Claire achevait de le rendre à lui-même.

C'était là le plus cadeau qu'on lui eût jamais fait, et il s'empressa de l'en remercier avec sa bouche, avec ses mains, avec une débauche de caresses et de paroles enfiévrées.

Puis leurs corps s'unirent sous le clair de lune qui

filtrait de la fenêtre. La pluie avait cessé. Des nuages couraient follement d'un bout à l'autre de l'horizon. La chandelle scintillait toujours dans son bol ; sa flamme ondoyante dispensait dans la pièce une lueur douce, fidèle. Tony sut alors qu'il était enfin revenu chez lui.

C'était une erreur. C'était une énorme erreur. Claire le savait. La réalité l'attendait hors de cette chambre. La réalité et la souffrance. Le remords.

Mais, pour l'instant, alors qu'elle jouissait encore du corps vigoureux de Tony, de sa peau douce, de ses muscles déliés, cela ne lui importait plus. Il lui avait offert une journée parfaite, du début à la fin. Une journée remplie de joie, d'excitation, de désir, de délices. Il l'avait arrachée à son passé, au moins pour quelques heures, et lui avait permis de goûter sans réserve au seul présent.

Elle lui en serait à jamais reconnaissante.

Etendue là, à son côté, au milieu de l'obscurité lavée par la pluie, elle se sentait apaisée. Mieux : purifiée.

Elle se sentait amoureuse.

— Maintenant, c'est ton fils qui devra me corriger, dit-il tout en jouant avec ses cheveux.

Elle sourit et ferma les yeux, heureuse et repue.

— Il devra d'abord me passer sur le corps, murmura-t-elle.

— Ça te dirait de repartir en pique-nique, demain ?

Elle s'esclaffa et trouva son propre rire merveilleux. Fragile, aussi.

— A t'entendre, on croirait que tu es en manque d'escapades, toi aussi.

— Je n'ai pas eu beaucoup de loisirs, ces dernières

années, reconnut-il. Après que la mère de Gina m'a quitté, il m'a été nettement plus facile de me concentrer sur mon travail, si tu vois ce que je veux dire.

— Je vois : plaie d'argent n'est pas mortelle.

Il laissa échapper un petit rire dont elle perçut la vibration dans sa poitrine. Elle était si bien, blottie ainsi contre lui, ses jambes mêlées aux siennes, leurs cœurs battant sur un rythme tranquille, identique. C'était là un don du ciel, un cadeau aussi inattendu que l'averse qui avait rafraîchi la soirée.

— Je vais finir par croire qu'il est beaucoup plus agréable de partager ses nuits avec un être humain qu'avec un chat, lui confia-t-elle d'une voix timide.

Tony l'embrassa sur le front.

— Attends seulement que nous disposions d'un vrai lit...

Claire repensa alors au lit à baldaquin qui trônait dans sa chambre et où elle dormait seule depuis si longtemps. Elle se représenta Tony étendu de tout son long sur les draps, ses cheveux brillant sous les premiers rayons du soleil, ses yeux clos sur un sommeil confiant. Puis elle l'imagina allongé ainsi à côté d'elle chaque matin, et cette vision cessa immédiatement de l'enchanter.

Il serait trop proche d'elle.

Il était déjà trop proche d'elle.

L'espoir qu'elle caressait de retrouver l'amour, le bonheur, cet espoir-là avait un prix. Et elle n'était pas sûre d'être capable de le payer.

— Ça a commencé avec Sam, dit-elle brusquement, comme pour le mettre au défi de faire face à ses souvenirs, ses fantômes.

— Ton mari ?

— Oui. Et même avant qu'il meure... qu'il me

quitte... eh bien, la maison Henderson n'était pas très gaie.

— Johnny m'en a touché deux mots.

— Johnny ne sait rien.

Elle le sentit hésiter. Puis se raidir un peu. Et elle sut qu'il avait accepté son défi et que, par sa faute, le moment magique qu'ils venaient de connaître ensemble était terminé. Elle ignorait, en revanche, si elle devait en être désolée ou soulagée.

— Il m'a avoué que son père était plutôt dépressif, vers la fin. Qu'il avait des tendances paranoïaques. Qu'il gardait constamment un fusil chargé dans votre chambre et qu'il entrait parfois dans des colères terribles.

Claire en fut anéantie. Elle se doutait bien que Johnny avait conscience de ce qui se passait alors chez lui. Mais il lui était pénible d'apprendre qu'il avait de son propre chef rapporté à Tony des faits dont elle n'avait jamais eu le courage de lui parler elle-même.

— Ça a dû être affreux pour toi de te rendre compte que tu ne pouvais rien faire pour l'aider, ajouta Tony sur un ton compatissant.

Tous les vieux griefs, les vieilles rancœurs remontèrent alors à la mémoire de Claire. Toutes les occasions manquées, les disputes stériles, les suppliques vaines. Toutes ces nuits de misère au cours desquelles elle n'avait plus d'autre choix que de se soûler.

— Jusqu'à la fin, j'ai pensé que nous arriverions à nous aider l'un l'autre...

Tony la serra plus étroitement contre lui, lui réaffirmant ainsi sa présence, lui prodiguant sa chaleur.

— On a diagnostiqué chez lui une DPT, n'est-ce pas ?

— Oui.

« Un si petit mot pour tant de souffrances... », se dit-elle.

— Visiblement, poursuivit Tony, c'était un cas plutôt grave.

Alors, elle lui confia ce qu'elle n'avait encore confié à personne :

— Il s'est suicidé. Il a lancé sa voiture contre la pile d'un pont.

Tony hocha la tête en silence, sachant lui-même combien cette solution était parfois tentante au creux des nuits les plus noires.

Claire garda un instant le silence, puis reprit :

— Il était tellement mal. Il n'a jamais voulu me dire pourquoi. Il prétendait seulement que si j'avais été avec lui à Khe Sanh, j'aurais compris.

— Khe Sanh était un enfer, c'est vrai, dit Tony. Mais ce n'était pas le seul, tu le sais aussi bien que moi.

— Chu Lai n'en était pas un.

— Pourquoi ? Parce que tu disposais d'un toit ?

— Je... je n'étais qu'une infirmière, Tony. Je ne crapahutais pas comme vous à longueur de temps dans la jungle, à la merci des francs-tireurs !

Tony garda le silence. Dehors résonnaient les échos du tonnerre, et la pluie se remit bientôt à tomber sur la pelouse, avec un crépitement régulier et monotone. Claire se força au calme, s'accrochant à Tony comme à une bouée de sauvetage.

— Quel est ton souvenir le plus marquant du Viêt-nam ? lui demanda-t-il enfin.

Elle s'arrêta un instant de respirer.

— Mon souvenir le plus marquant du Viêt-nam ? répéta-t-elle d'une voix blanche.

— Oui.

Elle frémit malgré elle et ferma les yeux, une main posée sur la cicatrice qui zébrait l'abdomen de Tony.

— Je te l'ai déjà dit : je ne me rappelle pratiquement plus rien. Pourquoi cette question ?

— Tu veux connaître le mien ?

« Non ! » pensa-t-elle avec terreur.

— Oui, répondit-elle malgré elle.

Il la serra encore un peu plus contre lui et se mit à lui caresser le dos.

— Mon détachement est tombé un jour dans une embuscade, lui raconta-t-il sur un ton calme et uni. Nous étions en train de marcher en file indienne dans un chemin forestier et, l'instant d'après, nous étions tous plaqués au sol, au milieu des détonations et des cris. Et puis, tout à coup, une chose bizarre m'est arrivée. C'était comme si le monde entier avait disparu — les coups de feu, les hurlements, tout... Là, juste en face de mon nez, il y avait une fleur sauvage plus belle que toutes celles que j'avais vues dans ma vie. J'étais étendu par terre, mon arme coincée sous le ventre, avec les gars qui criaient autour de moi, et je regardais cette fleur comme un simple d'esprit, cette petite fleur qui sortait de la boue. Et puis, tout m'est revenu : les sons, l'odeur des explosifs, les « rhâââ ! » de Charlie qui arrosait tous les environs avec son M-16. J'ai repris le commandement du détachement, et on a réussi à sortir de là. Mais je n'ai jamais oublié cette fleur.

— C'est ça, ton souvenir le plus marquant du Viêtnam ? demanda-t-elle, incrédule. Ce n'est pas quand tu as été blessé ?

— Non. De l'hôpital et de mon séjour à Tokyo, je n'ai gardé que des images imprécises, brouillées. Celle de la fleur, en revanche, s'est littéralement gravée dans ma mémoire.

Claire ferma les yeux et demeura un long moment silencieuse, le bras passé autour de la taille de Tony, une main dans ses cheveux. Elle s'imaginait la fleur, une fleur pourpre, peut-être, ou blanche, et un jeune homme au regard d'émeraude et aux orbites ombrées par le fard du camouflage qui la contemplait avec fascination. Un jeune homme qui aurait pu être Jimmy au lieu de Tony.

Elle rouvrit les paupières et contempla la cicatrice qui zébrait son ventre. Cette preuve indiscutable qu'il avait survécu à l'horreur.

Jamais elle n'aurait le même courage que lui.

Mais les mots sortirent malgré tout de sa bouche, et elle ne les retint pas.

— J'étais dans le baraquement, en train de m'habiller, dit-elle d'une voix à peine audible. Je devais prendre mon service une demi-heure plus tard, et je n'arrivais pas à enfiler mes bottes parce qu'un de mes lacets s'était collé sous la semelle. Et puis, la sirène s'est mise à sonner — l'appel à tout le personnel soignant. J'ai enfilé mon treillis comme une folle, mais j'entendais déjà les hélicoptères qui arrivaient. Alors, j'ai emporté avec moi le café que j'étais en train de boire et, la main sur le gobelet, j'ai couru vers la piste. Quand je suis arrivée sur le terre-plein, les hélicoptères ne s'étaient pas encore posés. Je me suis dit tant mieux, ça me laissera le temps de finir mon jus. Mais quand j'ai voulu le boire...

Elle s'interrompit un bref instant et expira fortement.

— Quand j'ai voulu le boire, poursuivit-elle, la pluie s'est mise à tomber, et mon gobelet s'est retrouvé plein d'eau — sauf que ce n'était pas de l'eau... C'était le sang d'un des blessés qui se trouvait au-dessus de moi.

La douleur l'envahit, plus brûlante que jamais, balayant tout le réconfort, toute la tranquillité, toute la joie qu'elle avait retirés de cette journée avec Tony et les enfants. Une douleur aussi vive qu'ancienne, une douleur qu'elle pensait avoir étouffée pour toujours.

Et d'autres souvenirs se pressaient maintenant aux portes de sa mémoire : les cris de Jimmy, son refus de l'écouter... Elle se crispa et fit le vide dans son esprit.

— Et tu estimes qu'il n'y a pas là de quoi être bouleversée ? lui demanda Tony.

S'ils s'étaient tenus l'un en face de l'autre à la lumière du jour, elle se serait tue. Mais là, dans l'obscurité, entre ses bras, elle trouva la force de lui répondre :

— Je n'ai jamais tué personne.

— Et, à ton avis, c'est la seule raison qui donne aux vétérans le droit de souffrir : le fait d'avoir été obligé de tuer ?

Elle voulut s'écarter de lui. Il la retint fermement.

— Je n'ai fait que mon travail d'infirmière, répéta-t-elle.

— Pourquoi ?

— Pourquoi quoi ?

— Pourquoi as-tu fait ce travail ? Pourquoi t'es-tu portée volontaire pour le Viêt-nam ?

Claire ouvrit la bouche, mais demeura muette.

Elle se rappelait ce jour à Long Binh où, sanglée dans son uniforme, au milieu du vacarme des engins de transport, du rugissement des réacteurs, de l'odeur de fuel, des bouffées de chaleur tropicale et des odeurs inconnues, étranges, du Viêt-nam, elle attendait que le service des affectations la nommât là où l'on avait besoin d'elle. La majorité des gens de sa génération était resté en Amérique et hurlait son horreur de la guerre durant les marches pacifistes, mais elle, Claire Maguire, s'était engagée sans hésiter avec les soldats de la nation.

— Ils étaient en train de mourir, lâcha-t-elle sans en avoir vraiment conscience, encore pénétrée par la joie qu'elle avait ressentie en apprenant qu'elle était affectée dans un hôpital de campagne. Peu m'importait ce que racontaient les autres : il y avait là-bas trop de garçons qui mouraient, et moi, je pouvais les aider.

Elle sentait la main de Tony contre son dos, son souffle sur sa joue, son calme, sa vigueur. Et pourtant, la souffrance l'étreignit quand même, cette souffrance que personne, jusqu'alors, n'avait pu ou voulu comprendre.

— Je voulais seulement les aider, répéta-t-elle d'une voix hoquetante.

Tony lui caressait toujours le dos, telle une mère cherchant à consoler son petit.

— Sais-tu comment on appelait la dépression post-traumatique durant la guerre de Sécession ? lui demanda-t-il enfin avec une douceur incroyable.

— Non... Tony, je ne...

— Chut. Ecoute plutôt... Au Viêt-nam, donc, c'était la DPT. En Corée, c'était la psychose des batailles. Durant la Seconde Guerre mondiale, c'étaient les séquelles du combat et, durant la première, le choc du feu. Mais, pendant la guerre de Sécession, cela avait un autre nom.

Il marqua une pause et lui souleva la tête pour la regarder dans les yeux.

— Pendant la guerre de Sécession, reprit-il avec une tendresse qui donna à Claire envie de hurler, on appelait cela *le cœur du soldat*.

Elle ne sut que répondre. Elle se sentait incapable d'en entendre plus. D'en donner plus.

— Je tenais à ce que tu le saches, conclut Tony en lui caressant la joue, car je trouve cette expression plus jolie et, surtout, plus juste : le cœur, dans le langage fleuri d'autrefois, c'était aussi le courage.

Claire ferma de nouveau les yeux. Les plaies de son propre cœur s'étaient rouvertes, et elle revoyait encore ces gouttes de sang couler le long de son gobelet imprimé d'un caducée, tacher ses doigts, souiller son poignet. Ce sang dont elle n'avait toujours pas réussi à se laver.

— Je suis là, chuchota Tony en l'étreignant, je suis là, Claire.

Alors, pour la première fois de sa vie, dans ces ténèbres où veillait la flamme obstinée d'une bougie, elle put enfin pleurer dans les bras de quelqu'un.

11.

Ça ne pouvait pas continuer ainsi : il y avait presque quatre jours que Tony et elle s'étaient aimés, et Claire ne savait toujours pas quoi lui dire.

Oh, elle lui parlait tous les jours : au sujet du chantier, des enfants, de Peaches, de Nadine. Elle partageait aussi ses repas, ses projets. Mais il y avait également les silences de Tony. Des silences brefs, déconcertants, qui la gênaient terriblement. Si bien que, le soir venu, au lieu de passer, comme naguère, la soirée avec lui dans sa cuisine, elle préférait désormais se réfugier dans sa grande chambre aux murs blancs.

Elle se sentait terriblement fragile, à deux doigts de la chute, du désastre. Elle avait perdu son équilibre de jadis, aussi précaire fût-il, et c'était la faute de Tony.

Elle lui avait tout dit au sujet de Sam. Personne ne l'avait su avant lui. Personne ne l'aurait compris.

Mais lui, il comprenait.

Dans sa chambrette de l'auberge, sur ce matelas de fortune, entre ces quatre murs presque nus, il lui avait offert le plus beau cadeau du monde : il avait ouvert en elle une porte longtemps close, la porte qui retenait prisonniers les fantômes anciens et les émotions refoulées.

Elle revoyait Jimmy, maintenant : à l'hôpital, à la maison, en rêve. Des voix lui parlaient qu'elle avait refusé d'entendre jusqu'alors ; des détails lui revenaient malgré elle.

Et tout cela parce qu'elle avait accepté de faire l'amour avec Tony. Pire : parce qu'elle le lui avait elle-même demandé.

Elle lui avait permis de trop s'approcher d'elle, de trop s'approcher de la vérité. Et, désormais, soir après soir, elle n'avait plus d'autre solution que de se réfugier dans sa chambre, d'en fermer la porte à clé et de combattre l'envie irrépressible de courir se jeter dans ses bras pour retrouver son sourire, ses yeux d'aigue-marine, ses silences complices. Ses silences qui la ravageaient plus que tout.

Alors, comme naguère, comme toujours, elle s'enfermait en elle-même, dans ses propres ténèbres, et, au matin, elle s'efforçait de reprendre le cours de son existence comme si rien n'avait changé.

— Comment ça, vous me retirez le permis de construire ? demanda-t-elle en se maîtrisant à grand-peine.

A l'autre bout du fil s'éleva la même voix masculine et indifférente qui n'avait cessé de la tourmenter deux années durant, depuis l'ouverture du chantier.

— Votre maître d'ouvrage n'est pas titulaire d'un diplôme national.

— Mais si ! répliqua-t-elle. Je vous en ai apporté une photocopie certifiée conforme, la semaine dernière.

Elle entendit un froissement de papier.

— Je ne la vois nulle part.

— Ah oui ? Et si, pour une fois, vous quittiez votre fauteuil pour aller vérifier ça, hein ?

Il y eut un silence pesant.

Claire retint son souffle. Oh, Seigneur, songea-t-elle, qu'est-ce qui lui prenait ? Pourquoi perdait-elle ainsi patience avec cet imbécile ? Il avait le pouvoir de ruiner son affaire sur un simple coup de tête si ça lui chantait !

Elle courba la nuque, soudain lasse, et contempla un instant la pile de paperasse qui encombrait son bureau.

— Veuillez m'excuser, dit-elle enfin, alors même qu'elle brûlait de rage et de frustration rentrées.

Pour ne rien arranger, Johnny lui avait rappelé, ce matin-là, que la date limite d'inscription aux corps d'entraînement des officiers de réserve approchait, et qu'ils n'en avaient toujours pas reparlé ensemble, ainsi qu'elle le lui avait pourtant promis.

— Madame Henderson, reprit le fonctionnaire, je souhaiterais simplement que vous me facilitiez la tâche en me fournissant tous les formulaires requis. Et c'est aussi pour vous que je dis ça, ajouta-t-il sur un ton paternaliste.

— Ecoutez, cette photocopie est dans votre bureau, répliqua Claire en soupirant. Votre secrétaire m'a assuré qu'elle vous la transmettrait.

— Eh bien, j'en suis navré, mais elle n'est pas là, c'est tout.

Claire ferma convulsivement les yeux et s'efforça de calmer sa respiration. Elle allait reprendre la parole lorsqu'un fracas assourdissant retentit à l'étage.

— Maman ! hurla Jess. Oh, mon Dieu ! Mamaaaan ! Je l'ai tué !

Claire raccrocha aussitôt et se rua hors du bureau. Peaches l'avait déjà précédée dans l'escalier. Elle lui emboîta le pas sous les regards éberlués des clientes du salon de thé.

— Jess ? cria-t-elle en repoussant le rideau de plastique qui fermait l'entrée du chantier. Tony ?

Son cœur battait si fort qu'elle n'entendait pratiquement plus rien.

Elle perçut, néanmoins, un faible gémissement, et reconnut la voix de sa fille.

Elle se rua vers la chambre au fond du couloir et trouva Jess penchée sur Tony, les yeux écarquillés, le visage blême et les mains tachées de sang. Le sang de Tony, apparemment : des filets écarlates lui maculaient la figure.

Jess releva la tête vers sa mère.

— Oh, maman, dit-elle d'une voix blanche, qu'est-ce que j'ai fait ? Il est mort !

Il ne fallut qu'une seconde à Claire pour mesurer exactement la gravité de la situation.

— Redescends, Peaches, ordonna-t-elle au cuisinier d'une voix calme, tout en lui empruntant le torchon qu'il portait constamment sur l'épaule. Je t'appellerai si j'ai besoin de secours. Et rassure la clientèle. Quant à toi, Jess, assieds-toi et respire à fond. Tony n'est pas mort.

— Mais regarde-le !

— Tu en es sûre ? demanda Peaches avec un air soucieux.

Elle sourit.

— Oui, j'en suis sûre. Retourne en bas, Peaches. Et toi, Jess, détends-toi : il va bien.

Elle s'aperçut alors que, dans sa chute, Tony avait déchiré son T-shirt, et elle comprit que sa fille avait dû être autant choquée, sinon plus, par la vue de ses cicatrices tachées de sang que par la blessure à la tête. Une blessure impressionnante, certes, mais dont Claire savait qu'elle était bénigne.

Du reste, à peine s'était-elle penchée pour l'examiner que Tony battit des yeux et se mit à grommeler.

— Tu vois ? lança-t-elle à Jess tout en prenant discrètement le pouls de Tony qu'elle trouva soutenu et régulier. Que s'est-il passé ?

— J'ai trébuché, avoua l'adolescente. Tony avait grimpé sur l'échelle pour me montrer comment était montée la menuiserie d'une fenêtre, et je... Oh, Seigneur ! Tony ? Tony, vous m'entendez ?

S'il ne l'entendait pas, pensa Claire, c'est qu'il était devenu sourd...

— Jess...

— Je t'entends, ma puce, je t'entends, répondit Tony d'une voix encore hésitante.

— Mais vous êtes blessé ! insista la jeune fille, ses yeux mouillés de larmes rivés sur la balafre qui lui barrait le ventre.

— Ce n'est pas toi qui as fait ça, lui assura Claire. Ce n'est qu'une vieille cicatrice. Il s'est seulement cogné un peu la tête. N'est-ce pas, Tony ?

— Absolument, confirma-t-il avant de fermer les yeux et de porter machinalement la main à l'autre cicatrice qui lui zébrait la joue. J'adore me cogner un peu la tête durant le travail. J'aurais dû te prévenir.

— Tu aurais dû plutôt prévenir ma compagnie d'assurances, repartit Claire en souriant. Allons, Jess, va donc chercher la trousse de premiers soins. Et profites-en pour te laver les mains. Mais sans courir, hein ?

Jess sembla hésiter un instant, puis se retourna et quitta la pièce. En courant.

Claire soupira et reporta son attention sur Tony.

— Tu souffres ? lui demanda-t-elle.

— Moins que ta fille, apparemment.

Sur le moment, Claire ne sut pas exactement ce qui lui arrivait, mais le parfum de la cannelle et les bavardages des clientes qui lui parvenaient du rez-de-chaussée s'évanouirent soudain pour faire place à d'autres odeurs et d'autres sons.

Tony reposait devant elle, le ventre taché de sang, et elle sentait l'antiseptique. L'antiseptique et le relent douceâtre de la gangrène.

Elle sentait l'infection, la mort. Et elle entendait le crépitement de la pluie sur un toit de tôle.

— Claire ?

« Mon radio... Soignez mon radio... Il a été salement touché... »

— Claire, qu'y a-t-il ?

Elle ferma les paupières et dut se retenir de hurler. Elle ne s'aperçut même pas que Tony s'était redressé et lui tenait maintenant la main. La douleur la torturait de nouveau, plus forte que jamais.

« Je vous en prie... soignez Smitty. Pour moi, c'est trop tard... »

— Claire, tout va bien, murmura Tony en lui caressant la joue. Je suis là, tout va bien.

— Je... déteste... ça, bredouilla-t-elle d'une voix rauque, le cœur battant la chamade, les doigts poisseux de sueur.

— Je sais, dit-il en lui serrant la main. Je sais...

Ce n'était pas l'hallucination dont elle venait d'être victime qui la faisait le plus souffrir, mais le brusque retour de cette rage, de cette fureur aveugle que soulevait jadis en elle le sentiment de sa propre impuissance.

— Claire ? répéta Tony.

Elle s'obligea à revenir à la réalité présente et rouvrit les yeux.

— Ça va, Tony, ça va.

Il la considéra un moment tandis qu'elle essayait de maîtriser les battements de son cœur.

— Ce n'est pas la première fois, n'est-ce pas ?

Elle sursauta.

— Comment ça ?

— J'ai déjà parlé à plusieurs anciennes du Nam qui avaient repris leur service à l'hôpital, après la guerre. Beaucoup m'ont confié qu'elles subissaient parfois ce genre de flash-backs. Surtout dans les situations d'urgence.

Elle détourna la tête.

— Ça ne m'est jamais arrivé, à l'USI.

— Oui, mais tu es aux affections coronariennes, et ça ne ressemble guère au Nam.

— Exactement.

Elle le regarda de nouveau. Dans l'escalier résonnaient les pas précipités de Jess qui remontait de la cuisine.

— Tu peux te relever ? lui demanda-t-elle.

— Je vais essayer.

Il se redressa péniblement et fit jouer ses articulations.

— La machine est en ordre, il me semble...

Il lui offrit alors sa main pour l'aider à se remettre debout à son tour.

Il souriait. Et, dans ce sourire, Claire lut la compassion, la compréhension. Mais aussi cette mélancolie qu'elle ne connaissait que trop bien, cette sagesse qui était le fruit d'un long combat contre soi-même.

— Merci, Tony, lui dit-elle sans pouvoir s'empêcher de lui rendre son sourire.

— De rien.

— Je suis tellement désolée, s'exclama alors Jess, figée sur le seuil de la pièce, le visage encore blafard, les yeux humides.

Claire alla lui prendre sa trousse des mains et échangea un regard complice avec Tony.

Ce dernier esquissa quelques pas de danse.

— Tu vois ? lança-t-il à la jeune fille. Je suis prêt à danser la bourrée !

— Mais...

Claire soupira de nouveau.

— Jess, murmura-t-elle, ces cicatrices datent du Viêt-nam. Elles ne saignent plus depuis longtemps. Tony s'est seulement taché avec sa blessure au front.

L'adolescente en demeura interdite et devint encore plus pâle.

Tony s'avança alors vers elle et la prit par les épaules.

— Tu comprends maintenant que ta mère est une infirmière du tonnerre, hein ?

Alors, à la grande surprise de Claire, Jess hocha lentement la tête et se mit à sourire.

Claire alla le rejoindre, cette nuit-là. Elle se glissa hors de la maison, dans l'obscurité du jardin, dans le silence de la nuit, et se dirigea vers sa chambre d'une démarche déterminée. Puis elle ouvrit sa porte, s'avança dans la pièce... et demeura immobile, indécise.

Cependant, elle n'eut rien besoin de lui dire. Il lui ouvrit simplement les bras, et elle s'y jeta avec soulagement.

Ils firent l'amour longuement, tenant à distance les

ténèbres et les fantômes qui les hantaient. Pelotonnée ensuite contre lui, Claire faillit plus d'une fois lui poser des questions sur les anciennes infirmières du Viêt-nam qu'il avait connues. Elle aurait voulu savoir ce qu'elles vivaient, si elles avaient réussi à s'en sortir, et comment.

Elle aurait aussi voulu rester avec lui jusqu'au matin. Non parce qu'elle avait peur, mais parce qu'elle était en train de tomber amoureuse de lui.

Mais elle ne fit rien de tout cela, et s'abstint de lui poser les nouvelles questions qui la taraudaient.

Elle garda pour elle ses doutes et ses interrogations, même lorsqu'ils se promenèrent ensemble, après le dîner, aux alentours de l'auberge.

Elle se sentait encore trop fragile, trop vulnérable, et prenait soin de ne pas précipiter les choses. Une confiance inconnue l'animait, néanmoins. Une confiance qu'elle devait à sa présence, au tact qu'il lui témoignait sans faillir.

Grâce à lui, elle avait désormais l'impression d'être plus forte, plus sûre d'elle-même, et s'estimait capable de reprendre le contrôle de sa vie.

Un homme, enfin, lui souriait et l'aimait. Un homme capable de donner un sens à ses bonheurs comme à ses malheurs. Un homme précieux qui devrait ignorer jusqu'au bout qu'elle conduisait de plus en plus vite, dormait de moins en moins bien et buvait de plus en plus.

— Je ne comprends toujours pas ce que tu attends de moi.

Peaches le considéra en fronçant les sourcils.

— Elle a une sale mine.

Tony se frotta le visage d'une main lasse.

— Elle a commencé à me parler, Peaches.

Ce dernier renifla d'un air dédaigneux et se remit à pétrir sa pâte sur la table de la cuisine.

— Elle boit toujours, répliqua-t-il. On voit bien que ce n'est pas toi qui vas vider les poubelles, chaque matin.

— Je le sais, qu'elle boit, bon sang ! Et je sais aussi que, si je n'étais pas là, elle boirait encore plus.

— Je l'ai entendue crier, l'autre nuit.

Tony soupira et détourna les yeux. Dehors, de l'autre côté de la fenêtre de la cuisine, Claire était accroupie dans la position du receveur, prête à intercepter la balle de Jess. Elle souriait et avait l'air détendu, mais Tony n'était pas dupe : la veille au soir, encore, alors qu'ils venaient de s'assoupir côte à côte, elle s'était réveillée en pleurant et en hurlant le nom d'un certain Jimmy.

Quand il l'avait raccompagnée, un peu plus tard, jusqu'au seuil de sa cuisine, il lui avait demandé qui était ce Jimmy. Elle l'avait alors regardé comme s'il était fou, et lui avait répondu qu'elle ne connaissait personne de ce nom-là.

En attendant, elle avait les yeux cernés, elle perdait du poids, et Tony avait déjà eu l'occasion de fouiller dans la poubelle pour constater par lui-même que sa consommation d'alccol avait augmenté de manière alarmante...

Il ne savait plus que faire. Il ignorait quelle parole ou quel geste serait désormais susceptible d'aider Claire, de l'inciter à sourire, à rire de nouveau.

— Bon, reprit-il à l'adresse de Peaches, si tu as une meilleure idée que moi, je suis tout disposé à l'écouter...

Mais le cuisinier se contenta de frapper sa pâte à coups redoublés de ses énormes mains cuivrées.

Tony eut un sourire las.

— Je préférerais, moi aussi, avoir à affronter un adversaire plus concret, moins fuyant, déclara-t-il. Je... j'ai l'impression d'être un aveugle qui marche pieds nus sur du verre pilé.

— Sauf que c'est elle qui se coupe, grogna Peaches.

Tony hocha la tête, plus frustré que jamais.

— Oui : sauf que c'est elle qui se coupe...

— Respire, conseilla Claire à son fils qui se tenait debout au centre de la cuisine.

Johnny rougit.

— J'ai besoin d'une réponse, maman... Maintenant.

Claire ne pouvait détacher les yeux du poste de télévision. La force d'interposition venait d'essuyer son premier échec au au Moyen-Orient : les rebelles avaient capturé un pilote de chasse et le promenaient, les yeux bandés, au milieu d'une foule hostile.

Claire souffrait de ce spectacle ignoble, mais elle était incapable de détourner la tête, de regarder son fils.

— Maman ! cria Johnny. Ecoute-moi !

— Je t'écoute...

— Les inscriptions seront bientôt closes, et c'est ma seule chance de monter un jour dans un jet. Je veux voler.

Claire ferma les yeux et éteignit le poste. Peut-être Tony avait-il raison. Peut-être son cœur de soldat saignerait-il à jamais si elle ne trouvait pas le courage de l'ouvrir à quelqu'un, à une personne en qui elle aurait toute confiance.

Or, cette personne était là, chez elle, à son entière disposition...

— Non, John, il n'en est pas question, répondit-elle en se levant.

— Mais pourquoi ? s'écria-t-il en lui emboîtant le pas.

Elle se figea sur place et ferma les paupières.

— Parce que... parce que je ne le supporterais pas !

Elle rouvrit les yeux et se tourna vers son fils. Il avait un regard si triste, un air si abattu. Son enfant, son bébé...

— Ecoute, John, dit-elle d'une voix plus douce, en le prenant par les épaules, voilà presque dix-huit ans que je m'efforce de vous donner, à Jess et à toi, un foyer sûr, une vie heureuse. Tu ne peux pas me demander de renoncer à tout ça pour un rêve insensé.

— Mais, maman...

— Johnny, l'interrompit-elle, je t'en prie... Il existe d'autres moyens de voler ! On n'est pas obligé de s'engager dans l'armée de l'air. Nous te trouverons la meilleure école de pilotes de ligne, je te le promets...

Ils étaient si absorbés dans leur discussion qu'ils n'entendirent pas la moustiquaire s'ouvrir.

— John, j'ai besoin d'un coup de main, à l'auberge.

Le garçon réagit encore plus vite que sa mère : il fit aussitôt volte-face et pointa vers Tony un doigt accusateur.

— Vous, foutez-nous la paix !

Claire pâlit.

— John, protesta-t-elle d'un voix outragée, comment oses-tu traiter ainsi l'un de nos invités ?

Johnny se retourna vers elle.

— Mais maman, ça ne le regarde pas !

— Si, répliqua-t-elle, ça le regarde. Maintenant, présente-lui tes excuses ou notre entretien s'arrêtera là.

Elle tremblait de tous ses membres. Johnny aussi. Quant à Tony, il s'était adossé au montant de la porte et gardait le silence.

— Tu ne comprends donc pas..., gémit Johnny.

Claire lui serra le bras.

— Je comprends très bien, l'interrompit-elle, mais je ne peux pas te donner mon accord. Pas encore. Pas avec tout ce qui se passe en ce moment, ajouta-t-elle avec un geste en direction du poste de télévision éteint.

Johnny se tint coi un moment.

— Si ça ne te dérange pas, dit calmement Tony, j'aurais vraiment besoin de ton aide, John.

Ce dernier le fusilla du regard et sortit de la pièce sans ajouter un mot.

Claire éprouva alors comme un vertige, et dut se soutenir d'une main au comptoir. Tony se précipita vers elle.

— Claire ! Ça ne va pas ?

Elle prit une profonde inspiration et courba la nuque.

— Non, chuchota-t-elle tandis qu'une féroce migraine se mettait à lui cisailler les tempes, ça ne va pas... Ça ne va pas du tout.

Tony l'attira contre lui. Elle se coula entre ses bras. Une minute passa... Puis deux.

— J'ai vraiment essayé, Tony, j'ai vraiment essayé...

— Chut.

Elle se tut de nouveau, heureuse de cette pause, de ce répit qu'il lui offrait ainsi dans le cours d'une existence qu'elle ne se sentait plus la force de maîtriser.

A la fin, cependant, elle s'écarta un peu et murmura tout bas :

— Tony... crois-tu vraiment que ce serait bon pour

moi de parler à d'autres infirmières revenues du Viêt-nam ?

Il n'eut aucune hésitation.

— Le centre des vétérans de Richmond a mis sur pied des groupes de femmes, répondit-il. J'ai rencontré une de leurs responsables. Elle m'a semblé extrêmement compétente.

Pour le coup, Claire recula d'un bon mètre, les poings sur les hanches.

— Ah oui ?

Elle aurait dû être furieuse, se dit-elle. Furieuse et indignée. Mais la discussion avec Johnny l'avait à moitié brisée. Et Tony lui souriait si tendrement...

— A toi de choisir, Claire, conclut-il.

Elle soupira et laissa retomber ses bras.

— Je n'ai plus tellement le choix...

Il se contenta de hocher la tête. Elle baissa les yeux.

— Voilà trop longtemps que je n'ai pas repensé à mes collègues de Chu Lai, Tony, poursuivit-elle d'une voix sourde. Quelquefois, j'ai l'impression qu'elles n'ont jamais existé.

— Je sais, Claire : c'est plus facile comme ça.

— Oui.

— Moi-même, il m'a fallu plus de quinze ans pour accepter le simple fait que mes camarades aient pu revenir avec moi au pays. Mais, finalement, je m'y suis résigné. Et après, j'en ai été très heureux.

Claire ne dit rien et hocha la tête à son tour.

— A toi de choisir, Claire, répéta-t-il.

Quand Tony fut reparti à l'auberge, Claire se prépara du thé et s'assit à la table du coin repas. Une montagne de paperasse l'attendait toujours dans son bureau, mais trop de questions la hantaient pour qu'elle pût songer à se concentrer sur son travail.

Elle voulait tellement croire Tony, être aussi sûre que lui qu'il existait tout près de là, à Richmond, des femmes qui avaient vécu les mêmes horreurs qu'elle, connu les mêmes doutes, subi la même douleur. Elle voulait tellement croire que toutes ses camarades, ses amies, ses sœurs de Chu Lai étaient rentrées chez elles saines et sauves.

Oui, elle avait terriblement besoin de le croire. Et, en même temps, elle avait terriblement peur de le vérifier.

Quand elle s'était rendue au Mur, elle avait été incapable de s'approcher suffisamment du monument pour déchiffrer les noms gravés dans le granit noir. Et maintenant, voilà que Tony lui proposait pire encore : rencontrer ses fantômes en chair et en os, leur parler...

Si seulement elle trouvait le moyen de satisfaire Johnny sans devenir folle du même coup, pensa-t-elle. Si seulement elle pouvait tenir encore un peu, juste un peu.

Mais, au bout de ces dix-huit années de souffrance et de solitude, elle craignait fort d'avoir épuisé toutes ses ressources.

Plus tard, elle ralluma la télévision et regarda une nouvelle fois des soldats s'activer dans des déserts arides, des bateaux flamber sur des mers lointaines...

Un bruit de moteur et le crissement de pneus sur le gravier de l'allée l'arrachèrent finalement à sa fascination morbide. Puis il y eut un coup de frein brutal, suivi par le claquement d'une portière, et elle se redressa aussitôt avant d'éteindre la télévision : Jess et

Gina revenaient sans doute du haras où elles étaient allées faire du cheval, et Claire ne tenait pas à infliger à sa fille le spectacle de ces atrocités guerrières après la chute de Tony à l'auberge.

Cependant, quand la moustiquaire s'ouvrit, ce ne furent pas Jess et Gina qui apparurent sur le seuil. Ce fut Pete. Et il avait le visage livide.

— Pete ? dit Claire en s'approchant aussitôt du garçon. Que se passe-t-il, mon chéri ? Qu'y a-t-il ?

Il paraissait choqué et avait le regard vitreux. Comme il ne répondait rien, elle lui posa doucement une main sur l'épaule. Il eut un brusque sursaut qui le secoua de la tête aux pieds.

— Pete..., répéta Claire, franchement alarmée.

Il leva finalement les yeux vers elle, et se mit à pleurer.

— Mon père... il est mort.

12.

— Prêt ! En joue ! Feu !

C'était une journée magnifique. Des nuages floconneux voguaient dans l'azur, et une brise légère frisait l'herbe des collines environnantes. L'été régnait dans toute sa splendeur sur la Virginie, et les arbres alentour agitaient leur ramure lourde de sève.

Debout entre ses enfants, Claire contemplait l'enfilade de pierres tombales de l'Arlington National Cemetery. Tranchant sur le blanc des marbres, un cercle silencieux d'uniformes sombres et de robes noires entourait un cercueil recouvert du drapeau national.

— Prêt ! En joue ! Feu !

Les sept fusils de la garde d'honneur crachèrent une nouvelle salve vers le ciel. Claire battit nerveusement des paupières. Une nuée de corbeaux passa en criant au-dessus des soldats qui reposaient leur arme au sol.

— Prêt ! En joue ! Feu !

Claire ferma les yeux tandis qu'une longue et ultime détonation troublait la sérénité des lieux et se perdait dans le lointain avec des échos lugubres.

— Arme à l'épaule !

Les soldats s'exécutèrent, puis opérèrent un quart de tour droite avec un parfait ensemble. Le silence retomba sur l'assistance. Le joueur de clairon porta alors son instrument à ses lèvres.

Claire frémit, se sentant incapable d'en supporter davantage.

La sonnerie aux morts avait marqué son existence comme celle de toutes les autres personnes de sa génération. Elle avait d'abord retenti à l'enterrement de John F. Kennedy, dans ce même cimetière, par une froide matinée de novembre, et ensuite, depuis la guerre du Viêt-nam jusqu'à la guerre du Golfe, elle n'avait cessé de hanter l'Amérique de son gémissement plaintif et cadencé.

Non, elle ne pourrait en supporter davantage.

Elle resta immobile, pourtant, et, quand elle releva la tête, elle put constater que toutes les autres personnes de l'assemblée avaient, comme elle, les yeux humides de larmes.

Sauf Pete.

Le garçon avait un visage de craie, et ses grands-parents le tenaient chacun par une épaule tandis que les membres de la garde d'honneur portaient une main à leur front avec une raideur mécanique. Claire s'accrocha à ses enfants, la gorge nouée par les sanglots.

Sans un mot, Tony se rapprocha d'elle au moment où l'officier commandant la garde repliait de ses mains gantées de blanc le drapeau dont était recouvert le cercueil, puis le tendait à Pete.

Ensuite, l'assistance se dispersa en silence, les équipes des chaînes de télévision venues couvrir l'événement rangèrent leur matériel et la cérémonie s'acheva.

Un beau et grand jeune homme se tenait au côté

de la mère de Pete tandis que celle-ci recevait les condoléances de ses proches. Elle ne semblait même pas avoir remarqué que son fils s'éloignait d'elle. Claire le vit traverser la pelouse d'un pas trébuchant, dans son costume un peu trop grand. Elle savait où il se dirigeait ainsi. Et vers qui.

Et quand Pete pleura enfin la mort de son père, ce fut dans les bras de la mère de Jess et Johnny.

— Et pourquoi tu ne voulais pas qu'on aille au Mur ? demanda Jess, plus tard, alors qu'ils se retrouvaient dans la cuisine illuminée par le flamboiement du soleil couchant. On n'avait qu'un saut à faire : c'était juste à côté ! En plus, on vient d'y installer la nouvelle statue des infirmières.

— Aujourd'hui, nous étions là-bas pour Pete, répondit Claire pour la deuxième fois, pas pour jouer les touristes.

— Mais, maman, protesta Jess, les joues encore rouges de chagrin, c'est important ! Il y a le nom de gens que tu as connus, sur ce monument !

— Nous nous y rendrons un autre jour, Jess, d'accord ?

— Et vous, Tony ? demanda alors Johnny sur un ton de défi, depuis le coin repas où il était assis avec Gina. Connaissez-vous des noms sur le Mur ?

Tony surprit le regard inquiet que lui lançait sa fille et ne put s'empêcher de sourire. « Toujours aussi protectrice », se dit-il. Mais il était vrai, aussi, qu'il ne s'était senti le courage de l'emmener au monument qu'à sa troisième visite. Et que, ce jour-là, il ne s'était pas montré très loquace avec elle...

— Ouais, dit-il simplement, tout en touillant le

sauté de poulet qui mijotait sur le feu, je connais quelques noms sur le mur.

C'était en tremblant qu'il s'était, pour la première fois, approché de la paroi de granit noir. D'autres survivants l'escortaient en silence, des soldats qui avaient jadis été aussi jeunes et confiants que lui, des hommes maintenant marqués par l'âge et dont le regard trahissait la même douleur que la sienne.

Et quand, finalement, il avait effleuré du doigt les noms de ses camarades, quand les larmes l'avaient submergé, il avait été forcé de convenir en lui-même que, oui, Charlie, Smitty et tous les autres avaient bel et bien existé, qu'il avait pu, grâce à eux, revenir sain et sauf de l'enfer. Et que jamais il ne pourrait leur rendre la pareille.

Or, c'était justement ce qui lui avait permis de commencer à guérir. Et aussi ce que Claire refusait encore de reconnaître, même si cela l'obligeait à mentir à sa fille.

— Comment c'était, le Viêt-nam ? demanda soudain Jess.

— Laisse-le tranquille, intervint Johnny : il n'a pas envie d'en parler.

— Peut-être, admit la jeune fille, mais moi, j'ai envie de savoir.

Tony délaissa son poulet et reporta son attention sur l'adolescente. Assise au comptoir, elle triturait entre ses doigts le gobelet de Coca que Claire lui avait offert dans un snack, sur le chemin du retour. Elle fixait sur Tony un regard à la fois curieux et circonspect qui ressemblait terriblement à celui de Gina au même âge.

— Que veux-tu savoir, au juste ? lui demanda-t-il d'une voix posée.

De l'autre côté du comptoir, Claire retirait lentement des assiettes d'un placard, le dos tourné vers eux.

— Tout, répondit Jess. Où vous avez servi, à quoi ressemblait la jungle, comment... comment c'est arrivé, ajouta-t-elle sans oser regarder en direction de son ventre.

— Je servais dans le corps des marines, lui expliqua-t-il. Première division. J'ai été enrôlé en 1968 et j'ai débarqué au Viêt-nam en décembre de la même année. J'ai été affecté à l'un des avant-postes au sud du pays, non loin de Chu Lai où travaillait ta mère. J'ai été blessé en novembre de l'année suivante, au cours d'une mission de reconnaissance.

— En novembre 69 ? s'exclama Johnny. Mais c'était pratiquement à la fin de votre service !

Tony hocha la tête. Il avait eu la même réaction, à l'époque, et avait maudit le sort qui l'avait fait tomber dans cette embuscade à deux semaines à peine de sa libération.

— Comment avez-vous été blessé ? demanda Jess.

Il lui rapporta succinctement les faits, depuis l'instant où l'enfer s'était déchaîné autour d'eux, près de la rizière, jusqu'à celui où il avait été transporté dans cet hôpital de campagne.

La jeune fille buvait littéralement ses paroles. Claire, en revanche, ne s'était toujours pas retournée. Tony se rendit alors compte qu'elle n'avait jamais parlé du Viêt-nam à ses enfants, et que ceux-ci l'avaient certainement toujours considérée comme une mère normale, une mère comme les autres, peut-être un peu plus triste et renfermée que les autres, mais jamais comme une héroïne ayant sauvé des centaines d'hommes sous le pilonnage des mortiers.

Tony aurait voulu qu'elle en parlât elle-même à Jess et Johnny, qu'elle se donnât enfin une chance de partager sa douleur avec les êtres qui lui étaient le plus chers.

Mais elle gardait le silence et continuait à empiler des assiettes.

Beaucoup trop d'assiettes.

— Quand votre mère m'a vu, poursuivit-il, elle m'a donné un bon coup de poing dans la mâchoire.

Jess écarquilla les yeux.

— Elle vous a frappé ?

— Ouais ! Et je peux t'assurer que ça m'a sacrément secoué.

— Mais pourquoi a-t-elle fait ça ?

A l'autre bout de la cuisine, Gina et Johnny avaient le regard braqué sur le comptoir. Claire s'attaquait maintenant aux couverts.

— Elle a fait ça, répondit Tony en reportant toute son attention sur Jess, parce que j'avais laissé tomber. J'étais fatigué, j'avais perdu beaucoup trop d'hommes et je ne pensais pas tenir le coup plus longtemps. Elle m'a convaincu du contraire. Et, comme elle prétend ne pas se souvenir de moi, je dois en conclure que je n'étais ni le premier ni le dernier soldat auquel elle eût servi des arguments aussi... frappants.

— Des centaines, lâcha-t-elle sans se relever. J'en ai boxé des centaines comme toi.

— C'est bien ce que je pensais, répliqua Tony, heureux de l'entendre enfin s'exprimer. Si ma mémoire ne me trompe pas, reprit-il à l'adresse de Jess, elle m'a harcelé deux semaines durant. Mais il faut avouer que je l'avais d'abord harcelée moi-même au sujet de Smitty.

— Smitty ? répéta Jess.

Tony vit Claire se redresser lentement.

— Smitty, continua Tony avec un calme qu'il était loin de ressentir, était le radio de mon détachement. Il a été grièvement blessé au moment où des renforts venaient nous récupérer dans la rizière. Ces renforts qu'il n'avait cessé d'appeler des heures durant, au risque de se faire repérer par les Vietcongs. Il a fini par en mourir, mais ta mère n'a jamais voulu...

Claire se retourna brusquement, le visage crispé, les yeux luisants de larmes.

— Ta mère ne pouvait pas me le confirmer, corrigea Tony tout en lui rendant son regard. Si elle me l'avait appris, j'aurais abandonné complètement la partie.

Le silence retomba sur la pièce.

Un silence épais et lourd comme le remords. Tony aurait voulu consoler Claire, lui dire qu'il avait retrouvé sur le Mur les noms de Smitty, de Baker, de Doc Rodriguez, de Washington, de tous ses camarades morts au cours de l'embuscade et qui reposaient maintenant en paix sur le sol américain. Il aurait voulu lui dire que cette plaie en lui s'était refermée. Et qu'elle pouvait elle-même guérir de ses blessures.

— Tu t'es aussi occupée de Smitty, maman ? s'enquit alors Jess d'un voix hésitante.

— Non... enfin, je... je ne m'en souviens pas, bredouilla Claire sans quitter Tony des yeux.

— Votre mère a eu beaucoup de patients comme Smitty et moi, déclara Tony. Beaucoup plus que vous ne sauriez l'imaginer. Et beaucoup s'en sont sortis grâce à elle.

Claire secoua la tête.

— Non, non, protesta-t-elle. Je... je n'étais qu'une infirmière dans un hôpital de campagne. Et il y en avait des centaines d'autres comme moi, au Viêt-nam. Ce sont les chirurgiens qui sauvaient les soldats, pas nous... Pas moi.

— Ce n'est pas un chirurgien qui m'a tenu la main

durant tous ces après-midis, à Chu Lai, répliqua Tony.

Elle détourna la tête.

— Je n'ai fait que mon travail, murmura-t-elle.

Mais aucune des personnes alors présentes dans la cuisine ne la crut un seul instant.

— Maman... pourquoi Tony a raconté tout ça ? lui demanda Johnny un peu plus tard.

Claire releva les yeux de sa planche à repasser. Elle était seule dans la cuisine avec son fils. Tony était parti se promener avec les filles.

Au moment où ils sortaient, Claire avait compris à l'attitude réservée de Jess, au regard à la fois soucieux et admiratif qu'elle lui avait lancé avant de refermer la moustiquaire, que Tony avait mis en branle un processus irréversible. Et elle ne se sentait toujours pas la force de le suivre jusqu'au bout.

Elle avait eu plus que sa dose de chagrin et de souvenirs pour la journée et, aussitôt après le dîner, elle avait décidé de se plonger dans l'activité qui avait d'ordinaire la vertu de la distraire de sa douleur : s'occuper de sa maison, s'assurer qu'elle était propre, correcte, bien tenue... Et voilà que son propre fils venait lui rappeler ce qu'elle aurait préféré oublier.

— Raconté quoi, John ?

Le garçon haussa les épaules, manifestement embarrassé.

— Eh bien, le Viêt-nam, tout ça.

Elle s'immobilisa soudain, le fer à quelques centimètres du chemisier qu'elle était en train de repasser.

— Parce que Jess le lui a demandé, répondit-elle enfin, tout en reprenant sa tâche.

— Non. Non, ce n'est pas ce que je voulais dire...

Il s'interrompit, cherchant sans doute ses mots.

Claire se garda bien de l'aider : elle devinait ce qu'il avait sur le cœur. Et cela l'angoissait d'avance.

— Tu l'aimes ?

Par bonheur, elle avait déjà reposé le fer sur son socle, sinon elle l'aurait aussitôt lâché.

Elle se mit à plier soigneusement son chemisier.

— Alors ? insista Johnny.

— Alors quoi, mon chéri ?

— Tu l'aimes, oui ou non ?

Elle marqua une nouvelle pause.

— Pourquoi cette question, John ? lui demanda-t-elle en relevant de nouveau la tête.

Le garçon rougit, mais n'en soutint pas moins son regard.

— Parce que, apparemment, tu lui dis beaucoup de choses... Beaucoup plus qu'à nous.

— Peut-être parce que ce sont des choses qu'il comprend mieux que vous, répliqua-t-elle.

La peur l'étreignait. Une peur si noire qu'elle n'osait même pas bouger, esquisser le moindre geste, tendre la main vers son fils pour lui tapoter la joue, le rassurer.

— D'ailleurs, reprit-elle d'une voix dont elle parvint malgré tout à maîtriser le tremblement, je suis sûre que tu racontes plein de choses à Gina, de ton côté, hein ?

Pour le coup, il devint écarlate.

— Ce n'est pas pareil, affirma-t-il.

— Tiens donc !

— Oui : ce dont je parle avec elle est beaucoup moins important que ce dont tu parles avec lui... et pas avec nous.

Elle se força à prendre un autre chemisier dans la pile posée sur la table du coin repas.

Une légère brise traversait la moustiquaire, apportant dans la cuisine les échos des coassements des rainettes.

— Ecoute, maman, poursuivit John, j'ai toujours voulu voler, tu m'en as toujours empêché, et je n'ai jamais su pourquoi. Tu ne crois pas...

Claire l'entendit prendre une profonde inspiration, comme s'il rassemblait tout son courage.

— Tu ne crois pas que tu as un problème à ce sujet-là ?

— Ça ne me dérange pas que tu sois pilote, Johnny.

Elle reposa le chemisier sur la pile et s'appuya des deux mains à la planche à repasser. Comment lui faire comprendre ? se demanda-t-elle. Comment lui expliquer ce qu'aucun garçon de son âge ne pouvait croire, ne voulait croire ?

Elle soupira et le regarda droit dans les yeux

— Non, ça ne me dérange pas que tu voles, Johnny, répéta-t-elle. Mais je ne veux pas que tu ailles faire la guerre.

« Ça y est, pensa-t-elle, je l'ai dit : il est désormais trop tard pour reculer. »

— Et si je ne veux pas que tu ailles faire la guerre, c'est parce que trop de pilotes sont morts dans mes bras. Des pilotes qui étaient aussi enthousiastes que toi. Des pilotes trop jeunes pour finir comme ça.

— Mais je ne veux pas mourir, maman ! Je veux seulement être pilote de chasse.

Elle ferma les yeux, submergée une nouvelle fois par la colère, le dégoût. L'impuissance.

— Johnny, reprit-elle sur un ton frémissant, j'ai passé plus de vingt ans à essayer — tu m'entends ? —, à simplement essayer de survivre à ce que j'avais vécu là-bas, au Viêt-nam. Et si j'ai tenu le coup...

Elle s'interrompit soudain ; elle avait l'impression de manquer d'air.

— Maman ? demanda Johnny avec inquiétude.

— Non, tais-toi, lâcha-t-elle d'une voix haletante : tu ne sais rien... Tu ne sais rien du tout ! Chaque fois... chaque fois que je vois des soldats blessés à la télévision, c'est toi que je vois. Toi et tous les autres garçons de Chu Lai qui riaient, chantaient, aimaient et rêvaient, comme toi, de gloire avant de partir dans la jungle. Et ils l'ont eue, la gloire, ajouta-t-elle avec un rire amer. Oh oui, ils l'ont eue : une belle bannière étoilée sur un cercueil !

Un silence pesant retomba sur la pièce. Johnny se tenait debout face à sa mère, le dos raide, les poings serrés, l'air buté.

— Alors, tu ne me donneras jamais ta permission, hein ?

Claire baissa la tête, ne sachant plus à quel saint se vouer. Elle était seule face à Johnny. Seule face à celui dont elle aurait tant voulu partager les espoirs, les ambitions. Seule face à son enfant qu'elle ne pouvait se permettre de perdre.

— Non, jamais.

Johnny se retourna sans rien ajouter et quitta la pièce.

Au bout d'un long moment, Claire releva les yeux et contempla d'un air hagard sa cuisine, ce lieu d'une blancheur et d'une propreté éclatantes, ce refuge de clarté et de chaleur dans la nuit, cette scène où venait de se jouer le drame de l'incompréhension, et où rôdait maintenant le spectre de la mort.

Elle avait échoué, se dit-elle. Johnny ne changerait jamais d'avis. Il ne reviendrait pas sur sa décision.

Par la faute de Tony, elle avait monté contre elle son propre fils.

⁂

Ce soir-là, Tony attendit longtemps que Claire vînt le rejoindre. A la fin, comme l'aube pointait à l'horizon, il sortit dans le jardin et, levant la tête vers la maison, il vit que la fenêtre de sa chambre était toujours éclairée.

Il alluma une cigarette, s'assit dans l'herbe humide de rosée et réfléchit à ce qui s'était passé quelques heures plus tôt. Visiblement, l'enterrement du père de Pete avait secoué Claire, songea-t-il. Pour autant, et malgré ses réticences à ce sujet, elle ne lui avait pas paru trop bouleversée par le récit qu'il avait fait à ses enfants de leur rencontre au Viêt-nam. Certes, elle s'était gardée de leur en donner sa propre version, mais Jess et Johnny l'avaient regardée d'un œil neuf, après cela. Du reste, alors qu'ils se promenaient avec Gina aux alentours de l'auberge, la fille de Claire avait gardé un silence pensif. Un silence respectueux.

Oui, se dit-il, l'heure de vérité approchait. Il avait fallu plusieurs chocs pour amener enfin Claire à regarder en face son propre passé, mais le résultat était là : elle avait elle-même évoqué la possibilité de renouer le contact avec d'anciennes camarades du Viêt-nam et, grâce à la conversation qui avait suivi les funérailles du père de Pete, elle avait pu prendre conscience que ses enfants étaient sans doute plus mûrs qu'elle ne l'avait cru jusqu'alors, plus aptes à partager sa souffrance. Et qu'elle pouvait compter également sur eux.

Rasséréné, Tony écrasa sa cigarette et retourna dans sa chambre pour s'accorder un peu de repos, pressentant que la journée du lendemain serait décisive.

⁂

Il retrouva Mary Louise Bethany dans un autre snack, sur l'autoroute 60. Décidé à forcer un peu sa chance, il lui avait téléphoné dès son réveil, et celle-ci avait aussitôt répondu présente.

Mary Louise avait de bonnes nouvelles à lui annoncer.

— Je l'ai prévenue que vous lui téléphoneriez sans doute ce matin, lui dit-elle à la fin de leur entretien, tout en lui tendant un bout de papier où étaient inscrits un nom et un numéro de téléphone.

— Je l'appellerai depuis la voiture. Je préfère que Claire ignore encore cette démarche, du moins tant qu'elle ne se sera pas résolue à effectuer elle-même le premier pas.

Mary Louise hocha la tête.

— Le fait qu'elle vous ait elle-même reparlé du groupe est déjà une bonne chose, monsieur Riordan.

Tony hocha la tête à son tour.

— J'espère seulement que cette Peggy Williams sera à la hauteur, ajouta-t-il en soupirant.

Peggy Williams Peterson, infirmière diplômée d'Etat et membre du Women Viêt-nam Veterans' Memorial Committee, avait aussi été la camarade de chambrée de Claire au Ninety-First Evac de Chu Lai, en 1969.

Tony lui téléphona sitôt qu'il fut sorti du snack.

— Vous êtes un ancien patient de Claire, n'est-ce pas? lui demanda Peggy Peterson après qu'il se fut présenté à elle. Vous n'êtes pas le premier à lui devoir une fière chandelle, vous savez... Il lui est souvent arrivé de se choisir un gars comme ça, sans rime ni raison, et de s'accrocher à lui comme un bouledogue à son os. Entre nous, on vous appelait « les mômes de Claire ».

— Je m'en doutais un peu, acquiesça Tony. Même si elle prétend aujourd'hui l'avoir oublié.

Peggy garda le silence un instant.

— Voyez-vous, monsieur Riordan, dit-elle lentement, j'ai dû moi-même oublier beaucoup de choses. Et quand je dis que j'ai dû les oublier, c'est que j'y étais obligée, vous me comprenez ?

— Oui.

Elle marqua une nouvelle pause.

— Si vous désirez en savoir plus, demandez-lui qui était le gamin.

— Le gamin ? répéta Tony, légèrement décontenancé. Quel gamin ?

— Le sien, monsieur Riordan : celui qu'elle a soigné des jours durant et qui a fini, comme tant d'autres, dans un cercueil plombé. Nous en avions toutes un, moi comprise, et je l'entends encore m'appeler la nuit. Claire entend aussi le sien : d'après ce que vous avez rapporté à Mary Louise Bethany, c'est forcé.

Tony demeura silencieux un moment. Son interlocutrice s'abstint de troubler sa réflexion.

— Et si vous veniez vous-même parler à Claire ? lui suggéra-t-il.

— Avec plaisir. Je peux être chez elle demain... pour le dîner, par exemple ?

— Ce serait formidable, madame Peterson. Merci beaucoup.

— Je vous en prie. Sans l'aide de Claire, je n'aurais pas moi-même survécu à cet enfer.

Elle parut hésiter un instant.

— Puis-je vous poser une question, monsieur Riordan ?

— Bien sûr.

— Pourquoi ne lui avez-vous pas simplement écrit ?

Tony ne put s'empêcher de rire.

— Parce que je n'avais jamais vu ses yeux, répondit-il. C'était très important pour moi.

— Et elle a de beaux yeux, n'est-ce pas ?

— Oui, répondit-il en souriant, de très beaux yeux.

Ce fut d'un cœur léger qu'il raccrocha : Peggy Peterson était à la hauteur, se dit-il. Elle saurait aider Claire. Et celle-ci pourrait ensuite compter sur toutes les autres femmes du groupe de Mary Louise pour s'en sortir.

Evidemment, cela signifiait aussi qu'il n'aurait bientôt plus aucune raison de demeurer à l'auberge. Ni d'attendre Claire chaque soir dans sa chambre. Mais il préférait ne pas y songer. « A chaque jour sa peine, pensa-t-il, à chaque jour sa bataille. » Et, ce jour-là, il se réjouissait d'avoir remporté la victoire.

Il s'aperçut de son erreur dès qu'il s'approcha de la maison : Peaches courait vers lui, suivi de Nadine, et tous deux paraissaient au bord de la panique.

— Il est arrivé quelque chose ? leur demanda-t-il tout en descendant de voiture.

— Elle n'est pas avec toi ? dit Peaches d'un air stupéfait.

— Qui donc ? Claire ? Non... Pourquoi ?

— Elle n'est pas venue à l'hôpital, expliqua Nadine. Voilà plus de deux heures que personne ne l'a vue.

— Comment ça, répéta-t-il bêtement, « personne ne l'a vue » ?

— Personne ne l'a vue parce qu'elle n'est plus là, répliqua sèchement Peaches. Claire a disparu.

13.

Comment avait-il pu se montrer aussi idiot, aussi aveugle ? songea Tony. Comment avait-il pu se tromper à ce point ?

Sans un mot, la gorge serrée par une peur atroce, il se dirigea vers la maison.

— Pas par là ! beugla Peaches. Tu en as déjà assez fait comme ça ! Ne va pas effrayer les enfants en plus !

— L'un de ces enfants est le mien, lui rappela-t-il. Va plutôt appeler la police, Peaches.

— Hé ! Une minute ! intervint Nadine en les regardant tour à tour. Ça veut dire quoi : « Il en a déjà assez fait comme ça » ?

Tony l'ignora et pénétra dans la cuisine. Gina était en train de préparer du thé. Elle semblait calme et maîtresse d'elle-même. Tony en fut soulagé mais pas vraiment surpris : sa fille l'avait connu dans ses pires moments, alors qu'il s'efforçait lui-même d'affronter son passé.

— Comment vont Jess et Johnny ? lui demanda-t-il.

— Jess est dans tous ses états, répondit Gina. Quant à Johnny, il n'est pas là : il est parti voir Pete, ce matin, de bonne heure.

Tony l'embrassa. Elle lui serra affectueusement le bras.

Puis il monta dans la chambre de Claire ; il voulait s'assurer de ses propres yeux qu'elle n'était pas couchée — malade, peut-être. Mais la pièce était vide. Une pièce douillette, confortable. Impeccable. Le fauteuil à bascule dans lequel elle avait dû passer la nuit était encore devant la fenêtre. Et le coffre de bois posé au pied du lit à baldaquin était ouvert.

Tony y jeta un coup d'œil, sans savoir, au juste, ce qu'il y cherchait. Ni ce que Claire avait pu y prendre. Peut-être une photo arrachée à cet album dont il distinguait la couverture de cuir bordeaux à travers la mousseline un peu jaunie d'une robe de mariée...

Il allait resdescendre dans la cuisine quand Jess le rattrapa en haut de l'escalier.

— Tony ? Maman n'est pas avec vous ? lui demanda-t-elle d'une voix presque suppliante.

— Non, ma puce, répondit-il. Mais Peaches et moi, nous allons la retrouver ; ne t'inquiète pas.

Il la prit dans ses bras et l'étreignit un instant.

— Et si tu rejoignais Gina en bas ? lui proposa-t-il. Un peu de thé te fera du bien.

Il s'apprêtait à repartir de la maison après avoir confié Jess à Gina, quand la fille de Claire le héla de nouveau.

— Tony ?

— Oui ?

— C'est ma faute, hein ?

Tony soupira.

— Non, Jess, ce n'est pas ta faute. Ce n'est la faute de personne.

Il faillit ajouter : « C'est la faute de la guerre », mais il s'en abstint et courut retrouver Peaches à l'auberge.

Celui-ci raccrochait le téléphone à l'instant même où il pénétrait dans le bureau de Claire. Nadine se tenait debout à côté du cuisinier, le visage sombre et fermé.

— Alors ? demanda-t-il.

— Ils ont enregistré l'appel, répondit Peaches. Qu'est-ce qu'on fait, maintenant ?

— Monsieur Riordan..., commença Nadine sur un ton menaçant.

Mais Tony ferma les yeux et, d'un geste, la pria de se taire. Comment aurait-il réagi à la place de Claire ? se demanda-t-il. Comment réagissait-il encore aujourd'hui, quand ses souvenirs le hantaient un peu trop ?

— La voiture ! s'exclama-t-il soudain.

Oui, c'était sûrement ça ! Elle avait un coupé, comme lui : un petit bolide pour se griser de vitesse, fuir, oublier...

Peaches et Nadine échangèrent un regard perplexe.

— Elle a dû prendre sa voiture pour aller se changer les idées quelque part, leur expliqua-t-il. Mais où ?

Il se mit à arpenter la pièce à la recherche d'un indice, regardant tour à tour les papiers épinglés sur le panneau de liège au-dessus du secrétaire, les dossiers alignés sur les étagères, les livres d'histoire... Ses yeux tombèrent soudain sur une photo du Golden Gate accrochée au mur, et ce pont lui rappela immédiatement un autre pont. Un pont qu'il avait vu avec Claire. Un pont près duquel ils s'étaient baignés avec les enfants.

Il se retourna vers Peaches.

— Elle est partie à la plage, affirma-t-il.

— A la plage ? répéta Peaches. Mais quelle plage ?

— Je ne sais pas. A toi de me l'apprendre.

— Eh bien, dit le cuisinier, vous êtes allés ensemble au Chesapeake Bay Bridge...

— Non, trop loin, l'interrompit Tony. J'y ai pensé, moi aussi, mais je suis sûr qu'elle n'était pas en état de rouler aussi longtemps. Elle était trop perdue ; elle voulait fuir vite, très vite, trouver rapidement un refuge.

— Mais fuir quoi ? s'écria Nadine. De quoi parlez-vous donc ?

Tony reporta son attention sur la collègue de Claire. Mais ce fut Peaches qui répondit :

— Claire a été infirmière au Viêt-nam.

— Au Viêt-nam ? murmura Nadine d'un air incrédule. Mais elle ne m'en a jamais rien dit !

— C'est bien là le problème, repartit Tony tout en prenant une carte de la côte sur une étagère.

Par chance, la carte avait été annotée par Claire. Et tous les itinéraires qu'elle y avait tracés semblaient tourner autour du même endroit.

— Bon, dit Tony à l'adresse de Peaches, reste ici au cas où la police aurait du nouveau. Je vais essayer de la retrouver de mon côté.

— Un instant, Tony...

Peaches se redressa de toute sa taille et contourna le secrétaire pour venir se camper devant lui.

— Si jamais il lui est arrivé quoi que ce soit, chuchota-t-il pour ne pas être entendu de Nadine, je me fiche d'être renvoyé à Raiford... Pigé ?

Tony hocha la tête sans mot dire et quitta le bureau.

Il allait monter dans sa voiture quand Johnny apparut sur le seuil de la cuisine.

— Je viens avec vous.

— Pete est là ? lui demanda Tony.

— Oui. Sa mère, euh... sa mère a un invité.

— Alors, remontez plutôt tous les deux dans la camionnette et dirigez-vous vers l'hôpital. Il se peut que ta mère ait crevé un pneu en chemin.

Tony en doutait fort, mais il préférait être seul avec Claire lorsqu'il la retrouverait... S'il la retrouvait.

Il passa un bras par la portière et serra la main du garçon.

— Te bile pas, John : je suis certain qu'elle n'est pas allée bien loin.

Et elle n'était effectivement pas allée bien loin.

Au bout d'un demi-heure, se fiant aux indications de la carte, Tony parvint en vue d'une petite crique, tout au bout d'un long et étroit chemin de terre.

Au-dessus de la mer s'étendait un ciel de perle. Les vagues frappaient le rivage avec des chuintements humides. Et, devant les vagues, sur un promontoire rocheux, était stationné le coupé de Claire, tache rouge au milieu de nulle part.

Le site était grandiose. Un bel endroit de promenade, propice aux méditations. Mais, dans la lumière encore indécise de cette fin de matinée, il présentait des couleurs pâles et lugubres.

Au loin, un timide rayon de soleil moirait les flots de reflets argentés.

Tony se gara en retrait et coupa le moteur. Puis il descendit de sa voiture et s'approcha de celle de Claire. Elle était là, assise derrière le volant dans son uniforme blanc, la nuque raide, les narines palpitantes, les mains crispées sur un petit sac en plastique qu'elle tenait serré contre son ventre, le yeux fixés sur le mince fil de clarté qui soulignait l'horizon.

Par bonheur, sa portière n'était pas verrouillée. Tony l'ouvrit d'une main tremblante.

— Claire ? C'est moi, Tony.

Elle ne répondit pas. Tony n'osait la toucher.

— Claire ? Tu m'entends ?

⁂

« Ils se confondaient avec la nuit. Ils étaient la nuit, la menace, le danger permanent qui pouvait fondre à tout moment sur l'Américain ayant eu la témérité de violer leur territoire.

Alors, la nuit, elle ne dormait plus, préférant continuer à travailler plutôt que d'être éveillée en sursaut par le tir inopiné des mortiers, les rafales de mitrailleuses, les cris rageurs de l'ennemi invisible.

Autour d'elle régnaient la moiteur étouffante de la jungle, le vacarme inouï de la faune nocturne, tandis que, dans l'une des alcôves du baraquement, elle menait son propre combat contre la mort.

— Lieutenant, à terre !

Tous courbèrent la nuque, les bras repliés au-dessus de la tête, les oreilles vibrant du sifflement de l'obus. L'instant d'après, les vitres explosaient sous l'impact et les lumières vacillaient. Couchée au-dessus de son patient pour le protéger des éclats de verre, elle continuait à éponger ses plaies d'une main fébrile. Elle avait du sang sur ses manches, ses bottes, le col de sa vareuse.

— Du sérum ! hurla-t-elle. Vite, il me faut du sérum ! Humbug, bon sang, où es-tu ?

— Lieutenant, il est en observation ! Mettez-vous à l'abri !

Un deuxième obus s'abattit non loin de là. Les ampoules cliquetèrent dans leur cage d'acier. Les autres infirmières s'étaient déjà réfugiées sous les lits avec leurs malades.

— Pas question qu'il me claque entre les doigts ! répliqua-t-elle d'une voix perçante. Tu m'entends, Jimmy ? Tiens le coup, petit ! Tiens le coup !

— Je... je tiens le coup, madame, répondit le garçon d'une voix blanche, les yeux fous d'angoisse et de terreur.

Non, se dit-elle, celui-là n'allait pas mourir. Il avait peut-être un trou gros comme un cratère de roquette dans le ventre, mais ce n'était rien, rien du tout. Elle en avait connu d'autres comme lui, des soldats qui avaient perdu les deux jambes, les deux bras, et elle les avait sauvés.

— Tout va bien se passer, mon gars... Alors, ce sérum, c'est pour aujourd'hui ou pour demain ? »

— Claire ?

« — Humbug ! Humbug ! J'ai besoin de toi, espèce d'aide soignant de mes fesses ! Rapplique donc en vi...

Elle ne perçut pas le hurlement de l'obus. Elle n'en sentit même pas l'impact. Quelqu'un la poussa brutalement en arrière, et toutes les lumières s'éteignirent. »

— Claire !

— C'est bon, Tony, murmura-t-elle, c'est bon...

Elle continuait de regarder l'océan, sachant que Tony devait lui sourire de ce sourire doux, triste et compatissant qui lui avait déjà causé tant de douleurs, tant de souffrances.

— Tu nous as fait une sacrée peur, tu sais.

— Désolée...

Devant elle, les vagues poursuivaient leur travail de sape inlassable, rongeant la côte, réduisant les roches en poussière.

— Ça va mieux, maintenant ?

Elle laissa échapper un long soupir.

— Va-t'en, Tony.

— Claire...

Elle bondit brusquement de la voiture.

— J'en ai marre ! Tu ne le comprends donc pas ? Marre ! Oh, Seigneur...

Elle porta les mains à ses tempes. Elle aurait voulu pleurer, se soulager de sa peine, oublier Jimmy. Mais elle restait là, debout, haletante, les yeux secs, le cœur écrasé par le remords.

— Pourquoi tu me fais ça ? gémit-elle en abaissant les bras.

Tony ne sut d'abord que lui dire. Puis la réponse monta en lui, simple, naturelle :

— Parce que je t'aime, Claire.

Il voulut poser une main sur son épaule. Elle le repoussa et détourna les yeux.

— Je ne peux pas t'aimer, Tony.

— Pourquoi ?

— Parce que...

Elle s'interrompit, ne parvenant plus à trouver ses mots, tandis que le visage de Jimmy, son regard halluciné et perdu ne cessaient de la hanter, de la torturer.

— Parce que ça fait mal ! hurla-t-elle en serrant rageusement les poings.

Et les larmes la submergèrent, ses genoux se dérobèrent.

Tony la prit aussitôt dans ses bras et la serra contre son cœur.

— Je sais, Claire, je sais...

— Non, tu ne sais pas, affirma-t-elle d'une voix sanglotante, soudain lasse de tout — d'elle-même, de Tony, de la mer, de la vie... Tu ne sais rien de rien.

— Si, je sais, répéta-t-il. J'ai parlé à d'autres infirmières revenues du Viêt-nam. J'ai parlé à Peggy Williams. Elle m'a dit que Chu Lai était un enfer. Et que c'était grâce à toi qu'elle avait survécu.

Peggy... Oh, mon Dieu... La blonde, la ravissante Peggy qui jouait si délicieusement mal de la guitare... Elle l'avait oubliée.

— Laisse-moi seule, Tony, je t'en prie.

Il secoua doucement la tête.

— Non, Claire, plus question. Il faut aller jusqu'au bout, maintenant.

Elle s'écarta de lui et s'adossa à la voiture. Tony fixait sur elle un regard intense, presque agressif. Elle se mit à trembler. Comment en était-elle arrivée là ? Pourquoi cet homme avait-il débarqué dans sa vie ? Pourquoi n'avait-elle pas pu continuer à vivre comme avant, dans sa maison, avec ses enfants ?

— Oh, non, murmura-t-elle. Johnny. Jess. Il faut que je...

Tony la retint par le bras alors qu'elle s'apprêtait à remonter dans sa voiture.

— Johnny et Jess vont bien, répliqua-t-il. Et puis, tu ne vas pas rentrer à la maison dans cet état-là. Pas avant que nous ayons parlé, tous les deux.

— Parlé de quoi ? rétorqua-t-elle en faisant volte-face. Du bon vieux temps ? Tu n'es rien pour moi, Tony. Rien.

Il encaissa le coup sans broncher.

— Peggy m'a appris que je n'étais pas ton premier « môme », Claire.

— Mon premier...

Elle n'eut pas la force d'achever.

— Elle m'a dit que tu adoptais un blessé après l'autre, poursuivit-il implacablement, que tu étais l'infirmière la plus dévouée de l'hôpital.

Claire essaya de se calmer. Sa poitrine la lançait, la tête lui tournait.

— La mémoire de Peggy est, apparemment, aussi

déficiente que la mienne, répliqua-t-elle sur le ton le plus froid et le plus détaché possible.

Mais Tony n'en fut pas dupe.

— Tu ne te souviens vraiment d'aucun de tes protégés ? lui demanda-t-il.

Elle lui tourna le dos.

— Comment s'appelait ce gamin, Claire ?

Elle referma convulsivement les yeux, les joues brûlantes de honte.

Un vent sec agitait ses cheveux. Un vent frais. Un vent d'hiver. A ses pieds, le ressac roulait le sable avec un crissement fiévreux. La corne d'un bateau résonna longuement dans le lointain.

— Comment s'appelait-il, Claire ?

— Tony...

— Comment s'appelait-il ?

Elle rouvrit les yeux et baissa la tête.

— Claire...

— Jimmy... Il s'appelait Jimmy.

Elle se retourna vers lui.

— Tu veux tout savoir, hein ? Tu ne renonceras jamais, hein ?

Tony ne répondit pas.

— Eh bien, écoute, reprit-elle d'une voix précipitée, presque rageuse. Jimmy était un pauvre petit soldat qui a eu la malchance de recevoir une grenade dans le ventre trois jours après son débarquement au Viêt-nam. Tu entends ? Trois jours seulement. Quand on nous l'a amené, il... il...

Sa voix mourut dans un sanglot étouffé. Tony restait à distance, la tête penchée sur le côté, ses vêtements fouettés par la brise.

— Continue, Claire, murmura-t-il. Continue... S'il te plaît.

Elle porta machinalement une main à ses cheveux et baissa de nouveau la tête.

— Il avait la moitié de l'abdomen emporté... J'avais beaucoup d'autres patients à soigner, ce jour-là, comme d'habitude, ajouta-t-elle avec un sourire amer.

Elle s'interrompit et reporta son regard sur les flots.

— C'est la nuit que c'est arrivé. Les obus nous sont tombés dessus alors que je m'occupais de lui. Humbug, mon aide soignant, s'était déjà couché par terre avec les autres et n'arrêtait pas de me crier de me mettre à l'abri. Mais moi, je ne pouvais pas. Je ne pouvais pas laisser Jimmy comme ça. Il avait déjà perdu tellement de sang...

Elle se tut de nouveau, le visage blafard.

— Un obus a fini par atteindre le baraquement, reprit-elle sur un ton monocorde, et Humbug m'a repoussée en arrière. C'est lui qui a tout pris. Il est mort dans mes bras.

— Et Jimmy ?

Elle haussa les épaules, sans détourner ses yeux de la mer.

— Jimmy aussi. Mais plus tard. De toute façon, il n'avait aucune chance de s'en sortir. Humbug le savait. Je le savais également... Mais non, il a fallu que je m'acharne, que je m'acharne...

Elle éclata en sanglots.

— Et Humbug est mort par ma faute !

Tony se rapprocha d'elle et la serra contre sa poitrine.

Elle pleura un long moment, dans le sifflement du vent et les cris des mouettes.

— Quel âge avait Jimmy, Claire ? demanda enfin Tony.

— Dix-huit ans, répondit-elle d'une voix presque inaudible. Dix-huit ans le jour de sa mort.

14.

La voiture de Tony filait sur la route.

Au-dessus de l'océan, le soleil apparaissait, par moments, entre deux nuages avant de disparaître aussitôt, éclairant de lointains bateaux qui scintillaient alors sur les vagues comme des escarboucles sur une nappe d'acier en fusion.

— Prépare-toi, lui conseilla Tony comme ils approchaient de l'auberge. On arrive bientôt.

Elle se sentait brisée. Des pensées confuses, des souvenirs à demi oubliés continuaient à la harceler tandis qu'elle serrait contre elle le petit sac en plastique transparent où, avant de fuir la maison, elle avait fourré toutes ses décorations de guerre pour aller les jeter à la mer.

Un sourire las lui échappait, parfois : Tony avait dû beaucoup espérer de cet aveu, sur la plage... Or, elle n'en éprouvait maintenant aucun soulagement. Ou presque.

La douleur, en elle, était aussi vive qu'avant, sinon plus, et ses remords tout aussi cruels. Elle espérait seulement pouvoir renouer le fil de sa vie quotidienne. Et peut-être, peut-être, supporter de nouveau la présence de Tony.

« Parce que je t'aime », lui avait-il dit.

« Et moi, est-ce que je l'aime ? » se demanda-t-elle. Pouvait-elle l'aimer encore, alors qu'il savait ? Elle ferma les yeux, sonda son cœur déchiré, et estima que, oui, elle pouvait l'aimer.

Peut-être.

Mais elle se dit qu'au fond, cela n'arrangerait rien. Rien du tout.

— Ça y est, nous y sommes, Claire.

Elle rouvrit les yeux... et constata avec surprise que tout le monde l'attendait devant l'auberge : Peaches, Nadine, Johnny, Jess, Pete, Gina — et même Bea, dans son uniforme de serveuse.

— Seigneur, murmura-t-elle. Mais qu'est-ce... ?

— C'est Nadine qui a tout déclenché, lui expliqua Tony. Elle est venue à 8 heures et demie pour demander où tu étais passée.

« Oh, mon Dieu, le travail... » Elle l'avait complètement oublié ! Et maintenant, elle allait devoir justifier son absence. Elle ne pouvait pas se permettre de perdre son emploi à l'hôpital.

Elle se raidit sur son siège, passa une main dans ses cheveux et s'efforça de reprendre le contrôle d'elle-même.

— Tu ne diras rien, n'est-ce pas ? lança-t-elle à Tony d'une voix encore mal assurée.

— Bien sûr que non.

Quand ils s'arrêtèrent enfin devant la maison, Peaches et Nadine s'approchèrent de la voiture. Claire se tourna alors vers Tony et, à sa grande surprise, elle n'eut aucune peine à lui sourire.

— Merci, murmura-t-elle.

Tony lui rendit son sourire et la considéra un instant de son regard calme et bienveillant. Mais, dans ses yeux, Claire lisait également autre chose : une tendresse toute neuve, plus intense que jamais, une sollicitude qui dépassait la simple affection.

— Je t'aime, lui répéta-t-il simplement.

Claire en eut aussitôt la gorge serrée. Mais elle combattit les larmes qui menaçaient une nouvelle fois de la submerger, se sentant désormais le courage de répondre à son attente. Les mots étaient là, au fond de son cœur, au bord de ses lèvres. Les mots qu'elle lui devait et qu'elle s'apprêtait à lui offrir, quelles qu'en fussent les conséquences.

— Maman ! Maman ! s'écria alors Jess en se ruant vers la voiture.

Et l'occasion passa tandis que la réalité reprenait ses droits. Tony ouvrit silencieusement la portière de la voiture et invita Claire à descendre.

— Bon courage, lui chuchota-t-il. Sa voiture est tombée en panne, lança-t-il ensuite à la cantonade, reprenant ainsi la version des faits qu'il avait déjà rapportée à Peaches, depuis son téléphone mobile. Nous l'avons laissée près d'ici. On ira la récupérer plus tard.

Aussitôt, tout le monde entoura Claire. Jess se jeta dans ses bras et Johnny lui entoura les épaules. Quant à Peaches et Nadine, ils la toisèrent de la tête aux pieds avec un bel ensemble, les sourcils froncés et les bras croisés sur la poitrine.

— Je... je suis désolée de vous avoir fait aussi peur, bredouilla Claire, heureuse d'étreindre sa fille. Je crois que c'est, euh...

— Le carburateur, souffla Tony derrière son dos.

— ... le carburateur qui a lâché.

— Le carburateur, répétèrent Nadine et Peaches en chœur.

— Mais ce n'est pas grave du tout, s'empressa-t-elle d'ajouter.

Nadine et Peaches hochèrent la tête.

Fort heureusement, Jess intervint alors dans la discussion :

— Gina nous a préparé du thé, maman. Et Peaches, sa super tarte au citron.

Claire l'embrassa et l'entraîna vers la porte de la cuisine.

— Allons vite goûter ça !

— Maman, demanda alors Johnny en leur emboîtant le pas, qu'est-ce que tu fais avec ces médailles ? Ce sont celles de papa ?

Claire baissa les yeux sur le sac en plastique, se maudissant de ne pas avoir eu la présence d'esprit de le laisser dans la voiture.

— Non, répondit Tony. Ce sont les miennes.

Personne n'eut l'audace de chercher à creuser ce mystère : Nadine et Peaches se tinrent cois, tandis que Johnny baissait les yeux en rougissant.

Ils se réunirent ensuite dans la cuisine et dégustèrent la tarte de Peaches en silence.

Claire grignotait sa part du bout des lèvres, n'osant lever les yeux de peur de croiser les regards des uns et des autres. Tant d'interrogations, de doutes demeuraient encore en suspens dans la vaste pièce au sol carrelé...

A la fin, n'y tenant plus, elle se tourna vers Pete et lui demanda :

— Ta maman va bien, Pete ?

Elle regretta immédiatement sa question, car le garçon se mit à gigoter sur sa chaise avec embarras.

— Oui, madame Henderson. Elle, euh... elle a passé une bonne nuit.

Il parut hésiter un instant.

— Je peux rester ici encore un peu ? reprit-il. Johnny m'a invité pour le déjeuner, mais je...

Claire tendit le bras vers lui et lui ébouriffa les cheveux, espérant ainsi rattraper sa maladresse.

— Tu peux rester ici tout le temps que tu veux, Pete. Je veux que tu te sentes chez toi dans cette maison.

Le garçon rougit et baissa les yeux sur son assiette.

— Merci, madame Henderson.

Le silence retomba dans la cuisine. Puis Jess toussota discrètement.

— Je suppose que cela veut dire qu'on peut lui confier un tour de vaisselle ? s'enquit-elle d'une voix circonspecte.

Tout le monde éclata de rire, et l'atmosphère se détendit aussitôt.

Finalement, Claire parvint à conserver son travail. Elle réussit même à convaincre la directrice du personnel de lui accorder une journée de congé. Celle-ci ne se priva pas de lui adresser quelques reproches bien sentis au téléphone, mais Claire sut contenir sa colère avec une facilité qui l'étonna elle-même. Quand elle eut raccroché, Nadine, qui avait écouté toute la conversation, leva le pouce pour la féliciter et se remit ensuite à échanger des recettes de cuisine avec un Peaches que Claire avait bien du mal à reconnaître : quand la robuste infirmière lui adressait la parole, il ne rougissait plus et n'essayait plus de s'esquiver, mais il l'écoutait, au contraire, d'un air pénétré en hochant vigoureusement la tête.

Tout semblait donc être rentré dans l'ordre : Tony était allé remiser le sac en plastique dans sa chambre avant de retourner manier le marteau et le mètre à ruban dans l'auberge, et Gina avait emmené Jess en ville dans la voiture de son père pour faire des courses en prévision du déjeuner et du dîner.

Seul Pete inquiétait encore un peu Claire.

Pete et Johnny...

Hormis sa question au sujet des médailles, son fils ne lui avait pas parlé depuis son retour. Claire avait même l'impression qu'il l'évitait sciemment. Elle ignorait ce que cachait cette attitude, et elle n'avait pas le courage de le lui demander : elle se sentait encore trop fragile, trop éprouvée par les événements de la matinée.

Elle n'avait pas connu une telle détresse depuis cinq années au moins, et cela la terrifiait.

Tony, lui aussi, la terrifiait. Il lui offrait tant ; il lui était si fidèle. Pour un peu, elle aurait cru qu'il était en mesure de l'aider, de la guérir.

Presque.

Enfin, se dit-elle en se rendant dans le séjour pour se reposer un peu, cela n'avait plus beaucoup d'importance, désormais. Tony repartirait chez lui dès la fin du chantier. Sa maison, sa famille l'attendaient à Atlanta...

Il repartirait et elle se retrouverait avec ses enfants, comme naguère, comme toujours, réconfortée par leur présence, leur amour. Du moins tant qu'ils seraient là.

— Maman ?

Claire se réveilla en sursaut.

Une silhouette sombre se découpait en contre-jour sur la fenêtre du salon illuminée par le soleil couchant.

— Johnny ?

Elle se redressa péniblement sur le canapé et consulta sa montre : elle avait dormi plus de six heures !

— Je peux te parler, maman ?

Claire fut aussitôt en alerte : le ton de son fils ne lui disait rien de bon.

— Qu'y a-t-il, Johnny ? s'enquit-elle tout en rajustant son chemisier. Pete... ?

— Il va bien. Enfin... mieux. Je l'ai ramené chez lui, tout à l'heure.

— Il aurait pu rester dîner.

Johnny ne répondit rien et traversa la pièce pour s'asseoir à côté de sa mère, sur le canapé.

Ce silence alarma Claire plus que tout.

— Je ne voulais pas te le dire, enchaîna Johnny sans la regarder, mais il faut que tu saches.

Elle se raidit, prête au pire.

— Que je sache quoi ? demanda-t-elle malgré l'angoisse qui lui serrait la gorge.

Il prit une profonde inspiration et se tourna vers elle.

— Quel jour était-on, hier, maman ?

Elle fut un moment prise de court.

— Eh bien, nous étions...

Elle avala sa salive.

— Nous étions... enfin c'était le jour des funérailles du père de Pete, et je t'avoue que je n'avais pas trop la tête à regarder le calendrier. Pourquoi cette question ?

— Parce que c'était aussi le jour de mon anniversaire, maman.

Claire dut se cramponner au canapé pour ne pas défaillir.

— Allons, voyons, John, ne sois pas idiot, je...

— C'était le jour de mon anniversaire, répéta-t-il sèchement en lui coupant la parole. J'ai dix-huit ans depuis hier, maman... Mais ce n'est pas grave, ajouta-t-il d'une voix plus douce. Jess voulait t'en avertir. Je lui ai dit de laisser tomber.

— John...

— Non, non, maman, je comprends, je t'assure. Entre l'enterrement du père de Pete, ton travail à l'hôpital, le chantier de l'auberge et... et tout le reste, quoi... Non, je comprends, ne t'inquiète pas

Il marqua une pause. Claire ne savait plus que dire. Une peur panique l'étreignait.

— Maman, reprit Johnny en lui serrant la main, Pete et moi, nous nous sommes enrôlés ce matin.

Elle bondit sur ses pieds.

— Non !

— Maman...

— Non ! Non !

Le monde se désintégrait autour d'elle dans un chaos sanglant. Et la douleur, la vieille douleur, cette bête immonde, dansait à pieds joints sur son cœur.

— Non ! Non ! répéta-t-elle. Je te l'interdis, tu entends, je te l'interdis !

Johnny se redressa à son tour, le visage crispé, les poings serrés.

— Je... veux... voler, répliqua-t-il sur un ton sans appel, en détachant soigneusement les syllabes.

— Mais tu voles déjà ! rétorqua-t-elle en se mettant presque à hurler. Tu voles pratiquement tous les week-ends ! Pourquoi t'être engagé ? A quoi cela va-t-il te servir ?

— A être pilote de chasse, tu le sais très bien. Oui, tu le sais, mais tu ne m'écoutes jamais ! Les recruteurs, eux, m'ont promis que je monterais dans un jet. Grâce aux cours de l'école des officiers de réserve, je vais pouvoir devenir ingénieur en mécanique et acquérir la formation requise. Voilà à quoi ça me servira !

— Mais enfin, John, insista Claire, tu n'as même pas encore ton bac !

— Les recruteurs m'on assuré que cela ne posait aucun problème : ils ont hâte de m'avoir, maman.

Elle laissa alors échapper un rire strident, à la limite de l'hystérie. Un rire horrible, épouvanté.

— Bien sûr qu'ils ont hâte ! Tu ne comprends donc pas qu'ils manquent toujours de chair à canon ? C'est ça que tu veux devenir : de la chair à canon ?

« Non, se dit-elle, pas maintenant. Oh, Seigneur, pitié, pas maintenant... »

— Maman...

— Tais-toi !

— Mais, maman...

Elle se précipita soudain sur lui, les yeux brûlants de larmes, furieuse, enragée, le cœur et l'esprit dévastés par la souffrance.

— Va-t'en ! s'écria-t-elle en l'empoignant par le bras. Sors de cette maison !

Johnny demeura tétanisé sur place, le visage décomposé.

— Va-t'en, je te dis !

Et elle le gifla à toutc volée.

Il recula de quelques pas en portant une main à sa joue, les yeux écarquillés. Puis il se précipita hors du séjour.

La moustiquaire se rabattit avec fracas, le moteur de la camionnette rugit, ses pneus crissèrent sur le gravier de l'allée, et Claire se retrouva seule. Seule au milieu de son salon. Seule au milieu de sa vie.

Elle porta un poing à sa bouche et s'effondra sur le parquet avec un cri inarticulé.

— Claire ?

C'était la voix de Tony. Il était dans le jardin.

— Claire ?

Il était dans la cuisine...

— Claire ?

Et voilà, pensa-t-elle, il était maintenant accroupi près d'elle.

— Claire, que se passe-t-il ?

Elle releva la tête vers lui mais ne le vit pas. Tout était flou autour d'elle : Tony, les murs du salon rougis par le soleil couchant.

Son cœur battait lourdement à ses oreilles, la tête lui tournait. Elle avait l'impression de se noyer dans un lac de sang.

— Je l'ai frappé..., murmura-t-elle. Oh, Seigneur... je n'en peux plus...

— Je suis là, Claire, je suis là.

Il la prit entre ses bras. Elle y sombra avec désespoir.

— Il faut le retrouver, dit-elle. Il faut le retrouver. Il faut...

— Chut. Il va revenir, ne t'inquiète pas.

— Mais, Tony...

— Chut, lui répéta-t-il. Fais confiance à un fils de famille nombreuse : Johnny n'ira pas loin. Il tient à toi, Claire.

— Mais je l'ai frappé !

— Bah, il doit bien se douter qu'il l'a un peu mérité, non ?

Elle ne répondit rien et ferma les yeux. Dieu, qu'elle se sentait bien, blottie ainsi contre cet homme ! C'était affreux à admettre, mais c'était l'exacte vérité : son fils l'avait fuie comme elle avait essayé elle-même de fuir Tony, dans la matinée, et elle était, malgré tout, heureuse que Tony fût là, près d'elle, à son côté.

— J'avais oublié son anniversaire, Tony...

— Ce n'est pas grave.

— Si.

Tony soupira.

— Eh bien, tu le lui souhaiteras ce soir, voilà tout.

Il la guida ensuite jusqu'au canapé et la tint serrée contre lui. Elle fut alors secouée par un horrible tremblement.

— Là, là, murmura Tony en lui caressant le dos. Calme-toi.

Elle s'accrochait à lui, réconfortée par sa présence, sa chaleur, les odeurs de sueur et de sciure qui émanaient de lui. Il lui semblait si fort... Elle se sentait si faible...

— Aide-moi, Tony, aide-moi. Je... je ne peux plus supporter ça toute seule.

Il la prit par le menton et l'obligea à le regarder en face. Ses yeux verts brillaient de tendresse, son regard était plein d'amour, de certitude, de confiance en soi et en l'avenir. Claire en eut comme un choc et comprit qu'après vingt ans et plus de souffrances, tout allait s'arranger.

Oui, tout allait enfin s'arranger.

— Aussi longtemps que je vivrai, Claire, lui assura-t-il, tu n'auras plus jamais à supporter cela toute seule. Je te le promets.

Il la serra de nouveau contre lui.

— Allez, ajouta-t-il au bout d'un moment, mouche-toi, dis bonjour à la dame et viens avec moi attendre le retour du fils prodigue dans la cuisine. D'accord ?

15.

— Tu ne pouvais donc pas attendre encore un jour ou deux ? demanda Tony sur un ton irrité.

Le garçon était assis en face de sa mère, le visage encore marqué par sa gifle, et il considérait Claire d'un regard à la fois méfiant et malheureux.

— Je suis désolée, lui répéta de nouveau Claire en lui caressant la joue, la voix rauque de remords. C'était un geste impardonnable de ma part.

Johnny se raidit, comme si elle lui avait donné une seconde claque. Puis il éclata brusquement en sanglots et se mit à pleurer contre son épaule. Claire répondit à son étreinte de toutes ses forces.

— C'est ma faute, gémit-il. Pete et moi, on est partis avant toi, ce matin, et je... je ne pouvais pas savoir que... que tout ce qui se passait en ce moment te faisait si mal. Oh, maman, pardonne-moi !

— C'est bon, John, ne t'inquiète pas ; c'est fini, maintenant, lui dit-elle.

Elle s'interrompit un moment, le cœur lourd, et consulta Tony du regard. Celui-ci la regarda sans rien dire. Mais son regard était explicite.

Elle prit alors une profonde inspiration et dit à son fils :

— Ecoute, Johnny, passons un marché tous les deux : on ne parle plus de tout ça, tu passes ton bac tranquillement, tu réfléchis encore un peu et, si ta résolution tient toujours, eh bien... eh bien, je te soutiendrai à fond.

Voilà, songea-t-elle, elle l'avait dit...

Johnny releva la tête.

— C'est vrai ? demanda-t-il d'une toute petite voix qui bouleversa sa mère.

Claire sourit, bien qu'elle n'en eût pas vraiment envie.

— Vrai de vrai... Mais chaque chose en son temps, d'accord ?

— Tu sais, je ne peux plus reculer, maintenant. Je suis engagé, maman : j'ai signé.

Elle contempla un instant son garçon, émue de le voir déjà si grand et à la fois si fragile, et s'efforça de refouler ses craintes, ses angoisses.

— Je sais, répondit-elle. Mais si nous nous serrons tous les coudes... j'arriverai à m'en remettre, je crois.

Et elle sourit de nouveau.

— Nous tous ? répéta alors Johnny en jetant un coup d'œil vers Tony.

— Oui, confirma sa mère : nous tous.

Et elle eut alors la joie immense de voir son fils lui sourire à son tour.

Jess attendit le lendemain matin pour parler à sa mère. Et ce ne fut guère plus facile pour Claire.

L'adolescente pénétra dans sa chambre alors qu'elle dormait encore à moitié et lâcha tout à trac :

— C'est ma faute.

— Huhhh ? fit Claire.

Elle se frotta les yeux, s'étira un moment, puis s'assit dans son lit et regarda sa fille.

— Mais de quoi parles-tu, Jess ?

— Je pensais que ça t'aiderait, maman.

Elle baissa le front.

— Je suis désolée... Je suis vraiment désolée.

Claire haussa les sourcils, perplexe.

— J'aimerais bien que tu t'expliques plus clairement : qu'est-ce qui était donc censé m'aider ?

Jess releva la tête.

— Tony, répondit-elle en rougissant. Je croyais qu'avec lui, tu te sentirais mieux. C'est pour ça que je voulais qu'il reste ici. Pour que tu puisses tout lui raconter... tout ce que tu ne nous racontais pas, à nous.

Claire leva les yeux au ciel. Ses dernières illusions s'envolaient, et elle comprit que, malgré tous ses efforts, elle n'avait pas su protéger ses enfants comme elle l'espérait. Loin de là.

Elle reporta son attention sur sa fille et lui ouvrit les bras.

— Viens là, ma douce.

Jess hésita un moment sur le seuil, puis, d'une démarche hésitante, elle rejoignit sa mère et s'assit à côté d'elle sur le lit.

Claire lui caressa les cheveux, étonnée par la lucidité de ce petit bout de femme, de ce lutin rieur vêtu de noir de pied en cap. De cette enfant qui avait su se montrer plus sage qu'elle-même.

Jess se laissait faire.

— En d'autres termes, reprit Claire, toi et Tony conspiriez derrière mon dos, hein ?

Jess rougit de plus belle.

— Non, il ne m'a jamais rien dit. Mais...

Elle s'interrompit et regarda sa mère.

— Moi aussi, je t'entendais pleurer la nuit, maman, avoua-t-elle d'une voix enrouée par le chagrin.

Claire en demeura muette. Elle ne trouvait pas les mots qui auraient pu exprimer sa peine, son remords. Sa fierté, aussi.

Elle avait fait du mal à sa fille, à son bébé. Et voilà que Jess se révélait plus forte qu'elle, plus courageuse, plus décidée.

Elle la prit contre elle et la serra sur son cœur.

— Oh, Jess ! s'exclama-t-elle en mêlant ses larmes aux siennes. Il est heureux qu'aucune mère n'ait à mériter ses enfants. Car je ne te mérite pas.

— Tu restes, lança-t-elle à Tony, beaucoup plus tard dans la journée.

C'était presque un ordre.

Tony hocha la tête.

— Je reste, d'accord. Mais je crains de vous gêner plus qu'autre chose, tu sais.

— Je ne connais pas cette Mary Louise...

— Bethany.

— Bethany, c'est ça.

Ils gardèrent le silence un instant. Claire se sentait plus angoissée et terrorisée que jamais.

— Tout va bien se passer, lui assura Tony.

Elle ne répondit rien.

— Quel était le nom de la DPT durant la guerre de Sécession ? lui demanda-t-il.

Elle sourit malgré elle.

— Le cœur du soldat.

— Bien.

Ils se turent de nouveau.

— Mon cœur à moi n'est plus très solide, murmura-t-elle.

— Raison de plus pour le soigner. Il est temps que tu t'occupes un peu de toi, Claire.

— Je sais, je sais...

Elle frémit. Elle se sentait aussi fébrile qu'une jeune mariée. Tony n'en était guère surpris. Après tout, il n'y avait que vingt-quatre heures que Johnny lui avait signifié son désir de voler de ses propres ailes — dans tous les sens du terme — et qu'elle s'était elle-même aperçue qu'elle avait oublié son dix-huitième anniversaire.

La vraie raison de cet oubli ne lui était pas encore vraiment venue à l'esprit. Mais Tony pressentait que cela ne tarderait plus. Enfin, songea-t-il, elle avait raison : chaque chose en son temps. Hier, elle fuyait son passé. Aujourd'hui, elle acceptait de l'affronter, et de se rendre compte qu'elle n'avait pas été la seule à être hantée par les souvenirs du Viêt-nam.

En attendant, il était déjà satisfait de constater qu'elle avait repris un peu de couleurs. Elle était si pâle lorsqu'il l'avait découverte, la veille au soir, effondrée sur le plancher du séjour...

Certes, elle ne s'était pas encore totalement remise de sa dispute avec Johnny, mais elle avait décidé de guérir, et c'était l'essentiel. D'ailleurs, Mary Louise et Andy trouvaient qu'elle était sur la bonne voie. Et Tony espérait bien l'aider à franchir avec succès la prochaine étape.

Même si cette étape lui semblait à lui-même quasi infranchissable.

— Les voilà ! s'écria soudain Jess qui se trouvait dans la cuisine.

Claire détacha son regard de la fenêtre du séjour.

— Va donc rejoindre Peaches et Nadine à l'auberge ! cria-t-elle à sa fille.

— Oh, là, là, grommela Jess. Vous autres, les parents, vous êtes franchement pas marrants...

— Laisse tomber, lui dit Gina — qui avait décidé de prolonger encore un peu son séjour à Richmond. Eux non plus, ils n'ont pas fini d'en voir avec nous !

Les deux adolescentes quittèrent la cuisine en gloussant.

— Claire ? demanda Tony.

Elle se redressa et prit une profonde inspiration.

— Je suis prête.

Elle tremblait encore un peu. Tony s'approcha d'elle et lui prit le visage entre ses mains.

— Tiens bon, lui dit-il. Tu as déjà passé le plus dur. O.K. ?

Elle le dévisagea d'un regard incertain qui lui serra le cœur.

— J'ai si peur, Tony.

— Je suis là... Allez, va recevoir tes invitées, maintenant.

Le carillon de l'entrée sonna. Tony sourit à Claire. Claire s'efforça de lui rendre son sourire, sans grand succès. Et elle se dirigea vers la porte.

— Claire Henderson ?

Mary Louise Bethany se tenait debout sur le perron, avec ses grosses baskets aux pieds, ses cheveux en brosse et son insigne de vétéran épinglé au revers de sa veste en jean.

Claire l'invita à entrer.

— Merci d'être venue, madame Bethany.

— Mademoiselle, corrigea Mary Louise. Et merci à vous de nous accueillir.

Claire recula imperceptiblement.

— Nous ? répéta-t-elle.

Mary Louise s'effaça. Claire aperçut alors derrière

elle une autre personne. Une femme menue aux traits fins, aux cheveux blonds et aux grands yeux de biche.

— Claire ? demanda-t-elle. Claire Maguire ? Oh, mon Dieu... mais oui, c'est bien toi !

Claire se figea sur place.

— Peggy ? murmura-t-elle. Oh, Seigneur... Peggy ?

Et elles tombèrent dans les bras l'une de l'autre avec une telle ferveur que Mary Louise et Tony ne purent se retenir de soupirer en chœur de soulagement.

— Mais où diable avais-tu donc filé ? demanda Peggy en se pendant au cou de Claire. Tu ne sais donc pas que les sœurs du Crépuscule ne peuvent pas se réunir sans toi ?

— Oh, Peggy, Peggy ! répétait Claire, secouée elle-même par les sanglots.

Tony comprit alors que tout allait bien se passer, et il se retira discrètement pour laisser les deux femmes goûter à la joie de leurs retrouvailles. Elles étaient, du reste, tellement occupées à évoquer leurs souvenirs qu'elles ne remarquèrent même pas son départ.

Il termina les travaux à l'auberge deux semaines plus tard, alors que Peaches achevait lui-même de mettre au point certaines recettes pour le dîner sous le contrôle attentif et sourcilleux de Nadine qui ne quittait pratiquement plus sa cuisine.

Tony ne pensait pas finir si vite, mais trois de ses frères étaient venus planter leur tente dans le jardin et lui avaient prêté main-forte. Il avait également été assisté par Pete, Johnny, Jess et Gina, les filles ayant choisi et posé elles-mêmes tous les papiers peints des nouvelles chambres.

Si bien que le James River Bed & Breakfast était désormais officiellement ouvert à la clientèle.

Ce ne fut que lorsque la réception d'inauguration fut terminée, et que les frères Riordan se retrouvèrent dans le jardin pour disputer avec Peaches une partie acharnée de fer à cheval, que Tony décida d'informer Claire de sa décision.

Ils étaient en train de faire la vaisselle dans la cuisine de la maison, et Tony ne pouvait détacher ses yeux de sa chevelure mordorée, de son beau visage de femme mûre, sachant très bien qu'il devrait s'en priver sans doute pendant plusieurs mois, et espérant de tout son cœur qu'elle le comprendrait.

— Claire ?

Elle se tourna vers lui et le gratifia d'un sourire espiègle.

— Pas maintenant, on pourrait nous entendre, chuchota-t-elle, faisant allusion à toutes leurs tentatives précédentes pour se rencontrer, la nuit, à l'insu des enfants ainsi que des frères de Tony.

Celui-ci ne put s'empêcher de sourire.

— Ils t'adorent, tu sais.

Elle pencha la tête et le dévisagea avec une moue amusée.

— C'est vraiment important pour toi, hein ?

— Oui.

Claire se retourna vers l'évier et acheva de rincer la dernière assiette avant de la poser sur la paillasse.

— Je les apprécie beaucoup, moi aussi, déclara-t-elle. Et puis, j'ai fini par aimer tout ce chahut autour de moi. La maison était beaucoup trop tranquille, ces derniers temps.

— Même hier ?

La veille, Peggy était revenue voir Claire. Elle avait amené avec elle ses enfants, son mari et un plein saladier de *chili con carne*. Les enfants avaient bientôt disparu dans le jardin tandis que les deux femmes échangeaient leurs souvenirs.

— Tu sais, dit Claire, c'est drôle, mais j'avais oublié tous les bons moments. Et on en a eu pas mal ensemble.

— Tu as aussi eu des amies formidables, là-bas.

— Oui, acquiesça-t-elle d'une voix émue : les meilleures.

Ils demeurèrent un moment silencieux, prêtant l'oreille aux rugissements ravis de Peaches, aux cris des filles, aux vivats de Nadine.

— Claire ?

— Oui, Tony ?

— Je dois te dire quelque chose...

Il ne savait comment le lui annoncer. Claire le regardait avec une attention tendre. Elle se sentait plus libre et plus vivante que jamais.

Mais ce n'était pas suffisant.

— Je vais partir, dit-il.

— Tony..., gémit-elle, le visage soudain décomposé. Je...

Elle s'interrompit, les larmes aux yeux.

— Je suis seulement en train d'apercevoir le bout du tunnel, reprit-elle sur un ton suppliant. Comment peux-tu m'abandonner maintenant ? J'ai besoin de toi, Tony.

— Tu as besoin de reprendre une vie normale, Claire. Et moi aussi.

Il leva une main pour prévenir ses protestations.

— Ecoute, Claire, poursuivit-il, toi et Sam, vous avez échoué parce que vous avez voulu mêler vos souffrances. Et cette erreur, je ne veux pas que tu la répètes avec moi. Tu es sur la bonne voie, Claire. Tu vas t'en sortir, c'est certain. Tu seras bientôt capable de replacer ton expérience du Viêt-nam dans sa juste perspective. Mais cela, c'est une démarche que tu dois maintenant accomplir seule... ou alors, nous ne pourrons jamais nous parler d'égal à égale : je resterai toujours ton ancien patient, et toi l'infirmière victime de DPT que j'aurai forcée à guérir.

Les larmes qui mouillaient les yeux de Claire se mirent à couler sur ses joues. Tony les essuya doucement.

— Ne me fais pas ça, Tony. S'il te plaît...

Il dut se faire violence pour aller jusqu'au bout.

— Tu pourras m'appeler quand tu voudras, à Atlanta, lui assura-t-il. Le 4 juillet, si les pétards te terrorisent, téléphone-moi. Si Jess n'arrive pas à terminer un devoir de maths, appelle-moi aussi. Mais il est nécessaire que tu puisses prendre du recul par rapport à nous deux, afin de mieux te retrouver toi-même.

Ses larmes devinrent des sanglots.

— S'il te plaît..., répéta-t-elle d'une voix hoquetante.

Tony la prit dans ses bras et la berça un moment, priant le ciel pour qu'elle eût la force de traverser cette dernière épreuve. Puis il se recula, plus déterminé que jamais. Il savait qu'il avait raison. Andy et Mary Louise le lui avaient déjà confirmé.

— Tony... je ne pourrai pas.

— Si, répliqua-t-il, tu pourras. Je le sais. Je le sais depuis le premier jour où je suis entré dans cette auberge. Je le sais depuis l'instant où tu m'as hurlé dans les oreilles de ne pas te claquer entre les doigts.

Il marqua une pause, et ajouta :

— A toi, désormais, d'effectuer le second pas, Claire. A toi de retrouver la paix avec tous les êtres que tu pleures encore. A toi d'assumer enfin leur deuil.

C'est seulement comme ça que tu redeviendras toi-même. Et cette tâche-là, je ne peux pas l'accomplir à ta place.

Elle ne répondit rien, et Tony ignora s'il l'avait convaincue ou non.

Même quand ses frères furent repartis chez eux et que Gina l'eut précédé à Atlanta, même quand il eut bouclé ses valises après avoir recommandé à Peaches de lui téléphoner au moindre incident, il ignorait toujours si Claire avait compris ce qui lui restait à faire. Et, surtout, si elle le ferait.

Mais c'était à elle de le découvrir et à elle de le faire.

A elle seule.

— Je peux t'appeler, alors ? lui demanda-t-elle, quatre jours plus tard, alors qu'il refermait la portière de sa voiture.

Il passa un bras par la vitre et lui pressa la main.

— Quand tu veux, lui répéta-t-il.

Elle hocha tristement la tête.

— Dans ce cas, je ne te dis pas au revoir.

Il porta ses doigts à ses lèvres et les embrassa. Puis il tourna la clé de contact, enclencha la première et descendit lentement l'allée carrossable.

Dans son rétroviseur, la robe pastel de Claire palpitait comme un drapeau. Comme un signal.

— Tu réussiras, Claire, murmura-t-il, alors même qu'elle ne pouvait plus l'entendre. Oui, tu en es capable.

16.

Le ciel de novembre était d'un bleu sidéral, hallucinant. Un front froid avait traversé la région durant la nuit, abaissant la température en dessous de zéro, et les passants marchaient en rentrant la tête dans les épaules.

Claire n'avait jamais connu la capitale fédérale en hiver. En un sens, elle la trouvait plus belle ainsi, plus vraie, comme si les frimas dépouillaient ses monuments du folklore patriotique et ne leur laissaient que le souvenir pour seule parure.

Elle se tenait là, debout sous les arbres, comme jadis, le cœur cognant dans sa poitrine, les paumes moites, la gorge sèche. Elle était revenue au Mur, et cela faisait mal.

Elle n'y avait jamais vraiment pleuré, auparavant. Elle ne se l'était jamais permis. Elle n'avait jamais osé affronter ses remords gravés dans le granit noir, jamais osé murmurer à tous ces garçons combien elle était désolée pour eux. Elle ne s'était jamais suffisamment approchée du monument pour compter le nombre d'entre eux qui avaient péri au cours des nuits où elle était de service. Elle n'avait jamais essayé de retrouver un nom familier sur la longue paroi de pierre. Elle n'avait jamais pris le risque d'affronter sa douleur.

Et voilà que ce risque, elle allait le courir, ici et maintenant, et s'avancer hors du couvert des arbres.

— Tu es prête ? lui demanda Peggy.

— Non. Allons-y.

Peggy lui serra la main et, ensemble, elles marchèrent jusqu'au Mur. Il se dressait sur la pelouse, telle une cicatrice sombre qui se couvrait de balafres à mesure que les guerres ravageaient la jeunesse du pays. Des balafres qui étaient autant de morts, autant de raisons de crier contre l'absurdité des conflits, contre l'horreur grotesque du devoir national.

Claire sentait une foule dense évoluer autour d'elle, une foule recueillie dont la présence s'effaçait peu à peu dans son esprit tandis que se dressait devant elle une falaise de ténèbres aux strates grises.

Le Mur. Mémoire debout.

Elles se dirigèrent vers la courbe où étaient inscrits les morts de la classe 69, vers le centre du monument. Les noms semblaient monter jusqu'au ciel. Un ciel de nuit.

Gonzalez, Smith, Washington, Patterson, Wilkerson, Jones... Tant et tant de noms. Un empilement de patronymes, un empilement de disparus, un empilement de souffrances, de cauchemars.

Claire comprit alors pourquoi elle avait si souvent rêvé à tous ces garçons qui agonisaient devant elle et dont les corps mutilés s'amoncelaient à ses pieds. Elle le comprit, et ses larmes la purifièrent des péchés dont elle s'était accablée.

D'un doigt tremblant, sur le granit noir qui réfléchissait son visage en pleurs, elle remonta le temps, retrouva tous ces jeunes soldats qu'elle avait jadis tenus dans ses bras. Elle leur promit de ne jamais les oublier. Et la pierre devint chaude sous sa paume, chaude et vivante, comme réveillée par sa douleur, animée par tous les rêves et les espoirs d'une génération perdue, sacrifiée. Des espoirs et des rêves avortés que Claire avait trop longtemps portés en elle et qu'elle pouvait aujourd'hui restituer à la mémoire collective d'une guerre inutile.

Avec tous les autres qui caressaient comme elle le Mur, elle jugeait, elle compatissait, elle apprenait.

— Je suis désolée, murmura-t-elle aux fantômes qui l'avaient hantée, à ses propres enfants auxquels elle n'avait su faire confiance, à Sam qu'elle n'avait pas su aider. Je suis désolée, répéta-t-elle, heureuse de pleurer, heureuse de comprendre, heureuse d'être capable d'aimer de nouveau tous ceux dont elle avait jusqu'alors renié l'existence par peur de souffrir, par peur de revivre. Je suis désolée.

Peggy la soutenait; elle soutenait Peggy. Et elle prenait peu à peu conscience que Tony avait raison : elle allait s'en sortir, elle le pouvait. Elle le pouvait grâce à ses amis, grâce à sa famille. Et même toute seule, s'il le fallait.

— On va voir la statue? proposa Peggy.

— Oui, répondit Claire, tout en s'essuyant les joues. Je veux savoir à quoi on ressemble.

La statue élevée à la mémoire des femmes ayant servi au Viêt-nam se dressait à une extrémité du Mur, l'autre étant occupée par celle qui commémorait la bravoure des hommes qu'elles avaient secourus.

— Mon Dieu, souffla Claire quand elles parvinrent devant la sculpture. C'était ça, Peggy... C'était exactement ça!

On aurait dit une pietà : trois femmes regardant dans trois directions différentes; trois femmes représentant la détresse, la frustration et le désespoir. L'une d'entre elles, le regard doux et éploré, était agenouillée et tenait entre ses bras un soldat. Claire eut l'impression d'en supporter elle-même le poids.

— C'est magnifique, dit Peggy.

Muette de stupeur et d'admiration, Claire s'approcha de la statue et porta une main au visage de l'infirmière agenouillée, comme pour la consoler de sa peine, la soulager de toutes ces larmes qui la submergeaient elle-même une nouvelle fois.

— Je n'ai jamais été aussi belle, chuchota-t-elle d'une voix rauque, effarée par cette incroyable vérité qu'elle avait tenue si longtemps enfouie au plus profond de son cœur. Jamais...

Peggy la prit par les épaules, et elles contemplèrent un moment cette image d'elles-mêmes, partageant en silence souvenirs, regrets et espoirs.

Puis elles se parlèrent doucement et, en se retournant vers le Mur, elles eurent le même sourire.

Ce fut à cet instant que Claire l'aperçut.

Il se tenait à l'autre bout du monument, les mains dans les poches de son manteau, le regard posé sur elle.

Il l'attendait.

— Rentre, dit-elle à Peggy. Je te rejoindrai à l'hôtel.

Peggy avait dû remarquer sa présence, elle aussi, car elle se retira sans un mot après avoir tapoté l'épaule de son amie.

Claire n'osa d'abord pas bouger.

Il lui avait tellement manqué... Elle n'avait cessé de penser à lui, alors qu'elle effectuait ses services à l'hôpital, qu'elle travaillait d'arrache-pied à l'auberge, qu'elle s'entretenait avec les autres femmes du centre des vétérans de Richmond. Elle lui avait téléphoné, aussi. Et il lui avait téléphoné à son tour. Plus d'une fois.

Et quand, à la nuit tombée, elle se couchait dans son grand lit vide, elle se plaisait à espérer qu'un jour, il y dormirait avec elle. Qu'un jour, il reviendrait chez elle et la ferait rire de nouveau.

Il avait raison : l'éloignement avait été salutaire. Il avait libéré leur avenir de l'emprise des fantômes dont elle n'avait su, jusqu'alors, faire son deuil.

Et maintenant, il était là, si vivant, si séduisant. Si fort.

Elle courut vers lui en sanglotant.

— Tu es venu ! s'écria-t-elle en se jetant dans ses bras.

Il tremblait.

— Toi aussi, répliqua-t-il.

Et Claire entendit alors la tristesse qui altérait également sa voix.

Elle releva la tête vers lui et s'aperçut que ses yeux, ses beaux yeux d'aigue-marine, étaient baignés de larmes.

— Je suis là, Tony, dit-elle simplement.

Il soupira, comme s'il avait attendu ce moment depuis longtemps.

— Oui, tu es là, répéta-t-il.

Elle porta une main à la cicatrice qui lui barrait le visage.

— Les enfants ont hâte de retrouver Gina, tu sais.

Il se pencha vers elle pour l'embrasser. Puis il recula un peu et lui sourit.

— Atlanta ou Richmond ?

— Comme tu veux.

— Tu abandonnerais l'auberge pour moi ?

— J'abandonnerais tout pour toi, sauf mes enfants. Je t'aime.

— Tu me l'as déjà dit.

— Je sais.

Il se mit à rire, de ce rire grave et profond dont le souvenir l'avait soutenue tout au long des mois précédents.

— Je t'aime aussi, Claire.

Elle posa un doigt sur ses lèvres et parut réfléchir.

— Et si on s'installait à Savannah ? lui proposa-t-elle soudain, le cœur battant d'excitation. C'est près de la mer. Tu auras plein de vieilles demeures à restaurer, là-bas, et je suis certaine que je pourrais y dégoter une belle auberge — Jess a décidé de travailler avec moi, au fait. En plus, enchaîna-t-elle sans même reprendre sa respiration, ce n'est qu'à cinq heures d'Atlanta. Mais, si tu préfères, on peut habiter Charleston. De toute manière, il faudra une grande maison avec des dépendances pour loger Peaches et Nadine...

Tony leva la main pour l'interrompre.

— Peaches et Nadine ? demanda-t-il en haussant les sourcils.

Claire sourit.

— Mais tu n'es au courant de rien, ma parole !

— Non, admit-il, mais j'ai hâte d'apprendre.

Et sur ce, il l'embrassa fougueusement.

— John et Jess sont avec toi ?

— Oui. Pete aussi. Ils m'attendent tous les trois à l'hôtel. Nous devons repartir demain matin.

Il hocha la tête et reporta son regard vers le Mur.

— Tu veux que je te présente quelques copains ?

Claire comprit parfaitement ce qu'il voulait dire. Elle s'écarta de lui et lui prit la main.

— Avec plaisir, répondit-elle. Mais à condition que je te présente ensuite Humbug. Tu l'aurais adoré.

Il lui sourit.

— Marché conclu.

Ils retournèrent au monument main dans la main. Alors qu'ils n'en étaient plus qu'à quelques pas, Claire s'immobilisa brusquement.

— Attends, attends, murmura-t-elle d'une voix précipitée.

Tony s'arrêta à côté d'elle, intrigué.

Et dire qu'elle avait failli oublier le plus important..., pensa-t-elle. Elle fouilla dans la poche de son manteau et en sortit ses décorations qu'elle accrocha sur son cœur. Là où elles devaient être.

Voyant les rubans que Jess avait tressés en un seul, Tony hocha une nouvelle fois la tête.

— C'est beaucoup mieux comme ça, convint-il.

Claire reprit sa main et revint avec lui auprès de la section du Mur consacrée à la classe 69.

Ils saluaient Humbug, lorsqu'un vétéran s'approcha timidement de Claire.

— Excusez-moi, madame...

Elle lui sourit.

— Oui ?

— Vous étiez là-bas ?

Elle acquiesça en silence. Son interlocuteur était grand ; il avait les cheveux gris et portait des lunettes. Claire savait que là-bas, il y avait très, très longtemps, il avait été un jeune homme au regard déjà vieux.

— J'étais infirmière au Ninety-First Evac de Chu Lai, ajouta-t-elle, envahie par une fierté qui la surprit elle-même.

Il lui prit la main, les larmes aux yeux, et Claire remarqua que l'une de ses jambes était une prothèse.

— Je n'ai jamais eu l'occasion de remercier les infirmières qui m'ont sauvé la vie, reprit-il. Cela vous dérangerait-il d'accepter mes remerciements à leur place ?

Claire sentit alors sa douleur se transformer une nouvelle fois, ses remords se métamorphoser en une émotion à la fois amère, douce et puissante.

— Non, lui assura-t-elle tout en répondant à son étreinte. Et je vous remercie moi-même pour elles.

— Longue vie à vous, lieutenant. Longue vie à vous.

Quand il se fut éloigné, Tony se retourna vers Claire.

— Puis-je te dire la même chose ? lui demanda-t-il.

— Tu m'as déjà remerciée, Tony.

Il secoua la tête.

— Cette fois-ci, tu peux enfin le comprendre.

Il lui prit les mains et la contempla d'un regard où se lisait un respect infini.

— Longue vie à vous, Claire Maguire Henderson. Longue vie à vous et merci.

Des larmes mouillèrent de nouveau les yeux de Claire, des larmes qu'elle laissa couler avec joie, car c'était des larmes de bonheur et d'espoir, qu'elle partageait avec l'homme qui l'avait à son tour ramenée de l'enfer.

— Merci, Anthony Riordan, lui répondit-elle en se blottissant dans ses bras. Longue vie à vous aussi. Vous m'avez guérie. Vous avez guéri mon cœur de soldat.